여섯 빛깔 숲으로의 초대

80년대 등단작가
6인 수필 대표작

여섯 빛깔 숲으로의 초대

1판 1쇄 발행 | 2016년 10월 10일

지은이 | 반숙자 염정임 김학 김수봉 한동희 임병식
발행인 | 이선우
펴낸곳 | 도서출판 선우미디어

　　　 등록 | 1997. 8. 7 제305-2014-000020
　　　 02643 서울시 동대문구 장한로12길 40, 101동 203호
　　　 ☎ 2272-3351, 3352 팩스: 2272-5540
　　　 sunwoome@hanmail.net
　　　 Printed in Korea ⓒ 2016. 반숙자 외 5인

값 12,000원

ISBN 978- 89-5658-467-6 03810
ISBN 978- 89-5658-468-3 05810(PDF)
ISBN 978- 89-5658-469-0 05810(EPUB)

여섯 빛깔 숲으로의 초대

반숙자 염정임 〈현대문학〉
김 학 김수봉 〈월간문학〉
한동희 임병식 〈한국수필〉

80년대 등단작가
6인 수필 대표작

선우미디어

수필 2세대 6인의 수필 인생 30년

어느 분야나 처음 개척하고 길을 트는 일은 어렵고 중요한 일이다. 70년대 등단작가의 4인집(변해명 유혜자 이정림 정목일) ≪시간의 대장장이≫가 나온 후 뒤를 이어 80년대의 6인 대표작을 선보인다.

〈현대문학〉 반숙자 염정임, 〈월간문학〉 김학 김수봉, 〈한국수필〉 한동희 임병식은 등단제도가 확립된 80년대에 등단한 수필가들로 수필외길 30여 년 문학 혼을 잃지 않고 치열하고 꾸준하게 수필을 써 왔다는 공통점이 있다.

70년대 4인집의 선례에 따라서 서로 지향하는 바가 같은 수필 외길을 걸어온 우리 여섯 작가들은 '80년대 등단작가 6인 대표작' ≪여섯 빛깔 숲으로의 초대≫를 펴내기로 뜻을 모았다. 이는 우리의 30여 년 수필인생에서 새로운 도약을 위한 발판이 되고자 함이기도 하다.

우리가 등단한 1980년대는 정치 사회적으로 격동의 시대이었지만 다행히 문화융성기로 접어들던 시기였다. 출판시장이 개방되고 월북 작가들의 작품이 해금되고, 종합문예지와 수필문예지가 앞 다투어 창간되어서 작품 발표의 지면이 확대되고 등단의 문이 활짝 열린 것이다.

80년대 초만 해도 수필가는 100여 명에 불과했는데 이제 1만여 명을 헤아리는 시대이다. 7, 80년대에 등단한 작가들이 이끌어 온 운기에 의해 서자 취급을 받던 수필문학이 이제 문학의 한 장르로서 자리 잡았다.

우리 여섯 작가들은 우리의 수필인생 30년을 되돌아보면서 30여 년 고독한 문학의 길을 묵묵히 걸어온 스스로에게 위로와 격려의 박수를 보내며 더 나은 수필 인생 미래를 위하여 《여섯 빛깔 숲으로의 초대》를 펴낸다.

각기 다른 빛깔, 개성으로 위로와 사랑이 필요한 불확실한 시대의 독자들에게 마음의 초대장을 띄운다.

2016년 9월

김 학 · 반숙자 · 김수봉

한동희 · 염정임 · 임병식

| 차례 |

반숙자 편

충북 음성 출생
〈한국수필〉〈현대문학〉 등단
등단작품 : 〈한국수필〉(1981) 〈가슴으로 오는 소리〉 〈현대문학〉(1986) 〈손〉
한국문인협회. 국제 펜클럽. 수필문우회. 가톨릭문우회원. 음성문협초대회장. 음
성예총회장
수필집 《몸으로 우는 사과나무》 《그대 피어나라 하시기에》 《가슴으로 오는
       소리》 《때때로 길은 아름답고》 《천년 숲》 《거기 사람이 있었네》
선집   《사과나무》 《이쁘지도 않은 것이》
수상   현대수필문학상, 자유문학상, 충북문학상, 제1회 월간문학 동리상, 충북
       현대예술상, 동포문학상, 대한문학대상, 한국문협 조연현문학상 외 다수
현재   음성예총문예창작교실 수필교실 강사. 음성읍 주민자치센터 '마음을 여
       는 수필교실' 강사
이메일: bandal0806@daum.net

글 쓰는 일을 산고에 비유하기도 하지만,
나는 열병이라는 생각을 자주한다.
쓰고자 하는 대상과의 어우러짐,
그것은 밀애와도 흡사한 심적 충동이다.
자나 깨나 오로지 탐구하고 유인하고 애무하고,
의식은 한 층계씩 내면으로 침잠한다.
열이 오른다.
눈빛이 비어가고 오관의 넋이 빠져버린 허수아비가 되면서
눈부신 빛줄기를 따라간다.
그럴 때 나는 수필혼과 접신된다.

- <수필론> 중에서

해토머리

더딘 걸음으로 우수가 오고 있다. 이 때쯤이면 과수원집들은 과목의 가지를 전정하는 봄 채비가 시작된다. 우리도 사과나무 가지치기를 한다기에 따라 나섰다. 봄바람에 설늙은이 얼어 죽는다더니 옷깃을 파고드는 바람이 맵다.

그가 전지가위를 버리는 동안 가스 불에 물주전자를 올려놓고 창문을 열어 젖뜨렸다. 건너편 배 밭에 아지랑이가 아른거린다. 현기증 같은 아지랑이 사이로 거름을 주는 최씨 내외의 모습이 숨바꼭질을 한다. 저 밭에 배꽃이 피면 "배꽃 피는 내 고향 그리운 고향" 노래를 하루 종일 불러대던 때가 있었다. 배꽃은 사과꽃보다 먼저 핀다. 어쩌다 보름 때와 맞물리면 달빛을 휘감은 배꽃들의 꽃사태가 소복 여인 같다는 생각을 했고 까닭도 없이 서러워서 또 노래를 불렀다. 아마도 서른아홉쯤의 나이였을 것이다.

보온병에 커피를 타 가지고 밭으로 나갔다. 그 사이 그는 세상일을 잊어버린 사람처럼 사과나무 가지를 치고 있다.

"차그락 참…." 단음으로 퍼지는 가위소리가 오늘따라 생기 차게 들린다. 차그락 소리 뒤에 한, 두 박자 쉬는 고요가 호젓해서 귀를 재운다. 그 쉼표 사이로 꽃눈을 더듬는 그의 시선을 따라간다. 어떤 일에도 마음의 동요가 없는 그가 과일나무 순을 칠 때만은 소년 같은 얼굴이 된다. 무엇이 저 남자의 가슴을 설레게 하는 것일까.

버선목이래야 뒤집어보지, 옆에 있어도 알 수가 없다. 다만 생전에 아버님 말씀을 빌어보면 짐작이 간다. 열여섯 살에 장가를 가서 열일곱에 낳은 외아들을 당신은 의사를 만들고 싶었다. 그러나 아들은 의대지원을 포기하고 농대를 가서 농학사가 되었다. 서울에서 좋은 직장도 버리고 낙향하여 과목을 심더니 주저앉았다. 아버님은 마음대로 안 되는 게 자식농사라고 낙심이 컸다.

그의 말대로 사주팔자가 그랬던 것일까, 사과나무와 함께 있을 때 가장 생기 차고 즐거워 보였다. 그가 장년일 때는 사과나무가 4백여 주 넘었다. 지금은 체력에 따라 줄고 줄어서 3십여 주를 붙들고 있는데 칠순을 훌쩍 넘긴 노인이 소독하고 가지치고 거름 주며 열심히 한다. 어쩌면 그의 종교는 사과나무가 아닐까 싶기도 하다. 지금 저 얼굴에 퍼지는 푸근한 미소는 나무와 대지와 바람과 나누는 그만의 교감 때문일 것이다.

"이봐, 저 소리 들려?" 하는 소리에 나뭇가지를 줍다 말고 일어섰다. 그는 나를 밭둑 밑으로 휘돌아 나가는 실개울 쪽으로 돌려 세웠다.

"쪼록, 쪼록, 쪼로록…."

실개울의 얼음이 녹아서 흘러가는 소리였다. 뒷산 소나무 숲에는 아직도 잔설이 희끗한데 집 가까이 있는 실개울은 녹아 흐르고 있다니…. 저 물소리에도 강약이 있다. 조금 더 날씨가 풀리면 쫄쫄쫄 흐르다가 콸콸콸 흐를 것이고 그러다가 노래가 무르익으면 제 흥에 겨워 밭둑이고 논둑이고 무너뜨릴 것이다.

물소리 덕분에 나무 밑에 앉아서 소풍이라도 온 듯 커피를 마셨다. 그 소리가 커피 물 내리는 소리와 닮아서 더 목이 탔는지 모른다. 주운 나뭇가지를 다섯 단으로 묶고 나서 허리를 폈다. 아직은 고요한 들녘이다. 멀리 큰 냇가의 버드나무가 파르레한 너울을 쓰고 누군가를 손짓해 부르는 것 같다.

나무를 바라본다. 자라고 싶은 대로 자란 가지들이 얽히고 설켜 복잡한데도 바람은 거리낌 없이 불어 가고 새들도 부딪침 없이 잘 날아다닌다. 그런데 나는 왜 자신이 주체하지 못할 세상의 부피와 무게를 스스로 짊어지고 허덕이는지, 바람처럼 새처럼 살 수 없을까.

가지를 쳐주고 나니 모양새도 바르고 시원해 보인다. 사실 몇 그루되지 않는 사과나무 가지치기를 하는데 내가 꼭 있어야할 이유는 없는데도 구태여 따라오는 것은 여기 토계리에 오면 머리가 맑아지고 무언가 가닥이 잡혀지기 때문이다. 기도가 잘되지 않거나 글이 잘 써지지 않는 것도 가슴과 머리가 너무 많이 얽혀 있기 때문일 것이다.

다시 그를 바라본다. 바람에도 얼굴이 타는지 빛나는 햇빛에 주름살 깊은 얼굴이 오소소하다. 아버님 말씀처럼 세상 일 잊고 농사만 짓는 그가 나도 때로는 답답했다. 지금도 세상의 잣대로 그를 바라보면 별 볼 일 없이 늙어버린 노인이다. 그러나 그가 누리는 평화와 자족(自足)을 가까이서 짚어보면 그는 누구보다도 자기 인생을 사랑했고 자기답게 살았다는 것을 요즘에서야 느낀다. 나야말로 30여 년의 세월을 거쳐서야 그를 하나의 껍데기가 아닌 존재로서 보게 되나보다.

얼마 전에 읽은 권희돈 교수의 글이 생각난다. 성공한 사람보다 행복한 사람이 아름답다는…. 성공을 삶의 기준으로 삼는 사람이 불행한 까닭은 성공하기 위하여 욕망의 끈을 놓지 못하기 때문이라 했다. 그러나 행복을 삶의 기준으로 삼는 사람은 욕망의 끈을 놓을 줄 아는 사람이기에 외면적으로는 초라해 보일지 모르나 내면적으로는 풍족한 기쁨을 느낀다는 것이다.

이제야 내 가슴에도 훈풍이 부는 것일까. 몸은 와 있어도 마음은 늘 유배지를 떠돌던 시절, 밤이면 아무도 몰래 마음의 보따리를 수없이 쌌다. 그러다가 새벽이 오면 밭으로 달려 나가 간밤의 번뇌를 잊어버리고 나무들과 뜨겁게 조우했다. 어쩌면 그때, 나는 사람보다 사과나무가 좋아서 여기를 떠나지 못했는지도 모른다.

오후에는 실개울을 따라 내려가서 걸레를 빨았다. 쪼록 거리며 흐른 물도 작은 웅덩이가 되어 걸레를 두드리는 방망이질이 즐겁다. 이제 머지않아 봄이 오면 대지는 왕성한 생식력으로 내시(內侍)의 씨라도 받겠다고 아우성치며 무리무리 새 생명을 탄생시킬 것이다.

꽃차를 우리며

아침 햇살이 거실 깊숙이 들어온다. 햇살 덕분인지 게발선인장이 느린 몸짓으로 꽃봉오리를 부풀리고 있다. 이 화초는 여름내 게발게발 잎만 키우다가 겨울이 깊어서야 잎새 끝에 바늘구멍만한 상처를 내고 개화를 시작한다. 붉은 기미뿐인 잎만 바라보고 있으면 그 느린 행보 때문에 답답증이 생긴다. 그러기를 이십여 일, 상처는 봉오리가 되어 제법 봉싯하다.

기다림이 지루한 날 꽃차를 우린다. 말간 유리 다관에 마른 꽃잎 대여섯 송이를 넣고 뜨거운 물을 붓는다. 꽃잎은 뜨거운 물세례를 받고 한동안 혼절한다. 후줄근하다 못해 남루하다. 그 쇠락이 민망하여 장사익의 〈찔레꽃〉을 듣는다.

햇살은 주춤주춤 기어 나와 마지막 손길인 듯 봉오리 부푸는 게발선인장을 쓰다듬고 추녀 밑으로 올려 붙다가 뜰 앞에 나목으로 선 호두나무를 탄다.

사람들이 차를 마시는 이유로 눈으로 즐기는 맛을 최우선으로 꼽는다. 이어 코끝을 간질이는 향기를 탐하고 마지막에 혀끝에 감도는 깊은 맛을 즐긴다지만 내가 꽃차를 우리는 것은 혼자 놀기 위해서다.

점점 밖으로 나도는 일이 편치 않다. 바쁘게 사는 젊은 사람들 만나면 시간 빼앗는 것 같고 동기간들은 멀리 살아서 만나기 어렵다. 만만한 게 친구인데 친구들은 물리치료실에 가서 누워 살고 아프다고 하니 찾아가기도 미안하다. 강의가 있는 날을 빼고는 집안에서 지내는 일이 많다. 전 같으면 책을 들고 있으면 하루가 언제 지나가는지 몰랐지만 지금은 십여 쪽을 읽고 나면 눈이 아프다. 좋아하는 연극이나 영화나들이가 뜸해지니 자연 소일하는 거로는 농장 출근이 제격인데 아직은 겨울이다. 적적한 날이면 나는 소꿉놀이를 시작한다.

햇살이 포근하게 비쳐드는 거실에서 달그락 달그락 다기를 꺼낸다. 자주 마시는 보이차를 우릴 때는 앙증맞은 자사호를 내고 우롱차를 마실 때는 음전한 백자 다관을 쓴다. 그러나 꽃차를 우릴 때는 유리다관이 제격이다. 배시시 피어나는 꽃잎을 볼 양이면 투명한 유리다관을 빼놓을 수 없다. 성정이 급하고 조신하지 못한 내가 찻상 앞에서만은 요조숙녀가 되는 이유가 바로 차의 고요한 마음이 이심전심으로 전해지기 때문이 아닌가 싶기도 하다.

오늘은 남편의 외출로 한가로워진 겨울 오전, 나는 아예 차 살림을 제대로 해 볼 요량이다. 그도 그럴 것이 내가 차칙과 차호, 탕관을, 숙우와 다관을 늘어놓으면 우리 집 남편은 꼭 한마디 소금을 뿌린다.

"뭐 하는 거여? 칠십 노인네가 소꿉놀이 하나 벼, 흥!" 하며 콧방귀를 뀐다. 그는 커피 마니아다. 간단하고 과학적이고 지적인 차가 커피라며 평생 마신 커피가 백두산 천지 물 만큼 될 것이라고 큰소리다. 이럴 때 나는 이외수 님의 하악하악을 빌려 쓰고 싶은 마음 간절하다.

밖에는 간간이 바람이 분다. 먼 도로에는 차량들만 오갈 뿐 사람은 없다. 지금 장사익은 "찔레꽃처럼 춤췄지, 찔레꽃처럼 노래했지, 당신은 찔레꽃, 찔레꽃처럼 울었지" 애절하게 넘어가고 있다.

그 사이 유리 다관에는 화면이 바뀌었다. 노란빛 봄이 와 있다. 화사하다. 꽃잎들이 모두 아래를 내려다보고 제 본새로 활짝 피어난다. 하염없이 바라본다. 어찌 이리 고운가. 살아서 한 세상 죽어서 또 한 세상, 요술 같다. 중국 오대산 자락에서 피어 살던 꽃이 죽어 환생하여 여기 한국 땅에서 또 피어난다. 세상 만물이 인연법에 따라 윤회하며 몇 천 겁을 태어나고 사라짐을 거듭한다더니 이 꽃송이가 나에게 그것을 설법하려나 보다.

다관을 치켜 올려 본다. 금련화 꽃송이가 수면 아래로 꽃잎을 열고 웃는다. 다관을 흔들어 보면 출렁이는 노란색에 취해 현기증이 날 것 같다. 벌써 봄 멀미가 나는가. 향기도 잊고 맛도 잊고 바라만 본다. 현기증 같은 묵은 그리움이 꽃잎처럼 피어오른다. 장사익이 하얀 찔레꽃을 보고 그 향기가 너무 슬퍼 울었다고 목을 꺾는데 죽었다가 살아나는 꽃잎이 대견해서 속이 아리다. 손이 닿으면 바스러질 것 같은 마른 꽃송이를 차칙으로 퍼내 다관에 넣을 때 내 손은 미세하게 떨렸다. 어떤 주검 앞에 있는 것 같은, 거기다가 섭씨 백도의 물을 부우며 스스로 잔인하다 생각했다. 두 번 죽는 참담함…. 그러나 꽃은 미움도 원망도 없이 환하게 새로 피어 웃으니 바로 보살이다. 정말 우리 삶의 여정 밖에도 이런 세상이 존재하는 걸까.

혼자 놀기가 오붓하다. 마음 눈 떠 있으면 천지만물이 보살이다. 느린 걸음으로 피어오르는 게발선인장도 보살이오, 멀리 중국 여행 중에 벗을 위해 꽃차를 사온 문우도 보살이다. 나는 햇빛 보살, 노래 보살, 꽃 보살과 더불어 덧없다는 한 생을 순례하는 열락에 취한다. 혼자 놀기 칠십여 년 만에 눈뜨는 각성이다. 고요한 마음호수에 두 손 합장한다.

해체의 현장에서

산책길 들머리에 아담한 집 한 채가 들어선 것은 작년 봄이다. 요즘 시골에는 귀촌현상이 두드러져 어느 분이 집을 새로 짓고 귀촌한 모양이다. 하얀색 스틸하우스는 시골에서는 보기 흔하지 않아서 더 시선을 끌었다. 남쪽으로 낸 창은 햇빛이 가득 들 것이고, 미색 커튼이 드리워진 실내에는 달빛도 기웃댈 것이다. 100여 평 텃밭에는 갖가지 채소를 구색 맞춰 심어놓고 연초록빛 철망 울타리에는 장미가 고왔다. 아침마다 갓 따온 채소로 풍성할 식탁을 상상하고 그들이 누리는 행복이 전염되는 듯 바라보기만 해도 즐거웠다.

집은 그리 크지 않고 뜰이 넉넉해 한 폭의 그림을 보는 듯하다. 자연히 이 집 앞길로 걷기 운동하는 행인들은 무슨 구경거리가 생긴 듯 오고가며 목을 빼서 바라보고 거기 어떤 사람이 사는지도 궁금해 했다. 매일 지나다니면서 보아도 사람이 드나드는 것 같지가 않았다. 하기는 새벽 운동이니 그 시각에 사람이 드나들 리는 없고 호기심만 무성하게 장미꽃 울타리를 더듬었다.

그런 어느 날, 그 집 현관 오른쪽에 깃대 하나가 세워졌다. 그 깃대 첫자리에는 태극기가, 아래로는 차례로 흰 기와 빨간 색 기가 나란히 꽂혀 있다. 사람들이 그렇게 궁금하던 양옥집은 무속인의 집이었던 것이다. 깃대가 꽂히면서부터 집 앞에는 많은 승용차가 멈춰 있기 일쑤다. 지나가는 사람 말로는 신을 받은 지 얼마 안 된 새내기 무당이라 영험이 많아서 손님이 줄을 잇는다는 것이다.

그쪽에 과문한 탓에 남의 말을 들으며 호기심은 도수를 높여갔다. 새내기라면 젊을 텐데 어찌하다가 무속인이 되었는지, 신기가 내리면 피할 수 없는 운명이 되어 굿을 해서 신을 내려받고 꼼짝없이 무속인의 길을 가야 한다는 것이다. 마음 같아서는 손님으로 가장하고 직접 그 집을 방문하고 싶은 생각이 굴뚝같았지만 명색이 가톨릭 신자이니 그럴 수는 없었다.

세상이 복잡해서일까, 그 집은 문전성시를 이루었다. 어떤 이는 굿을 해서 병이 나았다는 사람과 무녀가 시키는 대로 했더니 아들이 원하는 대학을 갔다느니 그 집을 둘러싼 얘기가 새벽 운동 길에 안주가 되었다. 이런 뒷말에 상관없이 울타리에는 여전히 올해도 장미가 흠뻑지게 폈다가 졌다.

며칠 전의 일이다. 날씨가 너무 더워서 다른 날과 달리 좀 이른 시간에 운동을 나갔다. 안개가 자욱해서 시계가 희미했다. 산책길을 한 바퀴 돌아서 그 집 앞에 섰다. 그 집이 온 데 간 데 없다. 안개 탓이려니 싶어 좀 더 가까이 다가섰다. 정말 없다. 무속인이 요술을 부려 내 시야를 혼동시키는 것이 아닌가 싶어 얼른 성호를 그었다. 눈을 씻고 다시 보았다.

어머! 그곳에는 아름답던 스틸하우스는 간 데 없고 녹슨 컨테이너 박스 세 개만 패잔병 몰골로 서 있는 것이 아닌가. 나는 꿈을 꾸는가 싶었다. 휘날리던 깃발도 햇빛 충만하던 거실 창도 자취를 감추었다. 밤사이 누가 집을 반짝 들어가고 대신 그 자리에 컨테이너 박스를 가져다 놓은 것이 아닌가 싶었다. 여기 저기 판넬 몇 장이 하다만 이야기인 양 널브러져 있을 뿐.

그것은 하나의 충격이었다. 아름다운 양옥집을 받치고 있던 컨테이너 박스 안에서는 신당을 차리고 영험한 신을 업은 무속인이 제왕처럼 군림해 사람들의 운명을 좌지우지 했을 것이다. 사람들은 지폐를 바치며 절하고 춤추며 강신을 경험했을 것이다. 그 찬란했던 시간은 어제 뒤에 숨어버렸다. 나는 어수선한 집 앞에서 석연치 않은 의문을 안고 서성이고 있었다.

그리고 오늘 비 내리는 저녁, 무슨 미련이 남아서 또 그 집 앞에 섰다. 양옥집이 있었다는 증언을 하던 컨테이너 박스 세 채가 몽땅 사라졌다. 도깨비 방망이가 또 한 번 춤을 추었나. 첫날 같은 충격은 아니어도 놀라움은 여전했다. 거기에는 문짝이 떨어져나간 장롱 두 개가 누워 있고 서 있다. 울긋불긋한 천 조각들과 살림 집기들이 폭격 당한 잔해처럼 비에 젖는다.

돌아서는 발걸음이 무겁다. 이 나이 저물도록 세상의 단면만 보고 살아온 탓일 것이다. 놀랄 일도 아니고 엄청난 사건도 아니다. 그럼에도 다스려지지 않는 내 안에 일렁이는 허망의 정체는 무엇인가.

스틸하우스가 해체의 순간 감추었던 내용물이 낱낱이 드러나듯이 내 안에도 녹슨 그 무엇이 들어앉아 있는 것은 아닌지. 사람들은 그 흉물스러움을 감추기 위해 교양이라는 옷으로, 지혜라는 너울을 쓰고 사는 것은 아닌지, 속이 개운치 않을수록 외장에 신경 써서 한 세상 풍미하는 것은 아닌지.

나도 그 중에 한 사람이라 수필이라는 깃대를 꽂고 수필 무당이 되어 가르칩네, 공부합네 사람들을 모으고 한세상 휘젓고 있는 것은 아닌지…. 겉과 속이 같아야 진정 아름답다는 것을 말과 글로 무당이 주문 외듯 외웠지만 내 인생이 해체되는 순간에 드러날 몰골은 어떨 것인지 자신이 없어서다.

양옥집의 주인은 또 어디로 가서 깃대를 꽂고 컨테이너 박스 같은 흉물은 스틸로 외장하고 오늘도 성업을 하겠지만 내 안의 의문은 무성해지고 있다.

이슬의 집

과수원 소독을 하고 있습니다. 경운기는 바삐 돌아가고 소독대에서는 소독약 포말을 분무합니다. 가끔씩 약물을 젓는 일을 하는 틈틈이 하늘을 보고 뒷산도 보며 한눈을 팝니다. 이 고약한 버릇 때문에 지난번 소독 때는 큰 호통을 들었습니다.

저 아래 언덕배기 나무를 소독하는데 소독 줄 어딘가가 터졌던 모양입니다. 나가라는 통로로는 안 나가고 소독약은 산지사방으로 품어져 올랐습니다. 소독약을 뒤집어쓰다시피 한 남편이 경운기 발동을 끄라고 아무리 소리를 쳐대도 마이동풍, 하늘만 바라보고 있더랍니다. 소독대를 집어던지고 달려온 남편은 화가 머리끝까지 뻗쳐서 소독약보다 더 쓴 화살을 쏘아대었습니다.

이 여름 내내 이렇게 지내고 있습니다. 왜 그런지 나는 하늘과 산이 곁으로 다가오는 여기만 오면 멍청하고 은밀하게 내 안의 세계로 빠져버립니다. 그리고 여기 말고 어딘가 내 집이 따로 있었을 것이란 생각을 합니다. 그리고 다음 생엔 또 어떤 집에서 살게 될까 상상도 해봅니다.

비가 오다 개어서 그런가 고추잠자리가 떼 지어 납니다. 파란 하늘을 배경으로 상승과 하강을 되풀이하는 잠자리의 춤이 근사합니다. 방심한 듯 가볍게 떼를 지어 춤추는 율동은 봄바람에 나부끼는 꽃잎 같기도 하고 모닥불에 타오르는 불똥 같기도 합니다.

잠자리의 춤을 보다가 내 전생은 춤꾼이 아니었나 생각합니다. 5월 산들바람에 춤추는 미루나무의 잎새들을 보거나 오늘처럼 잠자리들의 춤을 볼 때면 '춤추어라, 춤추어라' 주문처럼 외며 내 몸에도 부력이 생겨 점점 가벼워지는 느낌을 받습니다. 나도 한 마리 잠자리가 되어 여한(餘恨) 없이 한바탕 춤을 추고 싶어집니다. 그렇게 춤을 추자면 먼지처럼 가벼워져야 할 텐데 내 날개는 지금 녹이 슬어 있습니다.

접때는 들깨 모를 모종하고 도랑으로 발을 씻으러 갔습니다. 산골짜기에서 내려오는 물줄기가 세지는 않지만 모래톱을 흐르는 물이 맑아서 흙 묻은 발을 담그기가 미안했습니다. 세수를 하고 발을 씻으며 어린 시절 개구쟁이로 돌아가서 혼자서 물놀이를 즐기고 있었습니다.

그때, 도랑가의 풀줄기에 짱구머리를 한 벌레가 붙어 있었습니다. 처음 본 이상한 형상이라 한참을 들여다보는 중에 지나가던 농부가 뭘 그렇게 보느냐고 물었습니다. 그도 그럴 것이, 나이를 먹을 대로 먹은 여자가 꽁무니를 하늘로 치켜들고 무엇인가를 열심히 보고 있으니까요. 발을 멈추고 들여다보던 농부는 "잼재리여, 잼재리" 하고 마을로 내려갔습니다.

그 흉하게 생긴 벌레가 잠자리의 유충이란 걸 확인한 것은 며칠 후의 일입니다. 알에서 깨어난 유충은 물 밑바닥, 모래, 진흙 속, 물풀의 틈에서 수개월 내지 7, 8년을 살면서 열 번에서도 더 많이 불완전 변태로 탈바꿈을 한답니다. 그 사실을 알고부터 내 머리 속은 윤회라는 단어로 가득 찼습니다.

한 마리의 잠자리가 되기 위하여 그토록 많은 탈바꿈을 해야 한다면 오늘의 나는 또 얼마나 많은 윤회를 거쳐 온 것인가 하는 생각 때문입니다. 잠자리의 유충이 탈피를 거듭하며 그때 만났던 인연들은 또 무엇이며, 오늘 나와 인연 지어진 사람들은 어느 생에 맺어진 인연일까요.

어떤 날은 인연 없이 살고 싶어 태어나지도 죽지도 않게 해주십사 발원할 때가 있습니다. 가족이라는 인연, 동기간이라는 인연, 서럽게 하는 인연, 애타게 하는 인연, 사랑함으로 아픈 인연의 꼬리에서 헤어나고 싶습니다. 그러자면 나도 레테의 강을 건너야 할 테지요. 그 강물을 마시면 과거를 깡그리 잊어먹는다는 망각의 강을 말입니다.

이 여름을 아프게 보냅니다. 어쩔 수 없는 사랑 때문임을 압니다. 가까운 사람들의 병고와 사랑하는 사람들이 하나 둘 우리 곁을 떠나가는 아픔 속에서 목숨의 유한성을 다시 한 번 곱씹어 봅니다. 시련이 있을 때 더 간절히 기도해야 한다 하셨지요?

다시 잠자리의 춤을 봅니다. 투명한 날개를 우주에 가득 뻗고 유유히 노니는 저 자유로움, 그것을 위하여 숱한 탈피를 꿈꾸어 온 것을 나는 지금 인정하고 있습니다. 그리하여 더 나은 영혼으로 진화하기 위한 도정으로 이승의 삶이 허락된 것이라면 모든 것을 접어놓고 허락된 오늘만이라도 기쁨의 씨를 뿌려야 하겠지요. 비록 우리의 삶이 이슬로 지은 집이라 할지라도 힘껏 끌어안고 뜨겁게 사랑하리라 마음 다져봅니다.

지금 나는 소독약을 저으며 또 한눈을 팔았습니다.

두모악에서

사람들은 천국보다 아름다운 세상에 살면서 왜 이어도를 꿈꾸는가. 나는 이 질문에 매달려 저물어가는 기해년 마지막 달을 보내고 있다. 이일의 단초는 겁 없이 날아간 제주도 중산간 마을 삼달리에서 비롯된다.

동생 수녀가 3년 만에 휴가를 나오면서 제주도에 한 번도 가보지 못했으니 그리로 여행 갔으면 좋겠다는 의사를 내비쳤다. 이에 네 자매가 마음을 모아 비행기를 탔다.

김영갑, 그리 낯설지는 않으나 그렇다고 많이 아는 바도 없는 이름이다. 사진작가, 수도자보다 더 수도자다운 영혼, 제주도 사람들의 이어도를 훔쳐본 죄로 루게릭이란 병으로 세상을 뜬 사진작가. 지독하게도 가난하고 외로웠던 사람.

내가 알고 있는 것은 고작 이 정도다. 그러나 아우의 입에서 그의 갤러리를 보고 싶다는 말이 떨어지기 무섭게 네비게이션에 '김영갑 갤러리 두모악'을 입력을 했던 것은 이 자유로운 영혼에 대한 내 나름의 갈

급한 욕구가 있었던 것이 아닐까 싶다.

두모악 갤러리는 김영갑이라는 이름을 빼면 초라하기 그지없는 시골 폐교에 지나지 않는다. 중산간이라는 높지도 얕지도 않는 평범한 시골마을, 언젠가는 제주도 어린이들이 모여 재잘거렸을 분교가 폐교가 되고 또 얼마큼 비워두었던 풀만 무성했을 거기에 마지막 생명의 불꽃을 피워 올린 사람으로 하여 지금 그곳은 빛나고 있다. 그 빛은 쉽게 사라지지 않을 참으로 묘하고 신기한 흡인력으로 사람들을 빨아들이고 있다.

문제는 그곳을 떠나고부터 불거졌다. 두 시간여를 머물며 그의 발자취를 더듬을 때는 대형으로 걸린 사진과 앞 뒤뜰 아기자기하게 가꾸어 놓은 마당이 제주도를 축소해 놓은 것 같은 관광의 맛을 보여줬다. 나는 그곳을 떠나면서 몇 컷의 사진을 찍고 그래도 아쉬워 사진집과 유고집을 사들고 왔다. 여기까지는 하나도 겁날 게 없는 관광객의 한 사람이었다.

하루가 저물고 잠자리에 들면서 자연스러운 모습으로 그의 사진집을 열었다. 사진집 첫 장에는 흑백으로 찍은 두모악의 전경이 양면 가득 펼쳐진다. 그리고 다음 장을 넘기면 긴 머리가 아무렇지 않게 흘러내리는 명상에 잠긴 그의 사진이 있다. 초상화라고 하기에는 참으로 맑고 고요한 얼굴, 감은 눈 안쪽의 망막으로 그는 지금 무엇을 보고 있는 것일까. 어떤 성인의 상본 앞에서 두 손을 모을 때처럼 나는 그의 얼굴 앞에 조용히 마음의 손을 모았다.

"시작이 혼자였으니 끝도 혼자다. 울음으로 시작된 세상, 웃음으로 끝내기 위해서 하나에 몰입했다. 흙으로 돌아가 나무가 되고 풀이 되어

꽃 피우고 열매 맺기를 소망했다…. 흙으로 돌아갈 줄 아는 생명은 자기 몫의 삶에 열심이다…. 천국보다 아름다운 세상에 살면서도 사람들은 또 다른 이어도를 꿈꾸며 살아갈 것이다."

밤 한 시, 두 시, 어떤 날은 새벽 다섯 시, 나는 그를 홀린 제주도의 빛 속으로 무단 침입을 감행하고 그가 사랑한 둔지오름에 서서 제주도의 바람을 맞았다. 그러노라면 바람 속으로 떠나간 그의 뒷모습이 아련하게 더듬어졌다.

충남 부여에서 태어난 그가 제주도에서 20년을 살다 거기서 떠나고 거기에 묻혔다. 사진으로 시작한 생을 사진으로 끝냈다. 필름을 사기 위해 허기를 달랠 우유 한 병을 참고, 싼 거처를 구하기 위해 제주도 변방으로만 돌았다. 오로지 사진, 사진뿐 그에게는 다른 것은 하찮은 존재였다.

그런 그에게 현세는 천국보다 아름다운 세상이었던가. 천국엘 가보지 못했으니 상상할 따름이지만 그는 왜 지지리 고생하고 춥고 배고프고 아팠던 이승의 삶을 천국보다 아름답다고 느꼈을까. 병들어 사진을 찍을 수 없이 되자 깡마른 몸이 머지않아 흙으로 돌아갈 것을 알고 폐교의 마당에 제주도 돌담을 이리저리 쌓고 혼을 묻어 갤러리를 만든 이유가 무엇인가.

자신의 흔적을 남기기 위해서인가, 아니면 제주도를 사랑함인가. 그도 아니면 자신이 찾아 헤맨 이어도를 이곳에 실현하고 싶은 욕망 때문이었을까. 답은 그 어느 것도 해답이 아니다. 적어도 내 깜냥으로는 그는 내가 잴 수 있는 시시한 사람이 아니라는 점이다.

그러기를 한 달여, 눈보라치는 어느 깊은 밤 나는 불현듯 잠에서 깨어나 사진집을 열었다. 무의식적으로 아무 데나 펼친 곳엔 그가 찾아 헤맨 '삽시의 황홀'이 고스란히 담긴 이어도가 있었다.

바로 그것이었다. 빛과 바람과 순간이 한 데 얼려 붙잡아 놓은 황홀, 눈부셨다. 파노라마로 펼쳐진 사진에는 그 누구도 염탐할 수 없는 완벽한 아름다움이 한 장의 기도문으로 내 앞에 일어섰다.

그는 이 순간포착을 위하여 추우나 더우나 새벽이나 저녁이나 봄이나 겨울이거나 길 위에 있었다. 렌즈를 들여다보며 바람을 맞았고 렌즈를 들여다보며 비를 만났다. 한 계절을 기다려 사진을 찍지 못하면 다시 일 년을 기다리는 끝없는 투혼. 이렇게 그는 몸과 영혼을 던져 이어도를 찾아내고 미지의 이어도로 떠났다.

나는 여기서 한 순례자의 고행을 보았다. 고행을 고행이라 여기면 이미 고행이 아니듯 그가 세상을 향해 던진 물음 앞에 홀로 섰다. 내가 살고 있는 여기가 바로 천국이라는, 천국이 아니라고 느끼면 천국으로 만들라는 무언의 메시지다. 또 한편 천국에 살면서도 천국임을 모르기 때문에 이어도를 꿈꾸는 인간의 한계성이 차라리 아름답게 다가오는 것이다.

천국은 어디에 있는가, 하늘나라? 땅 속 깊이? 아니다. 천국은 내일이 없는 사람의 오늘에 있다. 오늘, 이 순간 천국과 지옥이 공존하는 마음의 경계에서 선택권을 주고 스스로 길라잡이가 되어 사진 속으로 들어가 버린 치열한 영혼을 본다.

유월

한 해도 반 고비에 들어섰다. 정월부터 오월까지가 파종하는 시기라면 유월은 결실을 시작하는 일 년의 후반기에 해당한다.

올 유월은 왠지 나에게 새롭게 다가온다. 조금 높은 지대인 농막에서 내려다보면 초록, 초록의 향연이 안정감 있게 펼쳐진다. 봄의 새순이 나풀거리며 하늘에서 내려오듯 신선하고 환희롭다면, 유월의 새순은 뿌리로부터 든든한 양분을 빨아올려 성장하려는 나무의 깃발이다. 호들갑스럽지 않고 산만하지 않다. 바로 앞 과수원에는 열매솎기가 끝난 사과나무에 새순이 일제히 올라와서 초록바다가 된다. 새순은 곧게 올라온다. 아래 논에는 지금 세 포기씩 심은 볏모가 새끼치기에 바쁘다. 거기서 내뿜는 초록빛은 바로 생명이고 밥줄이다.

이 나이에 잃었던 유월을 다시 찾는다. 열두 살 나이로 치른 6·25 한국전쟁 이후, 나의 목가적인 유월은 실종됐었다. 유월은 포탄이 날아오고 사람이 죽어가고 배고픔과 공포에 떨던 기억으로 채색되어 초록빛

찬란한 본연의 계절을 잃어버렸다.

그런데 수십 년이 흐른 이제 아픈 기억은 잘려나가고 내 감관으로는 유년에 보았던 그 유월이 들어와 있다. 농막 창으로 채색되는 고추밭 이랑이 한 폭의 동양화다. 유연한 곡선으로 이랑을 타서 심은 푸르게 자라나는 고추와 이랑과 이랑 사이에 내비치는 흙빛의 조화가 구도며 색채의 미적 정점을 이룬다.

며칠 전 미타사 선다원에 들렀을 때였다. 팽주인 우담보살이 보이차를 우려 찻잔에 따르고 있을 때, 한 이웃이 산나물을 뜯으러 가자고 했다. 우담보살은 지금은 멧돼지가 새끼를 쳐서 더 사나워지므로 위험하다고 했다. 그렇다, 유월은 만물의 어미들이 부지런하게 새끼를 쳐서 종족을 번성시키는 산달이다.

농부들이 이른 봄부터 밭 갈고 씨 뿌려 모종해 기르는 작물들이 제자리에 착근을 하느라 몸살을 하다가 비로소 안정하고 성장을 하는 때다. 하늘에서는 장마라는 우기를 두어 작물에 충분히 물을 대준다. 그 바람에 농부들은 굽은 등을 펴고 편히 쉬며 애호박을 따다가 밀적을 부쳐 일하느라 소원한 이웃과 막걸리잔 기울이며 정을 나눈다.

하지가 들어 있는 유월은 반 고흐의 〈감자 먹는 사람들〉 그림이 다가온다. 그 풍경은 우리에게는 익숙한 소재다. 햇감자는 하지가 지나야 제대로 여문다. 또 하지 전후해서 장마가 들기에 시골에서는 그때가 감자와 마늘의 수확 적기다.

감자를 캐서 헛간 바닥에 펴놓으면 엄마는 잔챙이부터 먹으라고 성화를 댔다. 그때는 흰 감자는 드물고 자주감자여서 큰 물박에 담아다가 몽당숟갈로 껍질을 벗기는데 시간이 많이 걸렸다. 어머니는 어린것이 답답했던지 옹기자배기에 감자를 쏟아서 보리쌀 으깨듯이 으깨면 껍질이 벗겨졌다.

유월은 텃밭에 첫 오이를 따는 때고 마디마디 매단 마디호박을 한꺼번에 열 개도 넘게 따는 시기이고 방아다리 고추가 주렁주렁 입맛을 돋우는 때다. 비 오는 날이면 텃밭의 상추를 따다가 부득부득 씻어 잘박한 된장찌개랑 보리밥 한 양푼 비벼 소담스레 퍼먹는 축복의 계절이다.

가을에 심어 겨울을 난 밀이며 보리, 마늘을 수확하는 시기다. 여인의 자궁 안에 새 생명이 자라듯 유월은 살아있는 것들이 제자리에 안착하며 안으로 성숙하는 축복의 계절이다. 꽃모종도 콩 모종도 들깨 모종도 유월까지다. 이 시기가 지나면 모든 심어진 것들은 더 이상 옮기지 않고 제자리에서 성장한다. 그래선가 인도에는 동안거 하안거와 함께 우안거(雨安居)가 있다고 한다. 비를 맞으며 활발하게 돋아나는 초목의 생명 활동을 훼방 놓을지 모른다는 이유에서 가만히 한 곳에 머물러 수행하라는 것이다.

유월의 초록빛을 선명하게 받쳐주는 것은 망초꽃 무리다. 산 밑 묵정밭에 무리지어 피어나는 망초꽃의 흰빛은 초록을 껴안은 어머니의 치맛자락 같다. 푸근하다. 거기 몸을 던져 낮잠 한번 실컷 자고 싶다. 나는 지난 60여 년간 망초꽃을 6·25전쟁에 죽어간 장병들의 혼령들이 꽃이 되어 피어났다고 생각했다. 망초꽃을 볼 때면 무심하지 못했고 아팠다.

이제는 그런 강박관념에서 벗어나서 무심히 망초꽃을 본다. 망초꽃은 평화롭다. 해질녘이면 그 꽃은 더욱 아스라해져서 활력으로 넘치는 계절의 분망을 고요히 받쳐주고 있다.

사람을 생각한다. 사람의 유월은 어디쯤일까. 팔십을 산다면 사십이 반 고비일 터. 내 인생의 유월은 이미 오래전에 지나갔지만 다시 찾은 유월을 만끽하며 나도 올해는 조용히 우안거에 들어가 볼 참이다.

우는 여자

울어 에일 슬픔도 없으면서 울고 싶은 날이 있다. 울고는 싶어도 울어지지 않는 그런 날 골방에 들어가 화집을 펴본다.

　꽃봉오리 같은 아들을 떠나보낸 어머니가 아들을 기리는 마음으로 세웠다는 경주의 선재미술관에서 한 그림과 조우했다. 화제가 〈우는 여자〉라는 그림은 콜롬비아의 화가 훼르난도 볼테르의 작품이다. 볼테르 하면 부풀린 듯한 그림이 특징으로 상식을 파괴하고 관념을 벗어버린 특색 있는 화가라고 알고 있었는데 마침 그곳에서 전시회를 열고 있었다. 사람과 동물은 물론 심지어는 나무나 과일, 꽃까지 그의 시선이 닿는 대상은 풍만하고 과장되어 정물까지도 특별한 유머감각과 남미적 정서를 보여 준다.

　종이에 수채화로 1949년에 제작된 그림은 굵은 선과 강한 색채만으로 우는 여자를 표현했다. 머리채가 긴 여자가 무릎은 세워 잡고 또 한 손으로는 얼굴을 가린 채 벽에 기대어 흐느끼고 있다. 눈물은 보이지 않고 울음소리도 들리지 않지만 얼굴 전체를 가리다시피 한 손의 표정까지도 격렬한 슬픔을 느끼게 한다. 전라(全裸)의 모습으로 우는 여인, 혼자 울어본 사람이라면 이 여자의 슬픔에 충분히 공감이 갈 것이다. 그런데 그 그림을 보는 순간, 내 마음속에 노래 한 소절이 새어나왔다. "사랑의 기쁨 어느덧 사라지고 … 슬픔만 남았네" 하는 마르티니의 곡이다. 그림의 분위기가 노래의 이미지와 잘 어울렸다.

또 한 그림은 얼굴 표정이 그대로 드러나 있다. 늙지도 젊지도 않은 여자가 눈을 내리감은 채 울고 있다. 찌푸려진 미간, 볼 위로 방울져 내리는 눈물, 반쯤 벌린 입을 수건으로 막고 있다. 사실적인 표현인데 그림을 보고 있으면 깊은 내면으로부터 표출된 진한 비애가 느껴지며 한참 뒤에는 이상한 카타르시스를 맛보게 된다. 슬픔도 녹아내리면 이슬이 되는 것일까.

속 시원히 울어 본 것이 오래된 것 같다. 어려서는 동네에 초상이 나서 꽃상여가 나가면 상주보다 더 울어서 이상한 애라는 핀잔도 들었다. 조금 자라서는 영화를 보며 너무 울어서 줄거리도 잊어먹는 일이 많았다. 한때는 가족들과 텔레비전을 시청하다가도 돌아앉을 때가 많았고 신문에서 감동적인 기사를 만나도, 병석에서 일어섰다는 친구의 소식에도 눈물을 흘렸다. 반가워도 안타까워도 솟아나던 눈물, 내 설움에 울기보다 남의 일에 더 아파하고 울던 때가 분명 있었는데 눈물이 사라져간다.

눈물이란 게 과학적으로 따지자면 미세한 분자의 염분과 산소와 수소

라지만 마음이라는 강을 건너 표출되는 감정의 발산이고 보면 눈물이
사라진다는 것은 마음이 사라진다는 또 다른 의미가 아닐까 싶다. 눈물
이 메마르는 것처럼 감동이 사라진다. 어떤 대상에 순수하게 몰입될 때
감동이 되는데 명색이 작가라는 입장에서 보면 순수가 사라진다는 것은
애석한 일이다.

　눈물 중에도 자기의 허물을 뉘우치는 눈물이 가장 값지다는 이야기도
있다. 회개의 눈물일 터이다. 어떤 이는 여자의 눈물에 속지 말라고 경
고를 한다. 그러나 나는 울고 있는 사람은 악인이 아니라고 믿는다. 웃
음에는 헛웃음이 있지만 울음에는 헛울음이 없다. 가끔 연속극에서 우
는 장면을 볼 때면 탤런트가 그 작품에 동화되었는지 아닌지를 우는 장
면에서 알 수 있다. 감정은 맨송한 채 인위적으로 액체를 눈에 넣어 흘
리는 경우 시청자들은 가짜구나 한다.

　이 시대는 눈물이 없다. 자기 자신을 위해 흘리는 눈물보다 남을 위해
흘리는 눈물이 많을 때 사회가 정화되고 정의가 살아나겠지만 자기 자
신을 위해서도 울 때가 왔다. 무엇 하나 부족한 것이 없는 세상이고 보
니 울 필요가 없겠으나 눈물과 더불어 빵을 먹어본 사람이 아니면 인생
의 참맛을 모른다는 명언의 의미를 새겨 보아야할 것이다.

　나는 오늘 마르티니의 〈사랑의 기쁨〉을 흥얼거리며 화집을 들고 골방
으로 들어간다. 사랑은 슬픔만 남기고 흘러갔고 가슴은 텅 비어버린 오
후, 이제야말로 나를 위해 울 때가 오지 않았나 싶다.

　언제 하루 날을 잡아 국민 전체가 한바탕 울었으면 좋겠다. 여자가

울고, 남자도 울고, 노인도 울고, 대통령도 울고, 야당 당수도 울고, 각료도, 법조인도, 기업주도, 노동자도, 대학생도 그리고 종교인까지 진정으로 자기 마음 안으로 걸어 들어가서 뜨거운 눈물을 흘렸으면 한다. 그리고 눈물에 씻긴 마음으로 다시 시작해 보면 어떨까.

야스나야 폴랴나의 풀 무덤

내가 러시아를 좋아하는 이유는 세 가지다. 광활한 대지에 이어지는 자작나무 숲과 여름밤을 하얗게 바래는 백야와 읽을수록 매료되는 작가들의 작품이다. 그 중에도 야스나야 폴랴나를 생각하면 농사꾼 모습으로 풀을 베고 있는 톨스토이가 눈앞에 다가온다. 내가 농사꾼이어서 그런가, 그가 러시아 문학의 거봉임에도 불구하고 농민의 복장을 하고 집에서 만든 장화를 신고 농민들과 함께 밭일을 하는 모습이 가장 친근하게 마음을 차지한다.

모스크바에서 200킬로미터가 넘는 톨스토이 생가를 방문한 것은 러시아 문학기행의 백미였다. 그가 태어나고 자라고 대작을 창작했던 생가를 보기 위해, 아니 그의 숨결을 생생하게 느끼고 싶어 하늘 길을 날았다. 때는 7월, 끝이 보이지 않는 땅에는 보랏빛 꽃무릇이 무리지어 피어 다가왔다 멀어져가는 자작나무 숲과 어울려 한 폭의 그림을 보는 듯했다.

지팡이만 꽂아도 싹이 돋는다는 러시아 땅의 노른자위 야스나야 폴랴나로 가는 길에는 변변한 가게나 휴게소가 없다. 드문드문 '다차'가 보인다. 다차는 러시아 사람들의 주말 농장이다. 방갈로와 비슷하고 열 평에서 삼십 평 남짓한 텃밭이 딸려있다.

톨스토이는 평생에 세 번이나 이 길을 걸어서 모스크바까지 왕복을 했다고 한다. 원체 걷기를 좋아하고 정체를 싫어했던 노작가는 먼 길을 걸으면서 작품을 구상하고 삶을 되돌아보며 자신이 가야할 길, 해야 할 일들을 사색했을 것이다.

이곳을 톨스토이 영지라 부른다. 그는 1828년 8월 28일 여기에서 태어난다. 넓고 비옥한 땅, 부유한 귀족의 자제로 태어나서 두 살 때 어머니를 여위고 고모의 손에서 자란다. 그리고 9세에 아버지마저 여읜 천애고아가 되어 야스나야 폴랴나를 떠난다. 그의 회상에는 어머니를 그리며 이 영지에서 어머니의 발자국을 생각한다고 했다.

젊어서부터 농민들의 생활을 개선시켜 보려고 노력했으나 실패로 끝났다. 그 후 파리와 스위스 등을 여행하고 유럽 물질문명에 회의를 느낀 그는 야스나야 폴랴나로 돌아와 자기의 모든 사유재산을 사회에 희사하고 농사에 종사한다. 이때부터 그는 인도주의적 경향이 짙은 작품을 썼다. 또한 작품의 기초가 되는 세계관은 악에 대한 무저항과 선과 사랑에 의한 세계주의였다.

글을 쓰는 사람으로 흠모하는 작가가 있다는 것은 좋은 일이다. 나는 오래 전부터 도스토옙스키 작품에 매료되었다. 인간심리의 복잡한 다면 성과 무한한 모순, 분열들을 그린 ≪까라마조프가의 형제들≫이나 ≪백치≫ 같은 글은 평생 동안 반복해서 읽어도 좋을 책이다. 그러나 톨스토이를 좋아하는 이유는 이와 좀 다르다. 작품을 떠나서 작가는 존재하지 않는다 해도 작품은 물론이거니와 삶 자체만으로도 톨스토이는 매력적이고 아름다워 존경받기에 충분하다.

그는 나이가 들어감에 따라 농부들과 함께 하기를 좋아했다. 또한 농노에 대한 특별한 애정으로 그들 자녀들을 위하여 영내에 기숙학교를 세우고 젊어서 한때는 직접 가르치기도 했다. 그 기숙학교가 하얀 건물로 남아있다. 지금은 비어 있으나 오래 전에는 아이들의 웃음소리가 메아리쳤을 것이다.

그 길에 면사포를 쓴 신부와 예복을 입은 신랑이 손을 잡고 웨딩행진을 하고 있다. 보얀 얼굴에 솜털도 채 가시지 않은 러시아의 농촌 총각 처녀들이다. 러시아 젊은이들에게는 비용이 많이 드는 교회나 예식장보다는 아름다운 야외 기념관이나 공원에서 결혼식을 올리는 것이 최근의 유행이라고 한다. 톨스토이는 180년 뒤 당신의 영지가 인생을 새 출발하는 가난한 젊은이들의 축복장이 될 것을 알았을까.

물봉숭아 꽃이 뒤덮은 자리에 하얀 목조건물이 아담하다. 영지에 있는 생가라 하여 저택을 상상했던 나는 실망스럽기도 했으나 현관에 들어서면서 실망은 놀라움으로 변해갔다.

그가 15개국 언어를 구사하였고 80세가 넘어서 일본어를 시작했다는 안내인의 말에 끝없이 탐구하는 작가의 정신에 압도되고 말았다. 또한 하루에도 10여 통이 넘게 세계 각국에서 오는 편지와 저서를 받고 일일이 답신을 보냈다는 이야기에 부끄러워 고개를 들 수가 없다.

그가 ≪부활≫을 썼다는 방, 그리고 눈 쌓인 새벽에 가출을 감행하던 방 책상에 눈길이 박힌다. 말년에 소로우와 인도의 간디 등 인류의 스승들 책을 읽고 그들의 정신적 자유로움에 경도되었다는 노작가, 81세의 겨울, 노구를 이끌고 추운 겨울 집을 떠날 만큼 절박했던 그것이 무엇일까. 단지 자유로움뿐이었을까.

그 길 끝에서 풀로 덮인 무덤을 보았다. 묘비도 묘석도 없다. 그의 유언대로 높이가 20cm도 안 되는 토총이 잔디에 묻혀 물소리를 듣고 있다. 여기가 바로 ≪전쟁과 평화≫ ≪인간에게는 얼마나 많은 땅이 필요한가≫라는 작품을 쓴 세계적 문호가 영면하는 자리다. 이 토총 하나만 보았대도 후회 없을 야스나야 폴랴냐, 여기서는 바람도 조용히 분다. 꽃도 치장 없이 핀다. 여기서는 모두 본연의 모습으로 돌아간다. 역사를, 영원을 말하지 않는다. 그저 그분과 함께 침묵할 뿐이다.

내 안의 노마드

언제부터인가 말 한 필을 기르고 있다. 성질이 급하고 외골수인 야생마를 길들이는 일이 쉽지는 않지만 나를 버텨주는 지렛대도 되어주니 불평할 처지는 아니다. 실은 반생을 순한 말과 동거를 했다. 주인의 말이라면 불평 없이 순종하는 그 말은 싫증이 났다. 야생마야말로 당기고 밀치는 삶의 볼륨이 있어 죽이 맞았다.

이 말은 호기심이 많아서 제자리에 멈춰있는 것을 질색한다. 가보지 않은 곳, 해 보지 못한 일에 대해 남다른 관심이 많아서 늘 깨어 있다. 정주는 금물이다. 저 혼자 오랜 시간 방치하면 제 집을 머리로 들이받아 망가뜨리거나 우리를 넘어 탈출을 시도하여 길들이는 일이 요원하다. 이 말이 충동을 해서 요령 없는 마주가 죽을 뻔한 일이 있다.

몇 년 전 태국에 갔을 때다. 젊은 사람들이 파타야 앞바다에서 패러세일링을 즐기는 것을 뒷짐 지고 보고 있었다. 후배들이 하나, 둘 나서며 표를 끊자 잠자코 있던 말이 속에서 요동을 치는 거였다. 타자고,

이번에 안 타면 더 늙어서는 어림없다고, 혹여 공중을 날다가 숨이 멈춰 버린들 무슨 대수냐고. 마주는 이 꼬임에 넘어가서 앞으로 나섰다.

유혹은 공포와 은밀한 쾌감을 동시에 준다. 구명조끼를 입고 출발선에 섰을 때 가슴이 벌렁거리고 손에 생 땀이 났다. 선참자의 비행모습이 시야에서 사라진 하늘을 올려다보다 검푸른 바다를 보고는 어금니를 물었다. 갑자기 누가 등을 밀자 붕─하고 공중부양을 했다. 그 순간 몸은 새의 깃털처럼 가벼워지며 전신을 파고드는 홀가분한 기분은 지상에서 한 번도 느껴보지 못한 밀도 있는 쾌감이었다. 아득한 하늘 속으로 사라져버려도 좋겠다는…. 그러나 그것이 전부는 아니었다. 하늘 속이 궁금한 거였다. 고도를 높일수록 개체는 없어지는 듯한 느낌, 순간 몸이 바다로 급속 낙하하면서 물에 첨벙 빠졌다가는 다시 붕 떴다. 엔딩자막이 스쳤다. 내 안의 말도 조금은 놀란 듯싶었다. 그러나 이내 평정을 되찾고 의기양양해졌다. 모든 것은 모험심이 있어야 새 세상을 만날 수 있다고 정체는 죽음과도 같다고 궤변을 늘어놓았다.

그 후, 한동안 잠잠했다. 그가 잠잠하면 평화가 찾아온다. 평화란 나태의 또 다른 얼굴인 줄 모르고 타성의 일상을 누린다. 내 안의 말은 이런 시간을 제일 못 견뎌 한다. 숨만 쉰다고 산 것이 아니라고 틈만 나면 세뇌를 시킨다.

떠나야 한다. 등에 배낭 하나 달랑 메고 표를 끊어서 기차를 탄다. 목적지가 없다. 어떤 겨울에는 매력 넘치는 그리스인 죠르바를 따라 주야장천 헤매고 그 바닷가에서 죽도록 춤을 췄다. 멋진 자유인 그의 철거

덕거리는 장화소리도 좋고 수염도 좋고 분망도 좋다. 그가 치는 산투르 소리는 상상만으로 황홀했다.

내 안의 말도 조르바를 닮아간다. 한번은 이놈의 충동으로 개헤엄도 못 치는 사람이 바다로 들어갔다. 그는 충동이라는 호기심을 미끼로 쓴다. 하늘도 올라가 봤고 땅 위는 수십 년 간 탐험해 봤으니 이제는 물속 나라가 궁금하지 않냐고. 여의도 63빌딩 아쿠아리움을 보았고 해양 아쿠아리움도 텔레비전 화면에서 가끔 보았지만 현장에서 육안으로 본 것만 당하랴. 말은 나를 꾀었다.

필리핀 따가이따이 여행 때다. 화산재를 밟으며 늙은 말에 올라 화산 분지를 오른 탓인지 말은 의기충천하여 물속으로 들어가자고 생떼를 썼다. 얼굴에 물안경을 쓰고 잠수를 하는 후배들이 한 마리 인어가 되어 유유히 노니는 광경이 인상적이었다. 나이를 생각했다. 내일 모레면 팔십 고개로 오르는 노구에 욕망은 사치라고 나를 주저앉히느라 안간힘을 썼다. 바로 그때다.

내 안의 말이 나이 타령 하지 말고 지금 이 순간을 즐기라고 닦달했다. 푸른 바다 속이 어떤 색깔을 품고 있으며, 어떤 생물들이 어떻게 살고 있는지 궁금하지 않냐고. 그건 맞는 말이다. 한때는 바닷가에 태어나서 숨비 소리 내며 바다를 주름잡는 해녀가 되었으면 했다. 그 이유는 보는 것 말고도 식욕을 자극하는 갖가지 해물들이 유혹해서다. 심층에 내려가서 지느러미 하장대며 바다의 속살을 느끼고 싶었다.

나는 뛰어들었다. 신비였다. 물안경 밖으로 펼쳐지는 바다 속엔 또 하나의 세상이 있었다. 바위에 붙어있는 산호나 조가비나 말미잘이나 어느 것 한 가지 가만히 있는 것이 아니었다. 아무도 보아주지 않는 초록빛 춤을 추고 있었다. 움직인다는 것은 바로 살아있는 것, 이들은 모두 바다라는 목초지에서 생동하고 있었다.

그것도 잠시, 숨이 막혔다. 질식 직전 나는 죽기 전에 물고기가 요동을 치듯이 그런 몸짓으로 빠르게 솟아올랐다. 그 시간이 한 십 분쯤 되는 줄 알았는데 고작 3분이었다고. 그러나 3분의 마력은 지금도 나를 꿈꾸게 한다.

말이 안내하는 곳은 언제나 새롭다. 신천지는 아니라도 내 감각이 새롭게 느끼는 세계, 꿈꿀 수 없는 사랑을 꿈꾸게 하고 음치인 줄도 모르고 노래하게 한다. 생이 끝나는 날, 내가 길들인 이 말을 타고 또 다른 별로 떠날 것이다. 자유를 찾아 떠날 것이다. 카잔차키스 조르바라도 좋고 돈키호테도 좋다. 아니 우리 곁에 다녀간 방랑시인 김삿갓도 좋다. 또 다른 목초지를 향해 미지의 자유를 향해 유랑을 떠날 것이다. 나는 노마드니까.

혼(魂)으로 쓰는 글

들녘에 피어나는 들국화는 피고 싶어서 핀다. 꽃더러 왜 피느냐고 묻지 말라. 살아 있음의 가장 확실한 모습임을….

내가 수필을 쓰는 것도 마찬가지다.

어느 시인은 나에게 "가슴으로 오는 소리를 듣고, 가슴으로 글을 쓰는 사람"이라 하고, 어느 분은 "혼(魂)으로 쓰는 글"이라고도 한다. 삭여보면, 본능적인 욕구의 표현 행위로 보는 것이 아닌가 싶다. 작가가 작품을 쓸 때 그는 곧 자신의 생명을 피우는 작업이라 생각한다.

수필이라는 나의 꽃은 암울했던 시기에 구원의 손길로 왔다. 작가가 된다거나 지면에 발표하려는 꿈을 갖지 못하고 살아가는 과정에서 부딪치는 고통이 글을 쓰게 하였고, 그렇게 함으로써 살아날 수 있었다.

누구에게 기대어 위로받고 싶거나 스스로 무너질 때 차오르는 비애를 기도하듯 쓰다 보면, 바람은 잔잔하여지고 삶의 구실을 찾을 수 있었다.

그렇게 시작한 글이다. 친구이듯 스승이듯 붙잡아 주고 다독여 준 수필, 그래서 엄격하게 이렇게 저렇게 써야 한다고 주문하지 않았다. 이론에 급급하다 보면, 쓰고 싶은 대로 써지지 않았다. 나의 글이 잡초처럼 질기고 모양 없음은 거기에 기인된 것이 아닐까 한다. 다만, 어떻게 쓰느냐 보다 무엇을 쓰느냐에 마음을 쓴다. 글감이 진국이면 표현이나 구성에 다소의 무리가 있다 해도 전달되는 공감은 컸다. 그럼에도 불구하고 써갈수록 까다로워지고 모르게 되는 까닭은 무엇일까?

그래서 수없이 흔들리며 글을 쓴다. 그것을 미완(未完)의 허무라고 생각한다. 개인의 감성, 체험, 지식, 사유를 동원하여 쓰지만, 써놓고 보면 미흡하기 짝이 없다. 지금도 마감일에 쫓겨 원고를 부치고 나면 몹시 앓는다. 또 활자화 되어 나오는 글이 부끄럽고 두려워서 열어보지 못하고 며칠을 보낸다. 그때의 부끄러움과 허탈함이 다시 글을 생각하게 하고 쓰게 하는지 모른다. 수필이 개성의 문학이라 하고, 한 작가가 쓰는 작품이 같을 수 없음은 편편마다 느껴지는 대상이 다르고, 표현의 기법도 새로움을 요구하기 때문이 아닐까 한다.

이런 나에게 수필 작법이라는 트여진 도(道)가 없다. 다만 오래 전부터 몸에 밴 버릇이 몇 가지 있다. 자유로운 시간을 가질 때마다 글을 쓴다. 일상생활에서 평범하게 지나칠 수 없는 대상들, 자연과 사람들, 모든 사물들과의 교감을 느낌대로 기록해 둔다. 그런 습관은 잠들지 못하도록 의식을 깨우고, 사물에 대한 예리한 통찰력을 길러주는 것 같다. 또, 섬광처럼 지나가는 영감들을 메모한다.

개미가 먹이를 물어 나르듯이 나의 체험을 확대하기 위해 자료를 모으고 스크랩한다. 이 노트는 원고지로 옮겨지는 것은 아니다. 내 것으로 소화되고, 그때의 주제와 접목되었을 때 가능하다.

나는 주제가 붙어서 오는 청탁원고 쓰기가 어렵다. 기량의 부족에서 오는 것이고, 독자를 의식하거나 잘 써 보려는 욕심 때문이 아닐까 싶다. 더 흔들린다. 매번 쓰는 글인데도 절벽 앞에 서 있는 느낌이다. 어떤 때는 안개 자욱한 빙벽이고, 어떤 때는 손을 내밀면 잡힐 듯하다가 저만치 물러가고 더 가까이 다가서면 자취도 없이 사라지는 피안의 영봉, 시시각각 변하는 사유의 성(城)이다.

절벽 앞에서 마음이 고요로워지기를 기다린다. 기억을 뒤져보고 쉽게 상(想)이 떠오르지 않을 때는 메모 노트를 펼친다. 어떤 분은 그것을 '예술적 감흥'이라고 표현했지만, 나는 계기 또는 충동이라고 생각한다. 계기나 충동에 의해 대상이 잡히면 주제를 향해 소재들을 모으고, 어떻게 형상화할 것인가 고심한다. 그리고 나는 왜 이 글을 쓰는가, 자문하면서 제목을 잡는다.

글을 쓰는 사람이면 공통된 난제가 첫 대목이다. 글의 주제를 암시할 수 있으면 더욱 좋다. 그러나 첫 구절보다 더 많이 생각하는 것은 마지막 구절이다.

글 쓸 때의 유의점은 나 자신에게 정직하려고 노력한다. 작가는 자신만치의 글을 쓴다. 잘 쓰려고 애쓰는 대신 나의 렌즈를 통해서 느껴지는 것을 담담하게 쓰고자 한다. 감추지 말고 자신의 부족한 면까지 성찰하고 고백하는 과정을 거치면서 수필은 곧 그 사람이 된다. 그런 면에서 수필은 나에게 허구를 허락하지 않고, 인격적인 만남을 요구한다. 문장은 소박하고 되도록이면 쉽게 쓰고자 한다. 편견이 아닌 보편적인 진실의 모습을 나의 사유로 걸러 나의 그림으로 형상화하려 한다.

글 쓰는 일을 산고에 비유하기도 하지만, 나는 열병이라는 생각을 자주한다. 쓰고자 하는 대상과의 어우러짐, 그것은 밀애와도 흡사한 심적 충동이다. 자나 깨나 오로지 탐구하고 유인하고 애무하고, 의식은 한 층계씩 내면으로 침잠한다. 열이 오른다. 눈빛이 비어가고 오관의 넋이 빠져버린 허수아비가 되면서 눈부신 빛줄기를 따라간다. 그럴 때 나는 수필혼과 접신된다. 어딘지 모르는 곳으로 끌고 가서 가슴을 열어주면 일사천리로 절벽을 오른다. 그렇게 마무리 짓는 것은 추고를 많이 하지 못한다. 아마도 사랑에 눈이 먼 탓일 것이다. 내 안에 고여 와서 출렁이는 것을 쓸 때의 일이다. 대개의 경우는 노트에 초벌을 쓰고, 원고지에 세 번쯤 옮기면서 가지를 쳐낸다. 청탁 기일에 쫓기지 않으면 서랍 속에 묵히면서 퇴고를 한다.

지금까지의 글이 살고 싶다는 외마디 소리였다면, 앞으로는 들국화 같은 수필을 쓰고 싶다. 악천후의 기상에도 쇠하지 않고 무서리 내린 들녘에 다소곳이 피어나는 들국화, 저만의 조용한 품격을 지니고 깊은 사색으로 결을 삭여내 아름다운 혼이 깃든 글, 유연하게 흐르되 뼈가 있는 글, 사람의 가장 깊은 곳으로 스며드는 감동의 향기가 있는 글을 쓰고 싶다.

염정임 편

마산 출생.
경기여고, 서울대학교 독문학과 졸업.
〈수필공원〉(1986), 〈현대문학〉(1987)로 등단.
에세이문학 기획위원, 수필문우회 회원. 한국문인협회 이사, 국제펜 한국본부 이사, 한국여성문학인회 이사.
수필집 ≪미움으로 흘리는 눈물은 없다≫ ≪유년의 마을≫ ≪우리 집 책들의 결혼≫ ≪시간의 아이들≫
선집   ≪회전문≫ ≪작은 상자 큰 상자≫
수상   에세이스트상(월간 에세이 주관), 현대수필문학상, 펜문학상, 구름카페문학상, 조경희수필문학상
E—mail : ivy1717@

문자의 그 신성함과 아득함,
그리고 은유의 신비로움에 빠져서 헤매었다.
미세하게 움직이는 그들의 숨결에 마음을 뺏겨 왔다.
설사 그것이 미망이요, 사막의 신기루일지라도
남은 생을 지금처럼 살아 갈 것이다.
가두어 놓은 바닷물에서 문득 눈부신 흰 소금이 오듯이,
겨울을 나며 죽은 듯 잠자던 매화가지에
어느 순간 싸라기 같은 꽃봉오리가 오듯이….
어느 날엔가 한 줄의 문장이 홀연히 나에게 오기를 꿈꾸며,
오늘도 문학이라는 사막 길을 걸어간다.
-<수필론> 중에서

나의 왼발

작년 연말에 시작한 백내장 수술은 4월이 되고서야 양쪽 눈이 모두 끝났다. 봄이 되면서 치과 진료를 시작했다. 임플란트 하나에다, 오래 전에 씌웠던 크라운을 뜯어내고 다시 새로 씌우는 치료도 하였다. 봄은 다 가고 여름 더위가 시작되던 날이었다. 두어 달 동안 계속 되던 치료 마지막 날, 진료시간에 맞춰 급히 가다가 그만 넘어지고 말았다.

　도심 한 복판에서 점심시간에 파도처럼 밀려오는 젊은이들 틈을 비집고 나가다가, 잠깐 현기증을 느낀 순간 왼발을 제치며 주저앉고 만 것이다. 그러나 그 아무도 쓰러진 노파에게 관심을 두는 사람은 없었다. 젊은 남녀들은 손에 손에 커피 잔을 들고 즐겁게들 이야기하며 나를 지나갔다. 심한 통증을 느끼면서 절룩거리며 택시를 잡아타고 치과로 갔다. 그리고 진료를 모두 끝내고 난 후에야 정형외과로 갔다. 안과에서 치과로 옮겼던 나의 병원 순례는 치과에서 다시 정형외과로 같은 날에 바톤 터치를 한 것이다.

영화 ≪나의 왼발≫에서 주인공은 온 몸이 마비되어 움직일 수가 없지만 왼발만 움직일 수 있었다. 그러나 나는 지금 온 몸은 움직일 수 있지만, 왼발은 움직일 수 없다. 평소에 나는 내 몸의 균형 감각에 대해서 열등하게 느끼고 있긴 했다. 몇 년 전 요가 교실에 다닐 때에 몸의 균형을 잡는 동작은 언제나 나를 당혹스럽게 했다. 발이 작기도 하지만 한 발을 들고는 단 몇 분도 서있을 수가 없었다. 그러나 이렇게 쉽게 내 몸이 무너질 줄이야.

엑스레이를 찍은 결과 왼쪽 발등의 뼈 하나가 금이 갔다고 한다. 의사 선생님은 반 기브스를 해 주며, 외출을 자제하고 집에서 쉬라고 한다. 그래서 직립인간으로서 활달하게 걷던 즐거움을 당분간 반납해야 했다.

한더위 가운데 집에서만 머물다 보니, 발은 불편했지만 그런대로 지낼 만 했다. 그동안 무엇 때문에 그렇게 바쁘게 돌아 다녔던가 하는 생각이 들었다.

이제는 모든 욕망을 내려놓았고, 잿불처럼 남아 있던 꿈도 이미 접었다. 오직 생존만이 나의 명제로 여겨진다. 아프지 않고 일상을 사는 것, 그것만이 나의 바람이 되었으니 서글픈 일이다.

한 이틀 지나 붕대를 살짝 풀어 보았다. 발등에서 발가락까지 시퍼렇게 멍이 들었고, 통통 부어 있었다. 그것은 내 발이 아니었다. 나의 왼발은 너무나 낯설었다.

오른 쪽 발과 나란히 놓고 비교를 해 보았다. 나의 오른발은 아직도 춘향이처럼 날렵하고 예쁘다. 다섯 개의 발가락에 힘을 주니 꽃송이가 피어나듯이 쫙 벌어진다. 외씨버선을 신지 않아도, 전족을 하지 않아도 사랑스러운 발이다. 발은 얼굴이나 손에 비해서 그렇게 많이 늙지 않는 모양이다.

사실 왼발이라고 해서 나는 오른발과 차별을 했던 적은 없었다. 그러나 지금의 나의 왼발은 매질을 당한 무수리처럼 처참한 몰골이다. 넘어지는 내 몸을 받쳐 주느라 그렇게 망가지고 만 것이다. 왼발이 아니었다면 나는 고관절이나 척추를 다칠 수도 있었을 것이다. 어디를 가든 묵묵히 체중을 떠받혀 주며 목적지로 데려다 주었던 내 발!

기성화를 샀다.
누굴 위해 만들어진지도 모르는 것에
순응하는 발

누구를 위해 마련된지도 모르는 길을
나의 집도 아닌
집으로
익숙하게 돌아가는
발
　　　─ 신달자 시인의 〈발〉에서

나는 그동안 얼굴에는 온갖 화장품을 바르고 거울을 보며 가꾸어 왔는데 발에 대해서는 너무 무심했었다. 당분간 두어 달 동안은 나는 오른 발을 의지하고 살게 되었다. 손발이나 눈 등을 두 개씩 만들어 만약의 경우에 대비하게 한 조물주의 배려와 지혜는 얼마나 뛰어난가.

걸음마를 시작한 이후, 지금까지 이 발이 이끄는 대로 나는 여기까지 온 게 아닐까? 나는 지금처럼 좁은 보폭으로, 절뚝거리며 서툰 몸짓으로 한 세상 살아 온 것 같다.

넘어지는 것은 잠깐이었다.

지구의 한 모퉁이가 기우뚱하면서, 나의 일상의 기둥은 주저앉고 말았다. 그 순간, 생의 뒷면– 장차 내가 만나야 할 어떤 순간을 슬쩍 엿보았다.

2193원

며칠 전, 내 통장에 2193원이 입금되었다. 누가 보냈는지 알아보았더니, 오래전에 쓴 나의 수필 〈침대에 관한 명상〉의 일부가 고등학교 문학교과서에 실렸는데, 그 저작료라고 한다.

커피 한 잔 값도 안 되는 돈! 아무리 나의 글들이 허름하다고 하더라도, 글 값이 그렇게 싸다니 어이가 없기도 하고, 혹시 남이 알까봐 창피스러운 마음이 들었다.

그 교과서를 보지 못했으니, 얼마나 인용이 되었는지는 모르겠으나 쓸쓸한 기분은 오래 갔다. 내 글의 가치가 동전 몇 개밖에 안 되다니 차라리 그 돈을 되돌려 줄 것을 하는 생각까지 들었다.

나는 마치 거리의 예술가가 된 것 같았다. 언젠가 유럽 여행에서 본 거리의 음악가와 집시들이 생각났다. 길모퉁이에서 모자를 앞에 놓고 바이올린을 켜던 거리의 예술가, 그 모자 안에는 지나가던 사람들이 던져 넣은 동전 몇 개가 있었다.

몇 년 전 동유럽에 갔을 때에, 폴란드 크라카우의 광장에는 긴 옷을 입고 머리에 터번을 쓴 집시가 공중부양을 하는 것처럼 허공에 떠 있었다. 무언지 속임수는 분명한데, 그 장치를 찾아낼 수 없었다. 그는 묘한 미소를 띠우며, 모자 속에 동전이 던져지기를 기다리고 있었다. 아마 그들과 한패인 그 누군가는 구경에 정신 빠진 청중들에게서 돈을 훔치고 있었을 것이다. 집도 없이 이리저리 떼를 지어 다니며, 남의 눈을 속이고, 동전을 구걸하며 삶을 영위하는 그들….

얼마 전에 한 여성 문학인이 굶주려 죽었다는 신문 기사를 읽었다. 내가 알고 있는 문인들은 대부분이 다른 직업을 가지고 있다. 글만 써서는 생활이 안 되기 때문이다.

체육인이나 탤런트들, 영화배우들의 출연료나 광고를 보면 정말 굉장하다. 글 쓰는 사람들 가운데도 유명한 작가들은 엄청난 인세나 상금을 받기도 한다.

글을 쓰는 일이 누가 시키지도 않았는데 제가 좋아서 하는 일이고, 글의 주제(主題)나 제재(題材)도 돈을 주고 산 것이 아니니까. 얼마를 받든지 할 말이 없을 수도 있겠다. 그리고 정신적인 작업에 종사하면서 원고료를 가지고 운운하다니 작가로서의 고상한 품위가 떨어진다고 비난 받을지도 모른다.

2193원으로 무엇을 할 수 있을까? 콩나물 한 봉지, 두부 한 모, 볼펜 한 자루, 혹은 버스의 편도 요금….

시 한 편에 삼만 원이면/ 너무 박하다 싶다가도/ 쌀이 두 말인데 생각하면/ 금방 마음이 따뜻한 밥이 되네/ … (함민복의 〈시〉에서)

어쨌든 작품이 일단 발표되면 그것은 작가의 소유가 아니다. 활이 화살에서 날아가듯이 작품은 작가를 떠나 그 작품의 운명대로 된다. 때로는 나무에 꽂혀서 오랜 뒤에야 누군가에게 발견되기도 하고, 더러는 풀섶에 떨어져 아무도 눈 여겨 보지 않은 채 소멸되기도 한다.

누군가 글을 써서 독자가 읽으면 그 글은 하나의 풍문이 된다. 그 글을 읽은 사람은 그 작가의 언어에 전염이 되어 마치 전염병처럼 사람들 사이에 퍼진다. 아마 진시황 같은 폭군은 그 전염성과 중독성을 알기에 미리 책이란 책은 다 불살라 버렸을 것이다. 다행히 좋은 시대에 태어나, 내 책이 불 태워지지도 않고 얼마간이라도 글값이라고 지불 받는 것은 대단한 축복인지도 모른다. 나는 그 시혜에 감읍해야 할 것이다.

사실 글을 쓴다는 불온한 인종들은 오늘 같은 경쟁이 심한 산업사회에서는 도태되어야 될 존재인지도 모른다. 지금이 어떤 시대인데, 그들은 농경시대의 느림을 예찬하고, 수공예와 결핍의 추억을 보물처럼 간직하고, 아날로그적인 사고방식을 예찬한다.

"꼴찌에게 박수를" 보내는가 하면, 시멘트 틈 사이에 핀 풀꽃을 보고 호들갑을 떨기도 한다. 정작 갈채를 보내야 할 현대의 휘황찬란한 문명에 대해서는 어딘지 삐딱한 시선을 가지고 있다. 점점 높아지는 도시의 마천루들과 눈 깜짝할 사이에 지구촌 전체에 퍼지는 속도 경쟁에 대해서도 마뜩찮은 표정들이다. 이 게으른 작자들은 애꿎은 커피만 마시면서 잠도 안 자고 전기료만 축내곤 한다.

하버드대학을 다닌 혜민 스님은, 자신의 가치 결정권을 다른 사람에게 주지 말라고 했다. 그리고 신성한 나의 가치를 후하게 하라고 했다. 누구처럼 살아야 된다고 생각하지 말고, 각자가 가지고 있는 색깔과 향기를 발현하라고 했다.

나도 스님의 말씀대로 나의 가치가 겨우 2193원밖에 안 되나 싶어 슬퍼할 필요는 없을 것 같다.

아일랜드를 떠나며

아일랜드의 더블린에서 영국의 홀리헤드 항으로 페리를 타고 떠난다. 갑판에는 수십 대의 자동차가 빽빽하게 실리고 있다. 우리를 태우고, 영국과 아일랜드를 달리던 버스도 배에 실리고, 우리는 차에서 내려 넓은 객실로 올라와 자리를 잡았다. 양쪽이 유리창으로 되어 있어 바다를 바라도 볼 수 있고, 식당도 있고, 편안한 의자가 있어 도착할 때까지의 두세 시간을 지루하지 않게 보낼 수 있다. 넓은 홀, 한 코너에서는 아이들을 위해 영화를 상영하고 있다. 복도 끝에는 기념품 가게가 있어 다양한 상품들을 팔고 있었다.

이 페리의 이름은 '조나탄 스위프트'이다. 우리가 어릴 때부터 낯익은 ≪걸리버 여행기≫를 쓴 아일랜드의 국민작가이다. 어제 들렀던, 더블린의 성패트릭 성당 안에 죠나탄 스위프트가 묻혀 있고 그의 기념 코너가 있었다.

그의 한평생 동반자였던 '스텔라'도 같이 묻혀 있었다.

하늘은 구름이 잔뜩 끼어 회색으로 가라앉아 있고, 바다는 더 진한 회색으로 파도도 없이 잔잔하게 배들을 띄우고 있었다.

다른 페리가 떠나고 우리 차례가 될 때까지 기다리면서 우리는 창문을 통해 그 배들이 떠나는 것을 구경하였다. 우리 바로 앞에 있는 배의 선체에는 '율리시즈'라고 적혀 있다. 제임스 조이스의 소설 이름이다. 꼭대기에는 아일랜드의 상징인 세 개의 클로버가 그린 색의 모형으로 꽂혀 있었다.

더블린의 중심가 오코너 가에 제임스 조이스의 동상이 서 있었다. 어마어마하게 크지도 않고, 높지도 않고, 길가에서 누군가를 기다리는 포즈로 서 있었다. 모자를 쓰고 한 손으로 지팡이를 짚고, 어딘지, 풍자적인 표정을 하고 있었다. 나는 아저씨처럼 친근한 조이스 선생과 함께 사진을 찍었다. 이 한 장의 사진을 찍기 위해서 나는 더블린을 찾아 왔던 게 아닐까 하는 생각이 들었다

더블린 시내는 몇 년 전 IT의 발전으로 침체에서 벗어나는 듯 했지만, 경제가 활황인 것 같지는 않았다. 새로 지은 빌딩도 비어 있었고, 세를 놓는다는 광고가 군데군데 붙어 있었다. 지금 세계적인 불황기이니, 아일랜드 역시 불황의 파고를 넘기는 힘든 것 같아 보였다.

800년 동안 영국의 지배를 받다보니 고유의 켈틱어는 다 잊어버리고 주로 영어를 쓴다. 영국과는 종교적인 문제로 항상 갈등을 빚어 왔고, 끊임없는 전쟁과 반목 가운데, 봉기와 순교가 뒤따랐다. 마침내 1920년 영국으로부터 독립했지만, 북 아일랜드는 영국에게 내어 주어야 했던

슬픈 땅이다.

더블린 시내에서 영국의 유니온 잭 기를 보기는 어려웠다. 세계 각국의 깃발은 다 있고, 심지어는 동성애자들을 상징하는 무지개 깃발도 길거리나, 펍 주점에 걸려 있는데 영국 기는 안 보여, 그들의 영국에 대한 철저한 반감을 느낄 수 있었다.

성 페트릭 성당에서 나와 그곳의 정원을 산책했다. 그때 젊지도 늙지도 않은 두 남자가 손을 잡고 걸어 들어 왔다. 그들은 벤치에 나란히 앉더니, 서로 껴안고 상대방의 머리를 만지며 애무하기 시작했다. 주위의 시선은 신경 안 쓰는 것 같았다.

참으로 우리에게는 낯선 풍경이었다. 나는 보기에 민망해서 시선을 돌렸다. 그런데 나에게 그들은 너무나 외로워 보였다. 두 외로운 영혼이 서로를 위로하는 모습으로 보였다. 그들의 표정에는 어딘지 절박하고 어두운 그림자가 스쳐 있었다. 그들은 외로워서 동성애자가 된 것일까? 사람들이 기피하는 동성애자이기 때문에 더 외로운 것일까? 한 줄기 연민이 가슴을 스쳐 갔다. 길에서도 손을 잡고 다니는 남자들, 서로 만나자마자 껴안고 키스하는 여자들도 보았다. 과연 오스카 와일드의 나라였다.

아일랜드는 약 만 년 전에 빙하기가 끝나면서 브리튼 섬으로부터 떨어져 나와 분리된 섬을 이루었다고 한다. 그러니 태생부터가 영국은 그들에게 영원한 타자(他者)일 수밖에 없다.

원주민은 게일인이라 불리우는 켈트 족으로 선사시대부터 와서 살았다고 한다. 350년경 기독교가 아일랜드에 전파되었고, 아일랜드의 수호성인인 성 패트릭이 전도와 구제를 했다. 해마다 전 세계의 아일랜드인은 3월 13일에 모두 초록색 옷을 입고 성 패트릭을 기리는 축제를 연다.

초록 빛 에메랄드의 섬으로 불리우는 아일랜드는 그 뒤 바이킹, 노르만 족의 침략을 차례로 받고, 영국의 튜더 왕조 때부터는 본격적인 식민지화가 시작된다. 마치 우리나라가 주위 나라로부터 끊임없이 침략 당했듯이….

1840년에는 대 기근으로 많은 사람들이 아일랜드를 떠났다. 감자마름병으로 인하여 감자가 흉작이 되면서 일어난 기근이었다. 더블린 시내에는 그 때에 유랑하던 사람들의 모습이 실물대의 조각으로 세워져 있었다.

그 조그만 섬나라에 세계문학사를 풍부하게 한 많은 문학가가 태어난 것은 경이로운 일이다. 조나탄 스위프트, 오스카 와일드, 조지 버나드 쇼, 기싱, 예이츠, 제임스 조이스 그리고 사무엘 베케트 등이 아일랜드 태생이다. 웅크린 태아 같은 모습을 한 아일랜드! 어딘지 먼 전생의 혈연인 듯 마음이 끌리는 나라이다.

'율리시즈호'는 천천히 방향을 바꾸어 먼 바다로 항해를 떠났다. 우리가 탄 '조나탄 스위프트'호도 서서히 움직이기 시작했다. 아일랜드를 떠난 수많은 사람들처럼 우리도 그렇게 아일랜드를 떠났다.

마치 짧은 풋사랑 연인을 두고 떠나는 무심한 사람처럼….

물방울의 영원성

연한 갈색의 마대 위에는 물방울이 가득하다. 빛을 받아 영롱하고 그 그림자 또한 희미하게 남아 있다. 그 신비스러운 그림은 보는 사람에게 현실과 환상의 경계를 잊게 한다.

김창열(金昌烈) 화백, 그는 50년 가까이 물방울만 그리고 있다. 처음에는 캔버스에 그렸으나, 그 이후에는 마대에 그리고 있다. 때로는 압축시킨 모래나 낙엽 위에도 그린다.

그가 그린 물방울은 풀 위에 맺힌 이슬방울 같기도 하고 창문에 스치는 빗방울 같기도 하다. 금방 사라지는 물방울이 그의 그림에서는 시간을 초월하는 물성을 얻는다. 모래 위에 그린 그림은 물과 모래라는 길항하는 질료가 만나서 이루는 긴장성, 그 후에 서로 스며들고 시간이 흐르면서 흔적을 남기는, 조화와 소통의 메시지를 주기도 한다. 지극히 현대적인 매체로 그린 그의 추상화의 바탕에는 동양정신이 숨 쉬고 있음을 느낀다.

그는 왜 몇 십 년 동안 물방울만 그리는 것일까?

1929년 평안남도 맹산에서 태어난 그는 한국의 현대사의 고난을 고

스란히 체험한 세대이다. 어릴 때부터 그림 그리기에 뛰어났던 그는 광성고보 2학년 때에 화가가 되기로 결심하였다고 한다. 그때 그 학교에는 최영림 등 많은 화가 지망생이 있었다. 그러나 광성고보 3학년 때에 반공주의자란 이유로 수감되고 학교는 중퇴하게 된다. 공산주의자들을 피하여 1946년에 월남했다. 강제징용을 피해 경찰전문학교에 근무하다 우여곡절 끝에 서울미대에 입학했으나 한국동란으로 중퇴하였다.

그는 박서보, 정창섭과 함께 앙포르멜(무정형 미술) 운동을 이끌기도 했다. 어느 인터뷰에서 그는 고백했다.

"물방울은 유년시절 강가에서 뛰놀던 티 없는 마음이 담겨 있기도 하고, 청년시절 6·25전쟁의 끔찍한 체험이 담겨 있기도 하지. 전쟁이 끝나고 나니 중학교 동기 120명 중에 60명이 죽었어. 나이가 많아야 스물이야. 앙포르멜 작품에서는 총에 맞은 육체, 탱크에 짓밟힌 육체를 상징적으로 그리려 했던 것이지. 그 상흔이 물방울 그림의 출발이 되었어."

처음에 그는 희생된 친구들의 영혼을 진혼하는 의식으로 물방울을 그렸을 것이다. 그리는 동안 그 자신도 전쟁으로 인한 트라우마를 치유받았을 것이다.

그는 국제무대에 대한 꿈을 키우며 1961년에는 파리 비엔날레, 1965년에는 상파울로 비엔날레에 출품했다. 그리고 1966년 록펠러 재단의 초청으로 미국 뉴욕에 가게 된다. 뉴욕에서 판화작업도 하며 자신만의 작품세계를 모색하였다. 1969년 백남준의 소개로 파리의 아방가르드 페스티벌에 참여한 계기로 파리에 가서 정착했다.

1971년 프랑스 파리외곽의 들고양이들이 드나드는 마구간에서 생활하던 김 화백은 이른 아침 세수를 하려고 대야에 물을 받다가 물이 흘러내려 캔버스에 크고 작은 물방울이 튀었다. 캔버스 뒷면에 뿌려진 그 물방울들이 빛을 받아 영롱하게 빛이 나는 그림으로 보였다. 그는 "나의 물방울은 장엄하였다. 그때부터 시작하게 되었다."고 말했다. 1972년 파리의 전시에서 큰 반향을 일으켜 그는 세계적인 화가가 되었다.

　그는 물방울 안에다 하나의 이상세계를 구현하고 있다. 투명한 액체 안에 맑은 햇빛이 비치고 그 안에는 평화와 조화가 깃들어 있다. 고통이나 갈등을 넘어 비움으로써 얻게 되는 안식의 자리…. 그가 도를 구하듯 갈구해온 동양적 달관을 나타내기도 한다.

　그는 "물방울을 그리는 행위는 모든 것을 물방울 속에 용해시키고 투명하게 무(無)로 되돌려 보내기 위한 행위이다. 분노도 불안도 공포도 모든 것을 허(虛)로 돌릴 때 우리들은 평안과 평화를 체험하게 될 것이다. 혹자는 '에고'의 신장을 바라고 있으나, 나는 에고의 소멸을 지향하며 그 표현방법을 찾고 있는 것이다."라고 말했다.

　그의 할아버지는 근처에서 이름난 명필이었는데 그는 어린 시절에 할아버지로부터 천자문을 배웠다. 한자라는 상형문자는 그가 만난 첫 그림이었다. 1980년대 후반부터 그린 회귀(回歸) 시리즈에서는 한자가 그려진 배경 위에 물방울을 그린다. 그의 어릴 때의 향수가 어려 있는 그 그림은 한자의 조형성으로 더욱 깊은 명상의 세계를 보여 주고 있다.

　마대 위에서 주르륵 흘러내리는 물방울은 눈물 같기도 하다. 캔버스에 빼곡히 그려진 물방울은 끊임없이 노력하는 인간의 땀방울을 상징하는 게 아닐까?

인간의 눈물과 땀! 그것은 가장 순수한 결정체이다. 그의 그림은 노화백이 자신과 인류에게 바치는 위로의 헌사가 아닐까?

그는 몇 년 전 부터 한국에 돌아와 마르띤느 여사와 아들 가족들과 함께 살고 있다.

우리는 몇 년 전부터 1960년대를 미국 뉴욕에서 같이 보낸 남편의 선배 부부들과 점심모임을 하고 있다. 그 모임에 김 화백 내외도 같이 참석하신다. 가끔 북한산 자락에 모이면서 그 누구나 가난했던 유학시절의 추억을 얘기하며 젊은 시절을 그리워하기도 한다. 김 화백도 뉴욕시절(1966–1968)은 고뇌와 방황의 시절이었을 것이다.

그는 흰 수염을 기르고 있어 도인 같은 풍모이다. 천천히 어눌하게 말씀을 하시지만 손자들 이야기를 할 때는 여느 할아버지와 똑같이 얼굴이 환해진다. 가끔 값비싼 와인을 가져오기도 하고 담소를 즐기신다. 부인 마르띤느 여사도 소탈하고 냉면을 좋아 하신다.

그는 남하한 후에 제주도에 1년 간 머문 적이 있다. 그때 ≪백치 아다다≫를 쓴 소설가 계용묵 씨와 교유하며 문학에도 관심을 가져 〈밀어(密語)〉(1958) 등의 시가 남아 있다. 그가 제2의 고향으로 생각하는 제주도에 200여 점의 그림을 기부하고, 올해 준공을 목표로 미술관이 건립되고 있다고 한다. 나는 제주도의 빼어난 풍광을 배경으로 세워질 그의 미술관을 기대하며 마음 설레고 있다.

회전문(回轉門)

거리에 나가보면 모든 사람들이 바삐 움직이고 있다. 조금이라도 더 빨리 가기 위해 걸어도 될 거리를 자동차를 타고 가고, 계단을 두고도 에스컬레이터를 이용한다.

무엇을 위하여 그렇게 바쁘게 서두르는지….

나는 워낙 상황에 대한 판단이 느리고 운동신경이 둔하다보니 빠르게 움직이는 기계 종류는 모두 경계하는 대상이 되고 말았다. 그래서 현대 여성의 필수조건이라고 하는 운전면허를 몇 년 전에 따놓고도 아직 운전할 엄두를 못 내고 있다. 내 손으로 자동차를 움직여 저 줄지어 달리는 기계의 대열에 끼일 것을 생각하면 진땀이 절로 나기 때문이다.

또한 백화점에 설치되어 있는 에스컬레이터를 탈 때에도 언제나 조심스럽고 두려운 마음이다. 마음속으로 '하나, 둘, 셋'을 세면서 발 놓을 자리를 눈여겨보았다가 단숨에 발을 딛고 올라서면 그때에서야 안도의 한숨이 나온다. 그 톱니바퀴 같은 계단들 틈새로 발이 빠져들지 않은

행운을 무한히 감사하게 된다.

어쩌다가 양손에 쇼핑백이라도 들고 하행(下行) 에스컬레이터를 탈 때에는 정말 난감하다. 잘못 발을 내딛다가는 당장 아래로 곤두박질쳐 버릴 것만 같아 온몸의 신경이 발끝에만 가 있게 된다.

다이빙대 끝에 선 수영선수의 심정이 이러할까? 아랫배에 힘을 단단히 주고 오른발 왼발을 차례대로 재빠르게 계단으로 내려디디고 나면 일단은 성공한 셈이라 마음을 놓는다. 중심을 못 잡아 몸이 잠깐 기우뚱해도 속으로는 쾌재를 부른다.

그러나 그 무엇보다 나를 곤란하게 하는 것은 요즈음 대부분의 빌딩 입구에 설치된 회전 유리문 앞에서이다. 옆에 보통 출입문을 두고도 왜 굳이 빙글빙글 돌아가는 회전문이 있어야 하는지 나는 도무지 알 수가 없다. 혹시, 드나드는 어린아이들을 즐겁게 해주기 위해서라면 수긍이 가겠지만….

어쩌다가 큰 건물에 들어갈 때, 나는 회전문 앞에서 항상 긴장을 느낀다. 마치 어릴 때 친구들과 줄넘기 놀이를 하면서 그 회전하는 반원 속에 뛰어들 때처럼. 어린 시절 그 정확한 투신(投身)을 위해서 얼마나 많은 망설임과 결단을 반복했던가? 때로는 비장한 각오 끝에 두 눈을 꼭 감은 채 뛰어들곤 하지 않았던가? 실패하지 않기 위해서는 무엇보다 호흡을 가다듬고 단숨에 들어서야 한다.

그건 상당한 민첩함을 요구했다. 회전문 앞에서도 그건 마찬가지이다. 나의 몸을 용납하는 공간이 미처 내 앞에 오기 전에 미리 그곳을 향하여 전진해야 하는 데 어려움이 있다.

회전문에 일단 들어서면 자신의 의지와는 관계없이 문의 속도에 발걸음을 맞추게 되어 있다. 직립인간으로서 두 팔을 흔들며 유유히 걷는 자유를 잠시 동안이나마 유보하지 않을 수 없다. 마치 무성(無聲) 영화 시대의 찰리 채플린처럼, 또는 기모노를 입은 일본 여성처럼 발걸음을 짧게 놓아야 무사히 회전문을 빠져나올 수 있다. 따라서 군자다운 체면과 요조숙녀로서의 품위를 지키기에 회전문은 합당치가 않다.

가령 어느 빌딩 입구에서 수십 년 만에 옛날 애인들이 우연히 마주쳤다고 하자. 그러나 회전문 안에서는 말 한마디 나누지 못하고 반대방향으로 돌면서 헤어져야 한다. 극적인 해후(邂逅)가 이루어질 수도 있는 순간에, 유리문으로 쓸쓸한 일별(一瞥)만 나누면서….

그러나 회전문을 통과할 때 영화에서 보는 것처럼 도망치는 범인과 뒤쫓는 형사가 돌고 도는 장면보다 더 실감나는 때는 없을 것이다. 그것이 코미디 영화이건 007식 첩보물이건….

아무래도 회전문이 자리해야 할 곳은 고층건물의 입구가 아니라 연극이나 쇼의 무대 위가 아닌가 싶다. 회전문이야말로 마술사의 소도구로도 쓰임직하지 않은가! 들어갈 때에는 젊은 아가씨가 들어가서 나올 때에는 허리 굽은 할머니가 되어 나온다든지, 호랑이가 들어가서 나올 때에는 고양이가 되어 있다든지 말이다.

때로는 나 같은 사람으로 인해 회전문 앞에 사람들이 밀리기도 하는데, 여러 사람에게 서로 양보하고 나중에 들어가겠다고 사양하는 것은 미덕이 못된다. 마음의 준비가 된 사람부터 한 사람이라도 먼저 회전문을 통과하는 게 현명한 일이다. 장유유서(長幼有序)의 아름다운 질서를 잠깐 잊어야만 하는 것도 회전문 앞에서이다.

살아가면서 나에게 부딪쳐오는 일들 앞에서도 회전문 앞에서처럼 망설이고 뒤로 미룰 때가 많다. '이번에는 꼭' 하면서도 유리문이 몇 개나 빙빙 돌며 지나가기를 기다린다. 정작 들어서고 보면 벌써 몇 바퀴 돌고 난 뒤가 된다. '아차' 했을 때에는 항상 한 발이 늦어 있음을 발견한다.

모든 일이 너무 정신없이 빨리 돌아간다. 때로는 살아간다는 것이, 정지하고 싶어도 어쩔 수 없이 빙글빙글 도는 유리문 안에서처럼 현기증과 당혹감을 줄 때도 많다. 그러다가 언젠가는 회전문에 떼밀리듯이 이 세상에서 밀려나버릴 때가 오지 않겠는가? 자동차를 타고, 에스컬레이터를 타고, 그렇게 바쁘게 서두르지 않아도 그 때는 어김없이 찾아오리라.

회전문 앞에 설 때, 나는 이 세상에서 내가 차지하고 있는 공간에 대한 불확실성을 첨예하게 느끼곤 한다.

(1988.)

작은 상자, 큰 상자

강변으로 길을 달리다보면 길가에 열을 지어 서 있는 높은 아파트들을 볼 수 있다. 집집마다 작은 창을 허물고 큰 창을 만들어서 예쁜 커튼들을 걸어놓고 있다. 조금이라도 더 많이 강변 풍경을 즐기려고 창을 넓힌 모양이다.

아마 까마득한 옛날에 우리의 조상들은 이 강변에 움집을 짓고 살았을 것이다. 나무로 불을 피우고, 흙으로 그릇을 만들며 평화롭게 살았으리라. 아마도 그들은 이 강변에 자동차들이 다니고, 높은 아파트들이 서 있는 세상이 오리라는 것을 상상도 못했을 것이다.

아파트들은 마치 시멘트 상자를 차곡차곡 포갠 것 같아 보인다. 이 허공에 떠 있는 상자가 바로 우리들의 보금자리인 것이다.

우리는 조금이라도 흙과 가까이 하고 싶어서 화분에 꽃을 심어 가꾼다. 어떤 집은 조그만 분수도 만들어 놓고 돌도 주워다 아기자기하게 정원을 꾸며놓기도 한다. 우리들은 그 속에서 꿈을 꾸고, 아이들을 기르고, 늙어간다. 그리고 사람들은 점점 더 큰 상자로 옮겨가고 싶어 한다. 그래서 돈을 벌려고 애를 쓰고 몇 년에 한 번씩 이사하기를 마다 않는다.

어쩌면 인간은 태어나서부터 죽을 때까지 상자에서 상자로 옮겨가며 살아가는 게 아닐까. 어머니 뱃속에서 나와서는 병원 영아실의 조그만 상자 속에 누워 있고, 혹시 너무 성급하게 세상에 나온 아이들은 인큐베이터 상자 속에서 자란다.

자라서는 바퀴 달린 상자를 타고 등교를 해서 지붕이 있는 큰 상자 안에서 공부를 한다. 점심시간에는 작은 알루미늄 상자에 든 밥을 먹고, 간식으로는 조그만 종이상자에 든 과자를 먹는다. 집에 오는 길에는 거리에 서 있는 상자 속에 들어가 전화를 건다. 그리고 다시 독서실이라는 칸막이 상자에 들어가서 공부를 하기도 한다.

문명이 점점 발달할수록 사람들은 더 많은 상자를 만들어내고, 우리들은 상자를 떠나서는 하루도 살 수 없게 되어간다.

가령, 아침에 일어나면 부엌에 있는 차가운 네모상자에서 작은 종이상자에 든 우유를 꺼내어, 전자레인지 상자에 넣어 데워서 마신다. 식탁 위의 작은 상자에서 나오는 음악을 들으며 시간에 맞추어서 현관문을 나서서, 수직으로 이동하는 큰 상자를 타고 내려간다. 땅 밑을 달리는 긴 네모상자를 타고 도심에 내려서 빌딩이라는 높다란 돌상자에 들어가, 다시 올라가는 네모상자를 타고 사무실로 들어선다.

일을 하다가 휴식시간이 되면 복도에 서 있는 네모상자에서 커피 한 잔을 뽑아 마신다. 퇴근길에는 목욕탕에 가서 뜨거운 김이 나오는 큰 나무상자 속에 들어앉았다가 나온다. 집에 도착하여 아파트 1층에 있는 작은 네모상자를 열고 편지들을 챙겨 들고 온다.

옛날 사람들은 저녁밥을 먹고 나면 밖에 나가서 달을 구경하며 놀았다. 둥근 달 속에서 계수나무와 토끼를 찾으며 상상도 하고 아름다운 이야기도 만들었다. 그러나 요즈음의 우리들은 저녁이면 네모난 바보상자를 바라보며 앉아 있다. 그 현란한 영상과 자극적인 대사에 마음을 빼앗기고, 복제품 같은 이야기에도 울고 웃는다. 식구들끼리 이야기를 나눌 시간은 점점 줄어든다. 각 사람들은 방에다 또 TV처럼 생긴 컴퓨터라는 상자를 하나씩 가지고 있어, 가족들과 서로 이야기하기보다는 그 상자를 들여다보며 글자를 썼다 지웠다 한다.

컴퓨터를 들여놓은 후부터 우리 집에는 바벨탑을 쌓은 후처럼 언어에 혼란이 생기고 있다.

"아빠, 한글 도깨비 가지고 계셔요…?"

"화면이 왜 뜨지 않지? 컴퓨터 바이러스에 걸렸나봐…."

"터보 파스칼 버전 5.5가 나왔대요…."

내가 알아들을 수도, 이해할 수도 없는 도깨비 같은 대화들이 오고 간다. 나는 완전히 문맹자가 되어 소외감을 맛보아야 한다.

세상은 점점 삭막해지고 이기심으로 사람들은 상자 속에 들어앉은 듯 주위와 담을 쌓고 산다. 부자들은 집 안에 불에도 타지 않은 상자를 가지고 있고, 그 속에 또 작은 상자들을 넣고 산다. 도둑들은 그 상자 속의 작은 상자들을 훔치려다 붙잡혀서 철창이 달린 큰 상자 속에 갇혀버리고 만다.

사람들이 상자를 좋아하다보니, 명절이면 선물상자, 결혼할 때에는 예물상자를 주고받는데 이것이 문제가 될 때가 많다. 하기는 이 세상의 모든 죄악과 불행이 상자 때문이라는 신화도 있다. 판도라가 하늘에서 가져온 상자의 뚜껑을 열지만 않았다면…….

사람들의 마음도 사는 모습도 점점 모난 상자처럼 되어가는 것만 같다. 각자의 삶은 개성을 잃어가고 틀에 박힌 듯이 규격화되어 다른 사람의 사는 방식을 모방해간다. 인간으로서 진정으로 추구해야 할 본질적인 문제보다는 물질적이고 가시적인 삶에다 가치를 둔다.

우리는 누구나 조그만 보석상자를 원하고 커다란 시멘트 상자를 바라면서 어디로 가는 것일까.

우리가 최후로 몸을 눕힐 곳은 어딘가.

결국은 길다란 나무상자가 아닌가.

서글픈 일이다.

숨은 그림 찾기

나에게 있어서 수필을 쓴다는 것은 일상에 숨어 있는 그림을 찾으려는 시도라고 할 수 있다. 내가 보고 듣는 사물들과 만나는 사람들로부터, 그리고 나의 의식이나 기억 속에 숨어서 밝혀지기를 기다리는 희미한 그림들을 찾아내려는 것이다.

가끔 잡지나 신문에 보면 '숨은 그림 찾기'란 난이 나온다. 산이 있고 강이 있고 집과 사람들이 있는 바탕그림에 숨겨진 조그만 그림을 찾는 게임이다. 잎이 무성한 나무속에 물고기도 숨어 있고, 기와지붕 골 사이에는 촛불도 켜져 있다. 여인의 치마 주름살을 잘 살펴보면 조그만 새 한 마리가 날개를 접고 앉아 있는 것을 발견하기도 한다.

우리 삶의 갈피갈피에 숨어 있는 보석처럼 귀한 그림들, 나는 이들을 찾아내어 나와 함께 같은 공기를 숨 쉬고 사는 다른 사람들과 나누고 싶은 것이다.

어쩌면 이 세상은 보이지 않는 그림들로 미만해 있는 경이로운 것이 아닐까? 우리가 무심코 스쳐 지나는 일상의 사막에도 우물이 있고, 다

허물어져가는 빈 집 어딘가에 보물지도가 감춰져 있다는 것을 알 수만 있다면…. 때로는 꼭꼭 숨어 보이지 않는 그림 때문에 많은 날들을 안절부절못하며 보낼 때도 있다.

숨은 그림을 잘 찾아내기 위해서는 무엇보다도 바탕그림을 잘 살펴보아야 한다. 그러나 밑그림에 너무 집착하지 않고 조금 멀찍이 떨어져서 무심히 스쳐볼 때 선명하게 떠올리는 윤곽을 포착할 수도 있으리라. 때로는 텅 비어 있어 그림의 배경으로만 보이는 빈 여백이 커다란 숨은 그림의 일부분이 되기도 한다.

무엇보다도 내 마음이 잔잔한 물처럼 맑고 고요할 때, 깊숙이 숨어 있던 그림이 서서히 자태를 드러낸다. 내가 지나친 집착이나 욕심에 사로잡혀 있을 때, 나는 아무 그림도 찾아낼 수가 없었다. 범상하게 지나치던 돌멩이 하나가 어느 날 빛을 받아 음영을 만들면서 굴곡 있는 아름다움을 발하는 것을 볼 때가 있다. 내가 사랑의 눈으로 볼 때 숨어 있는 그림들도 그들의 비밀을 다소곳이 열어 보이는 것을 수시로 깨닫는다.

나는 내 삶이라는 바탕 그림이 이왕이면 격조가 있고 색채가 아름다웠으면 한다. 수묵의 임리(淋漓)가 절묘한 한 폭의 동양화여도 좋겠고, 보기에도 즐거운 기호와 간결하고 선명한 선으로 이루어진 추상화여도 좋겠다. 혹시나 하늘을 나는 염소와 날개가 달린 괘종시계 또는 바이올린을 켜는 수탉이 있는 샤갈의 그림처럼 숨 막히도록 환상적인 그림이 된다면 오죽이나 좋겠는가.

숨은 그림을 찾아내어 형상화하기 위해서는 역시 고달픈 작업이 뒤따른다. 그러나 그 순간은 어느 누구도 간섭할 수 없는 나만의 고독과 자유를 향유하는 시간이기도 하다. 그때 시공은 무한한 우주를 향해서 열리고 살아 있는 모든 것에 대한 연민과 근원을 알 수 없는 그리움에 떨며 나는 영감이 떠오르길 기다린다. 마치 꼬마전구에 불이 켜지듯 문득 스치는 상념을 붙들고 나는 원고지를 펼친다.

　모두가 잠든 밤에 홀로 깨어 하얀 원고지를 한 자 한 자 메워가며 나는 백설의 능선을 묵묵히 종주하는 외로운 알피니스트를 떠올리곤 한다. 그것은 글에 대한 나의 애정을 확인하는 과정이기도 하다. 나는 쓰고 지우고 또 고쳐 쓰기를 계속한다. 나는 숨은 그림을 너무 구체적으로 드러내는 것을 자제한다. 되도록 너울을 씌운 듯 은은한 색채로 두드러지지 않게 나타내려고 애쓴다.

　나는 가능하다면 상징이 풍부하고 함축성이 있는 유연한 글을 써보고 싶다. 그래서 내 글을 읽는 독자들도 내 글 속에 숨어 있는 그림들을 즐겨 찾아주었으면 하고 바란다. 어쩌면 내가 글을 쓴다는 것은 독자들이 이 '숨은 그림 찾기' 게임에 참여할 수 있도록 그림을 미리 숨겨두려는 하나의 꿈인지도 모른다. 그러나 나같이 어리석고 붓끝이 둔한 사람에게는 이러한 바람은 부질없는 짓일 것이다. 아마도 그것은 나무에서 물고기를 찾는 것(緣木求魚) 만큼이나 일이리라. 그러나 하나님은 이 세상 어딘가, 높다란 나뭇가지 속 반짝이는 잎들 사이에 싱싱한 물고기 한 마리를 숨겨두었으리라 믿으며, 나는 오늘도 설레는 마음으로 수필-숨은 그림 찾기-에 매달리고 있다.

손

손을 펴고 손바닥을 들여다보면 그곳에는 나지막한 언덕도 있고 조용히 흐르는 강물도 있다. 강물은 다시 개울로, 실개울로 갈라진다. 분홍빛 손톱에는 흰 반달이 떠오른다.

신이 만든 창조물 가운데에서도 인간의 손은 가장 섬세하고 아름다운 작품이다. 아마 신은 인간을 창조할 때 제일 마지막으로 온갖 정성과 사랑으로 손가락 하나하나를 빚었을 것이다. 신은 그의 형상대로, 그의 손 모습대로 빚고 싶었던 모양이다. 그래서 손은 세계와 자연의 축소판이며 거짓 없는 진실의 모습이다. 사람들은 그래서 손금을 보고 그 주인의 운명을 점치기도 한다.

손바닥에 흐르는 강물에는 여울목이 있고 흔들리는 물결이 있다. 만남과 이별이 있고 고뇌와 정열, 그리고 땀 흘리는 수고도 있다. 손은 모든 표정을 가지고 있다. 겸손함, 불안함, 거부하는 손짓 등…. 그래서 말을 잃어버린 사람들도 손으로 수화(手話)를 통해 대화할 수 있다.

손은 말보다 정직하다. 말이 갖는 공소함과 허황됨 그리고 거짓을 손은 모두 배제한다. 어쩌면 수화를 통해서 인간과 인간은 보다 더 진솔한 만남을 이룰 수 있을지도 모른다.

우리가 두 손을 마주 잡으면 기도하는 손이 된다. 로댕의 작품 중에 〈성당(聖堂)〉이란 작품이 있다. 그것은 바로 마주 잡은 두 손의 모습이다. 로댕은 특히 손의 모습을 많이 연구하고 창작하였다. 〈칼레의 시민〉에 나오는 인물들의 불안과 고통에 찬 손, 인간을 창조하는 〈신의 손〉 〈축복〉이란 손도 있다.

라이나 마리아 릴케가 로댕의 비서가 되기 위해 로댕의 아틀리에를 방문했을 때에 손의 조각을 보고 큰 감명을 받는다.

로댕은 릴케에게 "이게 바로 손이지요."라고 말하면서 손을 억세게 움켜쥐고 무엇인가를 만들어 낼 듯한 몸짓을 했다고 한다.

릴케는 "그런 몸짓에서 마치 사물이 자라서 나올 것 같은 기분을 맛보았다."라고 그의 아내 클라라에게 편지를 썼다. 릴케는 로댕의 끊임없이 작업하는 모습에서 사물을 형상화하는 방법을 배우게 된다. 영감의 시인 릴케는 감정을 절제하고 힘을 집중하여 소재를 사물화한다. 그 이후 그의 시는 초기의 모호한 서정성으로부터 점점 명확한 윤곽과 조형성을 갖추게 되는 것이다. 젊은 시인은 조각가의 작업에서 많은 영향을 받았다.

끊임없이 작업하고 또 부수고 다시 만드는 일을 통해 대상에 보다 가까이 가려는 노력-. 이것은 한 예술가에 국한되는 것이 아닌 우리 모두의 삶에 있어서의 어떤 추구이며 창조일 것이다. 손이란 유한한 인간이 그 존재의 흔적을 영원히 남길 수 있는 가능성이다.

로댕의 말처럼 우리는 인내심을 가지고 끊임없이 노동해야 할 것이다. 그것이 손을 가진 우리의 운명이며 삶의 확인이리라.

다시 손을 들여다본다. 지금쯤 나는 어디로 가고 있을까? 손금을 따라 언덕을 넘고 강을 건너면 햇빛 쏟아지는 평화로운 들녘에 이를 수 있을까?

장차 크고 부드러운 손에 내 영혼을 맡길 때에 자랑할 것 없는 나의 작은 손은 얼마나 부끄러울까.

쪽머리

우리들 주변에서 점차 그 모습을 감추어가는 것이 한둘이 아니지만, 그 중에서도 특히 아쉬운 것이 바로 할머니들의 쪽진머리 모습이 아닌가 한다.

쪽머리는 누구나 알다시피 길게 기른 머리를 뒤에서 한 가닥으로 땋아 동그랗게 쪽을 찌어 비녀를 꽂는 머리 모양을 말한다. 내가 어렸을 때만 해도 중년의 아주머니나 할머니들은 으레 그런 머리모양이었다.

몇 년 전만 해도 쪽진머리를 한 할머니들을 보면 돌아가신 외할머니를 떠올리고 그리움에 잠기곤 했는데 요즘은 그 모습을 보기 힘들다.

내 주위에도 한평생 쪽을 찌다가 칠순이 넘어 머리를 자르고 파마를 하신 분들이 더러 계신다. 어찌 보면 더 젊어 보이고 머리손질이 간편하기도 하겠으나, 어쩐지 서운한 느낌이 드는 것을 숨길 수 없었다.

아마 앞으로 1,20년 후면 이 쪽진머리 모습은 완전히 자취를 감추고 말리라. 사라진 모든 풍물처럼 쪽머리도 사진이나 그림으로밖에는 볼 수가 없을 것이다.

지금은 생활에서 사라진 떡살, 등잔, 함지박, 놋그릇 등은 황학동 고물시장에 가면 볼 수 있어 메마른 현대생활 속에서도, 토방의 흙냄새처럼 푸근한 회고의 정(情)을 불러일으키지만, 사라진 헤어스타일이야 어디에 가서 찾을 것인가?

가끔 화보나 광고에 날아갈 듯한 한복을 입고 쪽머리를 한 모델들을 보지만, 그 요요한 자태에서는 어쩐지 할머니들의 쪽머리에서 느끼던 소탈하던 친근감은 느끼기가 어려운 것이다.

어렸을 때 외할머니께서 머리 빗으시던 모습을 보는 것은 즐거운 일과였다.

할머니는 아침마다 참빗으로 머리를 몇 번이나 빗어내리고, 동백기름을 발라 한 줄로 잘 땋아 내렸다. 댕기의 한쪽 끝은 입에 물고, 다른 쪽 끝부터 잘 돌려 맨 다음에, 손에 머리를 감아 돌려서 닳고 닳은 백동 비녀를 꽂으시곤 했다. 아름다운 몸짓이었다. 그건 하루를 시작하는 하나의 의식(意識)이었다.

아침 햇살 속에서 할머니의 얼굴은 어떤 숙연함과 맑음으로 빛나던 것을 기억한다.

젊어서는 탐스러웠을 할머니의 쪽머리는 점점 작아져서 나중에는 갓난아기 주먹 만해졌다. 가끔 할머니는,

"비녀가 이리 무거우니, 이제 갈 때가 되었나보다."

하시며 흘러내린 비녀를 다시 꽂으시곤 했다.

흰모시 치마저고리를 입고, 흰머리를 곱게 쪽진 할머니가 먼 하늘을 바라보며 뜰을 거니시는 모습을 보면서, 어쩌면 그녀는 땅보다 이미 하늘 쪽에 가깝게 사는 사람이 아닌가 생각되기도 했었다.

쪽머리를 자세히 보면 그건 바로 매듭인 것을 알 수 있다.

우리의 옛 여인들만큼 매듭맺기를 좋아한 여인들이 있을까?

적삼의 단추도 매듭으로 대신하고, 노리개나 갓끈도 매듭을 만들어 달았다. 그들은 정한(情恨)도 바람도 꼭꼭 매듭지어 마음 갈피에 감추고 살았던 것일까.

머리를 빗는 시간은 그녀들이 모든 가사와 인습의 굴레로부터 벗어나서 순수한 자아(自我)로 돌아오는 시간이었을 것이다. 거울 속의 자신을 마주보면서 마음도 한 올 헝클음 없이 빗질을 하였을 것이다.

그들은 인고(忍苦)와 기다림을 삼단 같은 머리와 함께 가닥가닥 땋아서 매듭을 맺었으리라. 그리고 그들의 단심(丹心)인 양 붉은 댕기로 마무리해서 비녀를 찔렀으리라.

쪽진머리는 단아하고 정갈하다.

그것은 바로 옛 여인들의 심상(心像)이기도 하다.

세월이 흐르면서 시속(時俗)에 달라지는 것은 어쩔 수 없는 일이겠으나, 옛 여인들의 체취를 느낄 수 있는 마지막 유풍(遺風)일지도 모르는 쪽머리가 사라짐은 안타깝기만 하다.

그와 함께 안존하고 후덕하면서도 맺음과 끊음이 분명했던 여인들의 굳은 심지(心地)도 우리들 가운데에서 영영 사라질 것이 염려스럽다.

한 줄의 문장이 오기를 기다리며

처음에 나는 시인이 되고 싶었다. 시인이 되면 어떤 초월적인 명상의 세계에 도달할 수도 있겠구나 하는 생각이 들었다.

장미가시에 찔려 죽었다는 시인, 명징한 언어로 존재의 심연을 파헤친 영감의 시인, 그 이름조차도 울림이 좋은 라이너 마리아 릴케!

그의 시와 생애에 매료되어 나도 시를 쓸 수 있기를 원했다.

그 다음에 나는 소설가가 되고 싶었다. 김승옥, 윤후명, 오정희 같은 소설가가 되고 싶었다. 젊은 시절에 그들의 소설을 읽고 또 읽었다.

그러나 몇 줄씩 끄적여 보다가 나에게는 이야기를 얽어낼 재능이 없는 것을 알게 되었다. D.H. 로렌스는 "다른 사람의 삶으로 스며드는 것"이 문학의 목표라고 했는데 나의 사고는 그렇게 품이 넓지 않은 것을 깨닫게 되었다.

나의 상상력은 인간관계보다는 사물이나 그 너머 무언가에 더 기울어져 있었다. 내가 소설에서 매혹된 것은 소설의 구조나, 인물의 개성 보다는 문장이었다.

내 나이 마흔이 되어서 나는 다시 무언가가 되고 싶었다. 그때 지금은 타계하신 박경리 선생님은 나의 첫 수필집을 읽으시고, "감성이 너무 보드라워서 소설 쓰기는 어렵겠다."고 하셨다. 그리고 시(詩)는 젊었을 때, 시정(詩情)이 파릇파릇 싹틀 때에 써야 된다고 하셨다.

그렇게 해서 나는 운명적으로 수필가가 되었다.

초등학교에 다닐 때에 책 읽기를 즐겼고, 교내 백일장에서는 늘 장원을 하였던 아이, 어느 시구처럼 "내 안에 있는 그 때의 그 조그만 아이"가 지금까지 나에게 글을 쓰도록 이끌어 가고 있다.

수필가라는 명칭에 나는 때때로 부끄러움을 느낀다. 나의 철학의 빈곤이 그대로 드러나는 글이 수필이라고 할 수가 있을까. 연륜이 쌓이면서 글도 지혜로 익어가야 될 텐데 아직도 내 글은 풋감처럼 떫기만 하다는 자괴감에서 벗어 날 수가 없다. 대부분의 사람들이 수필이란 누구나 쓰는 글이라고 인식하고 있다. 그러나 누구나 쓸 수는 있지만 아무나 쓸 수는 없는 글이 수필인 것 같다.

수필가란 꿈꾸는 사람들, 정원의 화려한 장미이기보다, 야생화이기를 택한 사람들…. 문학이란 바이러스에 전염되어 평생을 앓는 비현실주의자들이다. 마치 먼 궤도를 떠도는 이름 없는 작은 별들처럼 그들은 낮은 목소리로 세상과 소통하려고 한다.

바닷가에서 모래집을 짓는 아이처럼 나는 왜 글쓰기에서 벗어나지 못할까?

아무 효용성도 없는 이 일이 무슨 신성한 임무라도 되는 듯, 나는 오늘도 자판기 앞에 앉는다.

수필을 쓴다는 것은 거울 속의 나를 보는 것이며, 나의 진실함을 찾는 것이다. 시시각각 자신에 대한 모순과 갈등을 감지하며 살아가는 현기증 나는 일상에서, 나의 글을 기다리는 흰 종이는 나의 고해소이며 굿마당이기도 하다. 현실에서 느끼는 막막함과 보이지 않는 절벽 앞에서 글을 쓸 때만은 영혼의 자유를 느낀다.

등단한 지 올해로 30년이 된다. 평생을 문자에 홀려 살았다고 하면 과장일까? 문자의 그 신성함과 아득함, 그리고 은유의 신비로움에 빠져서 헤매었다. 미세하게 움직이는 그들의 숨결에 마음을 뺏겨 왔다. 설사 그것이 미망이요, 사막의 신기루일지라도 남은 생을 지금처럼 살아 갈 것이다.

가두어 놓은 바닷물에서 문득 눈부신 흰 소금이 오듯이, 겨울을 나며 죽은 듯 잠자던 매화가지에 어느 순간 싸라기 같은 꽃봉오리가 오듯이….

어느 날엔가 한 줄의 문장이 홀연히 나에게 오기를 꿈꾸며, 오늘도 문학이라는 사막 길을 걸어간다.

김학 편

〈월간문학〉(1980) 등단.
전북수필문학회 회장, 대표에세이문학회 회장, 임실문인협회 회장, 전북문인협회 회장, 전북펜클럽 회장, 국제펜클럽 한국본부 부이사장 역임.
전북대학교 평생교육원 수필창작 전담교수 역임/ 신아문예대학 수필창작 교수
수필집 《수필아, 고맙다》 《하여가 & 단심가》 등 수필집 13권
평론집 《수필의 맛 수필의 멋》 《수필의 길 수필가의 길》
수상   한국수필상, 펜문학상, 영호남수필문학상 대상, 신곡문학상 대상, 연암문
       학상 대상, 대한민국 향토문학상, 전주시예술상, 전라북도문화상, 목정문
       화상 등 다수 수상
e-mail : crane43@hanmail.net
http://crane43.kll.co.kr http://blog.daum.net/crane43

나의 수필은 청자나 백자가 아니라
질그릇에 가깝다고 여긴다.
투박하면서도 서민적인 체취가 배어나는 것을
좋아하는 나의 취향 때문일 것이다.
나의 수필은 고소한 숭늉 맛이었으면 한다.
톡 쏘는 콜라나 사이다도 아니고 무색무취한 맹물도 아닌
누룽지 맛이 담긴 숭늉 같았으면 한다.
나의 수필은 비빔밥 같기를 바란다.
갖가지 채소와 고기와 밥에 고추장을 넣어 비빈 비빔밥.
색깔로 보아도 먹음직스럽고,
영양면에서도 모자란 점이 없는 게
비빔밥인 까닭이다.
- <수필론> 중에서

쌀·쌀·쌀

쌀미 자는 '米(미)'라고 쓴다. 그런데 이제는 그 한자도 바꿔야 할 처지다. 쌀 한 톨이 태어나려면 농부의 손길이 88번이나 가야 한다고 해서 만들어진 글자가 '米'자인데 지금은 기계로 농사를 짓는다. 농부의 손길이 88번 가지 않아도 쌀이 생산되니 마땅히 米자도 바꿔야 할 게 아닌가?

사실 요즘 쌀의 처지가 말이 아니다. 쌀·쌀·쌀! 쌀의 인기가 날로 떨어지니 쌀 역시 살맛이 나지 않을 것이다. 쌀의 입장에서 보면 천상천하 유아독존이던 옛날이 무척 그리울 것이다. 쌀을 주식으로 여기던 옛날에는 쌀이 가치의 척도로서 화폐의 역할까지 대신했었다. 집이나 논밭을 사고 팔 때도 쌀로 흥정을 했고, 머슴의 새경도 쌀로 주었으며, 하숙비도 쌀로 가져다주었다. 그래서 쌀독에서 인심난다는 속담도 생겼고, 천석꾼 만석꾼이란 말도 있었던 것이다.

가난구제는 나라님도 못한다고 할 정도로 옛날에는 가뭄과 흉년이 심했다. 굶어 죽는 사람들도 부지기수였다. 얼마나 배가 고팠으면 나무에 하얗게 핀 꽃을 흰쌀로 지은 '이밥'으로 생각하고 '이팝나무'라 했겠는가? 심지어 여자로 태어나서 시집 갈 때까지 쌀 한 말을 못 먹는다는 말도 있었는데 오늘의 젊은 여성들이 그 말의 뜻을 이해나 할 수 있을까? 그렇지만 쌀독이 바닥나도 우리 조상들은 궁색한 모습을 남에게 보이지 않았다. 그래서 쌀을 '사러' 가면서도 거꾸로 쌀을 '팔러'간다고 허풍을 떨었던 것이다. 체면을 밥보다 더 중시했던 시절의 일화다.

요즘엔 쌀의 종류도 다양해졌다. 인삼 쌀, 쌀눈 쌀, 클로렐라 쌀, 현미 쑥 쌀, 유산균발효 쌀, 향기 쌀, 우렁이 쌀, 오리 쌀 등 예전엔 듣도 보도 못했던 쌀 이름들이 많다. 그 쌀들은 저마다 주부들의 간택을 기다리며 온갖 교태를 다 부린다. 또 쌀의 색깔도 여러 가지다. 흰쌀을 비롯하여 검은 쌀, 붉은 쌀, 초록 쌀, 노란 쌀까지 나온다. 그래서 오색미(五色米)라고도 한다던가? 농부들은 그렇게 안간힘을 다하여 좋은 쌀을 생산하지만 쌀에 대한 대접이 옛날 같지 않으니 이를 어이할 것인가.

요즘엔 어느 누구도 쌀이 곧 '살'이고 쌀이 곧 '목숨'이라고 생각하지 않는다. 요즘 사람들은 쌀이야말로 살이 찌는 원흉이고 살이 찌면 성인병이 생겨 목숨을 단축시킨다고 여긴다. 그러기에 쌀을 귀중하게 생각하기는커녕 적(敵)으로 간주하기도 한다.

쌀이 이렇게 푸대접을 받자, 쌀을 생산하는 농부도 대접을 받지 못하고, 그 쌀의 생산지인 논도 소중하게 여기지 않는다. 옛날엔 논이 밭보다 훨씬 비싸게 거래되었는데 지금은 오히려 밭이 논보다 더 비싸다.

게다가 지금은 논을 깔아뭉개 아파트나 공장을 짓는 게 예사다. 그뿐
아니라 전국 어디를 가더라도 널따란 도로를 내느라 논이 자꾸만 줄어
든다. 그런데도 누구 한 사람 걱정조차 하지 않는다. 쌀을 목숨보다 더
소중하게 여겼던 조상님들이 후손인 우리의 이런 작태를 보고 어떤 표
정을 지으실까? 금세 크게 꾸짖는 조상님들의 천둥소리 같은 목소리가
쩌렁쩌렁 들려올 것만 같다.

　예로부터 우리 조상님들은 사람은 밥의 힘으로 산다고 믿었다. 밥은
그만큼 우리에게 가장 중요한 음식의 하나였던 까닭이다. 옛날 머슴밥
은 밥 두 그릇을 합친 것 같은 고봉밥이었다. 배가 불러야 일을 잘 할
수 있었기 때문이다.

　한 알의 쌀에는 우리 겨레의 혼과 뿌리가 담겨 있고, 문화와 전통이
배어 있다. 밥을 소중하게 여긴 우리 조상님들은 그만큼 식사예절도 잘
지켰다. '수라' '진지' '메' 등 밥을 먹는 사람의 신분에 따라 여러 가지
이름을 붙였다. 어른이 먼저 진짓상을 받아 식사를 하고 나면 아랫사람
들은 그 상을 물려받아서 식사를 했다. 벼슬아치나 양반네의 식사풍습
이었다. 식사시간은 어른이 자손들에게 예절을 가르치는 교육장이었다.
이른바 밥상머리교육이다. 그런데 요즘엔 어른과 어린이가 같은 식탁에
서 함께 식사하기도 어려운 세상이 되었으니 밥상머리교육이 어떻게 이
루어지겠는가.

　어른이 먼저 수저를 든 뒤에 아랫사람이 수저를 들어야 하고, 또 국을
먹을 때는 후루룩 소리를 내지 말아야 하며, 밥을 입 밖에 비치지 않도

록 하라고 가르쳤다. 또 입맛이 없다고 깨지락거리거나 젓가락으로 밥을 먹는 사람은 굶어죽을 팔자라고 따끔하게 가르쳤고, 밥을 먹는 도중에 수저를 흔들거나 까불면 복이 나가 거지팔자를 면치 못한다고 나무랐다.

옛날 쌀밥은 양반이나 부자만 먹을 수 있었다. 가난한 사람들은 명절이나 제사 같은 특별한 날이 아니면 먹고 싶어도 먹을 수 없는 게 쌀밥이었다. 지금은 우리네 살림형편이 좋아지면서 누구나 마음대로 쌀밥을 먹을 수 있게 되었으니 상전벽해(桑田碧海)라고나 할까.

나는 지난여름 살을 빼려고 한 달 동안 금식을 한 적이 있다. 처음 나흘 동안엔 밥을 먹지 않고 채소반찬만 먹었고, 나머지 26일 동안엔 점심 때 잡곡밥 반 그릇만 먹으며 버텼다. 살과의 전쟁은 힘겨운 싸움이었다. 흉년에 쌀이 없어서 밥을 먹지 못했을 때는 가난이 미워서 눈물을 흘렸지만 이번 금식 때에는 푸짐한 쌀밥을 두고도 먹을 수가 없어서 가슴이 아팠다. 나의 금식 때는 왜 어린 시절에 보았던 머슴의 고봉밥이 그렇게 생각났을까? 배가 고플 때마다 물로 빈 배를 채우며 지내는 것은 고역이었다. 쌀이 넘쳐나는 이 시대에 밥을 먹지 않고 견디려다 보니 내 주변에는 밥 외에도 나를 유혹하는 먹을거리들이 꽤나 많았다. 한 달 만에 몸무게를 5킬로그램 줄이는 일이 그렇게 어려운 일인지 몰랐다.

요즘 살을 빼려고 헬스클럽에 나가 운동을 하고, 스포츠댄스나 요가를 배우는 이들도 많다. 그렇게 몸매를 가꾸는 사람들은 끼니때마다 밥의 양을 줄이는 게 예사다. 우리 조상님들은 밥이 먹고 싶어도 밥이 없어 못 먹었는데 요즘 사람들은 밥이 있어도 살이 찔까봐 식사량을 줄인다. 농부들의 시름이 깊어지는 이유 중 하나다. 이런 실정이니 이제 목구멍이 포도청이라거나 먹고 죽은 귀신은 때깔도 곱다는 속담까지도 확 바꿔야 할 것 같다.

나도 집에서 흰 쌀밥을 먹어본 게 언제인지 모른다. 건강식이라 하여 콩과 현미, 잡곡 등을 섞어 지은 밥을 먹기 때문이다. 요새 구박을 받는 쌀이 찬란하던 옛날의 영광을 되찾을 수 있을까? 누구에게 물어보면 명확한 대답을 들을 수 있을지 모르겠다.

오호 통재라! 건강을 지켜주는 으뜸 보약이라던 쌀이 어쩌다 이렇게 천덕꾸러기가 되었는지 안타깝기 이를 데 없다.

지구의(地球儀)

나는 날마다 지구 품속에서 논다. 지구는 나의 보호자요, 정다운 친구다. 내가 태어난 곳이 지구요, 내가 지금까지 살아온 곳이 지구이니, 나는 이 지구에서 살다가 이 지구에 묻히리라. 우주인이 아닌 나는 앞으로도 결코 이 지구를 떠나지 않을 것이다. 이른 아침 잠자리에서 눈을 뜨면 먼저 지구와 눈을 맞춘다. 아침마다 뒷동산 인후공원에 오르는 것은 지구와 발을 맞추는 일이다. 그처럼 산길을 걷는 것은 건강을 지키려는 운동이기도 하다.

늘 맑은 산소를 들이킬 수 있는 일도 지구가 베풀어 준 혜택이다. 내 발은 늘 이 지구에 얹혀있고, 내 입은 이 지구가 마련해 준 음식을 먹으며, 내 귀는 이 지구가 들려주는 소리를 듣는다. 내 눈은 이 지구가 품고 있는 삼라만상을 보고, 내 코는 이 지구가 쏟아내는 온갖 냄새를 맡는다. 때로는 향기롭기도 하고 또 때로는 코를 싸매 쥐기도 하는 그런 냄새를.

지구는 나와 별개의 존재 같지만 사실은 나의 모태(母胎)다. 내가 곧 지구요 지구가 곧 나다. 태아가 어머니의 뱃속에서 살듯 나는 밤낮없이 지구의 품속에서 노닌다. 사람들은 일찍이 이 지구를 5대양 6대주(五大洋 六大洲)로 나누었다. 이 5대양 6대주를 듬성듬성 다녀 보았다. 내가 밟고 다녔던 지구촌의 그 발자국은 이미 다 사라졌겠지만, 내 마음에 찍어둔 그 흔적은 지워지지 않는다. 때때로 해외를 싸돌아다니면서 보고 듣고 느꼈던 일들과 그곳에서 만났던 지구촌 사람들이 떠오르기도 한다. 내가 나이가 들었듯 내가 만났던 지구촌 친구들의 나이테도 굵어졌으리라.

　지구는 둥글다고 배웠다. 그렇지만 실감이 나지 않는다. 산 넘고 바다 건너 외국여행을 다녀 보아도 지구가 둥글다는 걸 깨달을 수가 없었다. 어느 나라에서든지 기차나 자동차가 지구 밖으로 굴러 떨어지지 않고 땅바닥에 붙어서 잘 기어 다니고 있고, 호수나 바닷물이 쏟아지지 않고 언제나 그 호수와 그 바다에서 출렁거리는 걸 보면 지구가 둥글다는 말에 선뜻 동의할 수가 없다. 지구가 둥글다는 것을 느끼려고 문방구점에서 지구의(地球儀)를 하나 샀다. 지구의를 보면 지구가 둥근 것 같기도 하다. 내가 산 지구의는 배구공과 비슷한 크기다. 이 지구의에는 세계지도가 울긋불긋 그려져 있는데, 이 지구의는 언제나 내 서재 컴퓨터 책상 위에서 나와 눈을 맞춘다.

　인터넷을 뒤지다 생소한 나라 이름이 나오면 나는 이 지구의를 돌려 보며 어느 대륙에 있는지, 어느 나라와 이웃하고 있는지를 살펴본다.

때늦게 세계지리를 공부하는 셈이다. 그런데 이 지구의를 맨 처음 만든 이는 누구였을까? 지구가 둥글다는 것을 알았던 고대 그리스인들이 이 지구의를 처음으로 사용했다는데 BC 150년에 크라테스가 만들었다고 역사는 전한다. 가장 오래된 지구의는 1492년에 마르틴 베하임이 뉘른베르크에서 만든 것이라고 하던가?

지구의는 한가로울 때 나를 상상의 세계로 이끌어 주는 정다운 친구다. 그 동안 내가 다녀왔던 곳을 찾아 그때의 추억을 떠올려 보는 일도 즐겁다. 아프리카 여행 때 오석(烏石)으로 조각한 검은 불상(佛像)을 사진에 담아오지 못한 것을 뉘우치기도 하고, 맥주를 마시다 자정이 되자 더 이상 술을 팔지 않은 미국여행 때의 기억도 되살아난다. 우즈베키스탄에 갔을 때는 바람이 불지 않아 나무들이 기합이라도 받듯 뻣뻣이 서 있었던 기억이 새롭다. 중국 동북3성에 갔을 때 보았던 퇴락했던 고구려와 발해의 유적들이 떠오르고, 몹시 가난해 뵈던 그 농촌의 모습이 지금도 눈에 어른거린다. 지금은 얼마나 형편이 나아졌는지…….

호주를 거쳐 뉴질랜드에 갔을 때는 남섬과 북섬으로 나뉘어져 있는데 비행기를 타고 두 섬을 오갔으니 꽤 넓은 나라인 줄 알았다. 그런데 이 지구의에서 살펴보니 뉴질랜드는 호주와 비교할 수 없을 정도로 아주 조그마한 나라였다. 그 뉴질랜드에서는 6·25한국전쟁에 참전했던 그 나라 어느 퇴역군인이 짝짝이 양말을 신고 산다는 이야기를 들었다. 나는 그 이야기를 듣고서 한쪽 양말에 구멍이 나면 멀쩡한 다른 쪽 양말까지 버렸던 내 버릇을 반성하기도 했다.

유럽에 갔을 때는 6월 초여서 더위 때문에 무척 고생을 했었다. 그곳에서 둘러보는 곳은 주로 박물관과 성당, 궁전 등이었다. 모든 게 비슷비슷하여 어느 나라에서 보았는지 헷갈릴 뿐이었다. 다만 아직까지도 낭만적인 추억으로 남은 것은 영국에서 프랑스까지 바다 속의 터널로 달렸던 유로패스 기억뿐이다. 눈의 고장 일본 홋카이도는 겨울에 가는 게 당연한 일이다. 그러나 아이들이 효도관광으로 보내준 여행이어서 5월에 갈 수밖에 없었다. 그곳에서는 온천욕을 실컷 즐길 수 있어서 좋았다. 그런데 특이한 것은 마주 보고 있는 온천탕의 남탕과 여탕의 간판이 날마다 바뀐다는 점이다. 어제의 여탕이 오늘은 남탕이 되고 오늘의 남탕이 내일은 여탕으로 바뀌었다. 또 홋카이도는 도로 위쪽에서 지면을 향하고 있는 빨간색 화살표시가 눈에 띄었다. 그래서 그게 무엇인지 물어보니 겨울에 눈이 많이 내리면 포장도로 끝이 보이지 않기 때문에 공중에다 그렇게 표시를 해야 포장도로의 가장자리를 알 수 있다는 것이었다. 우리나라에서는 볼 수 없는 구경거리여서 무척이나 흥미로웠다.

나는 이 지구의를 보면서 내 나름대로 여행의 꿈을 키우고 있다. 아직 밟아보지 못한 미지의 땅을 돌아다니며 견문을 넓히고 그 나라 사람들과 우정을 나누고 싶은 까닭이다. 언젠가 남아메리카를 찾아가서 잉카 문명과 마야문명의 흔적을 둘러보고 그 화려한 문명이 왜 망가졌는지 살펴보고 싶다. 또 지구의 허파라는 아마존 유역을 방문하여 아직도 지구가 건강한지 알아보고, 또 북유럽을 돌아보며 공산권에서 벗어난 여러 나라들이 얼마나 발전했고 또 얼마나 자유로운 삶을 누리고 있는지 피부로 느껴보고 싶다. 지구촌 전쟁의 진원지 중동지역에도 가보고 싶다. 신앙심이 강한 그 사람들이 왜 그렇게 살생을 밥 먹듯 가볍게 여기는지 그 속뜻을 알아보고 싶다. 하나밖에 없는 목숨을 초개처럼 버리는 중동사람들의 생사관을 깊이 음미해보는 것도 좋을 성싶다. 명상의 나라 인도에도 가고 싶다. 인도사람들이 왜 갠지스 강에서 세례를 받고, 죽으면 화장하여 그 강에 뿌려지고 싶어 하는지, 그 깊은 신심(信心)을 알아보고 싶다. 나이는 어느새 고희의 문턱에 들어섰는데 아직도 가보고 싶은 곳이 이리도 많으니 이를 어찌할꼬?

미국에 유학중인 둘째아들 창수가 보고 싶으면 지구의를 찾는다. 북아메리카 주에서 미국을 찾고 동부 뉴욕 근처를 샅샅이 뒤져 보아도 그 녀석이 사는 피츠버그란 도시는 눈에 띄지 않았다. 그래서 인터넷을 뒤지니 펜실베니어주 남쪽에 피츠버그 시가 있었다. 인구 31만쯤으로 세계 제1의 철강도시란다. 철강왕 카네기가 그곳에서 사업을 일으켜 성공한 곳이고, 그의 이름을 딴 '카네기 멜론 유니버시티'는 미국에서 알아주는 명문 공과대학이라고 한다.

창수는 석사과정을 플로리다에서 시작하여 유타주로 옮겨 유타주립대학에서 학위를 받았고, 펜실베니어주로 옮겨 피츠버그의 '카네기 멜론 유니버시티'에서 IT전공 박사과정을 밟고 있다. 그곳에서 아들 동윤이까지 낳았으니 그 녀석은 피츠버그를 제2의 고향이라고 여길 듯하다. 둘째아들이 그곳에 머문 지 여러 해가 지났고, 지난해 3월 18일 손자까지 태어났지만 나는 아직 그 피츠버그에 가본 적이 없다. 그러나 피츠버그는 둘째아들이 꿈을 키우는 곳이요, 손자 동윤이가 태어난 곳이니 나와도 보통 인연은 아니다. 그러니 언젠가는 꼭 찾게 될 것이다.

지구의는 지워지려는 나의 추억을 되살려 주고 미래의 꿈을 열어 주기도 한다. 지구의는 내가 눈으로 대화를 나누며 쓰다듬어 주면 빙그레 미소를 짓는다.

한 끼 식사를 할 때마다

식탁에 올라온 밥과 국 그리고 갖가지 반찬들을 둘러본다. 끼니때마다 되풀이되는 나의 버릇이다. 오늘 아침에는 김과 김치, 생채, 콩나물, 시금치, 고추장, 깻잎김치, 멸치볶음, 쇠고기 자장 등이 올라왔다. 밥은 오곡밥이요, 무를 빚어 넣고 끓인 황태국도 나왔다. 끼니때마다 내가 좋아하는 반찬이 있으면 나의 식사 동작은 빨라진다. 국이 있으니 일단 밥을 몇 숟갈 국에 말아서 밥 한 숟갈에 반찬을 두세 가지씩 먹는다.

나는 끼니때마다 며칠 굶은 사람처럼 밥을 먹는다. 그래서 나랑 함께 식사하면 절로 식욕이 생긴다고들 한다. 나는 채소 반찬도 잘 먹고 생선이나 고기도 좋아한다. 싫어하는 음식이 거의 없다. 나의 식성은 전천후 잡식성이다. 나는 집에서나 음식점에서 식사할 때마다, 이 식탁에 오른 음식들은 나와 어떤 인연이기에 이렇게 만났을까 생각해 보곤 한다. 나는 밥상에 올라온 밥과 반찬을 위해서 땀 한 방울 흘린 적이 없고, 손가락 한 번 움직이지 않았다. 그런데도 언제나 먹을거리는 푸짐한 편이다.

누군가, 나대신 땀 흘려 농사를 지었고, 나대신 바다에 나가 물고기를 잡았으며, 나대신 가축들을 길렀던 것이다. 그들은 나를 모르고 나도 그들을 모른다. 그런데도 그들과 나는 인연의 끈으로 묶여서 이 지구에서 함께 숨 쉬며 살고 있다. 따지고 보면 그들은 나의 도우미들이다.

어찌 먹을거리만 그러랴. 내가 입고 신은 옷가지와 신발들, 내가 사용하는 전화와 컴퓨터, 자동차 같은 문명의 이기(利器)들도 모두 마찬가지다. 나는 헤아릴 수 없이 많은 그 도우미들에 둘러싸여 편안하게 살아가고 있다. 나의 도우미들은 좁은 이 한반도에만 있는 게 아니다. 오대양 육대주에 널려있다. 그렇게 범위를 넓혀 상상하다 보면 온 인류와 이 지상의 삼라만상이 다 나의 도우미들이란 생각이 든다. 옛날도 그랬고, 지금도 그러하며, 앞으로도 그럴 것이다. 나는 참으로 행복한 사람이다.

"한 끼의 밥이 그대 앞에 놓이기까지 얼마나 많은 사람의 노고가 필요하며, 한 뼘의 키가 자라기까지 얼마나 많은 생물의 목숨이 사라져야 하는지 아는가." 언젠가 소설가 이외수 씨의 글에서 이런 구절을 읽은 적이 있다. 그때 나는 망치로 뒤통수를 얻어맞은 기분이 들었다. 무심히 살아온 나에게 큰 깨달음을 주었으니 말이다. 이래서 문학이 소중하나 보다 싶었다. 우리가 날마다 먹는 하루 세끼의 음식들은 모두가 다른 생명체의 목숨이 아니던가?

내 나이 어느새 고희(古稀)! 이 나이가 되기까지 나는 얼마나 많은 종류의 채소와 물고기와 고기들을 먹었을까? 앞으로 내가 눈을 감을 때까지 더 먹어야 할 음식의 양은 얼마나 될까? 몸집이 큰 소나 말 그리고 조그만 염소들은 풀만 먹고도 잘 자란다. 육중한 코끼리는 또 어떤가? 농경시대 때 소는 풀만 먹고 자라서 그 큰 덩치로 온갖 농사일들을 잘 도와주었다. 허리가 휘도록 논밭을 갈고, 방아도 찧었으며, 짐도 날랐다. 그런데 호랑이나 사자, 하이에나 같은 맹수들은 일도 하지 않고 빈둥빈둥 놀면서 고기만 잡아먹는다. 텔레비전의 〈동물의 왕국〉이란 프로그램을 보면 얼룩말이나 누 같은 동물들은 언제나 그 육식동물들의 먹이가 된다. 그 맹수들이 얼룩말이나 누를 잡아먹고서 그 자리를 떠나면 독수리 같은 날짐승들이 날아와 뼈에 붙은 살까지 모두 발라먹는다. 목숨을 앗긴 얼룩말이나 누에게는 큰 비극이지만 그 맹수들에게는 그저 한 끼 식사일 뿐이다. 순한 그 얼룩말이나 누가 비참하게 죽었는데도 세상은 아무런 변화 없이 조용하다. 하늘엔 흰 구름이 유유히 흐르고 강물은 여전히 출렁이며, 바람은 사자의 갈기와 함께 초원의 풀잎들을 어루만져 춤추게 한다. 살육전이 펼쳐졌던 초원은 아무 일도 없었던 듯 한없이 평화로워 보인다. 누구 하나 순한 동물의 죽음을 애도하며 눈물을 흘리지도 않는다.

사람의 식욕은 양수겸장(兩手兼將)이다. 사람은 소나 염소처럼 풀도 먹고, 사자나 호랑이처럼 고기도 먹는다. 사람은 채식동물이면서 또한 육식동물인 까닭이다. 식물은 채식동물을, 동물은 육식동물을 두려워하겠지만, 그 식물이나 동물들은 자기들을 모두 먹어치우는 사람을 더 두려워하지 않을까? 그래서 사람이 스스로 만물의 영장이라고 으스대는지는 모르지만…….

　내가 끼니때마다 식탁에서 밥과 더불어 갖가지 채소류와 생선 그리고 고기반찬을 먹는 것과, 맹수들이 배고플 때 순한 동물을 잡아먹는 일은 무엇이 다를까? 또 소나 말, 염소들이 풀로 배를 채우는 일은 또 어떻게 다른가? 식물의 죽음은 아무렇지 않고 동물의 죽음만 슬퍼해야 할까?

　이 지구상의 인구는 무려 70억 명. 이 70억 인구가 날마다 먹어치우는 식물과 동물의 양을 헤아려 보면 엄청날 것이다. 심지어는 동물원에 갇혀 구경거리로 전락한 사자나 호랑이까지도 끼니때마다 산 닭 같은 고기로 배를 채우고, 말이나 사슴, 코끼리 같은 동물들은 풀이나 나무 열매를 씹어 먹으며 하루하루를 살아간다. 하지만 동물들은 사람처럼 냉장고가 없으니 내일을 위해 미리 많은 양의 먹이를 저장해 두지 않고, 고픈 배만 채우면 그만이니, 얼마나 다행인가?

(2012. 2. 7.)

상상의 고향나들이

고향은 추억을 낚는 무료 낚시터다. 고향이라는 저수지에는 건져 올릴 낚싯감들이 즐비하다. 유년시절의 회억이며, 얽혀 살았던 가족과 일가친척, 그리고 죽마고우와 동네 사람들 사이에 빚어졌던 갖가지 에피소드, 고향의 산하가 펼쳐 보여 주었던 봄·여름·가을·겨울의 정경들, 그 어느 것이든 좋은 글감이 된다.

　고향의 나무 한 그루, 풀 한 포기 그리고 돌멩이 하나에도 예사롭지 않는 정감을 느낄 수 있다. 높낮은 산등성이 하나하나에도 사연은 있기 마련이고, 동구 밖 미루나무 한 그루에서도 글감을 끄집어 낼 수 있다. 고향은 어느 곳에 포커스를 맞춰 셔터를 눌러도 예술사진이 될 수 있듯이 창작의 실마리를 풀어 낼 수가 있다. 그래서 고향은 좋은 것이고, 고향은 영원한 것이며, 고향은 소재의 보고가 된다. 고향이란 저수지에 낚싯대만 드리우면 낚싯감들이 서로 다투다시피 낚싯바늘을 물려고 달려든다.

누구에게나 고향은 있다. 다만 금세 달려 갈 수 있는 고향이냐 아니냐의 차이는 있을 것이다. 찾아 갈 수 없는 고향을 가진 사람들이라면 그 또한 서러울 것이다. 그렇다고 실망이나 좌절에 잠길 일은 더더욱 아니리라 믿는다. 상상의 고향나들이로 아쉬움을 달래보라고 권하고 싶다.

　고향이란 추억 속에서 살아 숨 쉬는 무형의 존재가 아닐까. 오랜 세월이 흐르고 나면 고향을 찾더라도 이미 옛날의 고향은 아니다. 산천도 변하고, 인물도 세대교체 되어 낯설다. 고향에선 이방인이 되고 만다. 세월 탓이다. 그러니 추억 속의 고향이 진짜 고향일 수밖에. 눈을 감고 명상에 잠기면 고향이 떠오른다. 그 속에서 부대끼면서 살던 인물들이 파노라마처럼 펼쳐지고 아기자기 재미를 느꼈던 일화들이 줄지어 연상된다.

　여름이면 뙈기를 치며 우여! 우여! 새를 쫓던 일이며, 하동들과 어울려 시내에서 물장구치던 일, 가을이면 메뚜기를 잡아 장난감처럼 희롱하던 일, 겨울이면 썰매를 타기도 하고 뒷산에 올라 설산(雪山)을 누비며 토끼몰이에 신명이 나던 일, 봄이면 뜨락에 꽃씨를 뿌리고 진달래 만개한 산마루를 노루처럼 뛰어 다니던 일들이 바로 어제 일인 듯 눈에 밟힌다. 도시로 기어 나와 산 지 50여 년. 그 긴긴 세월 동안에도 고향은 언제나 내 마음속에서 살아 숨 쉰다. 신문이나 방송에서 고향 이야기가 나오면 괜스레 가슴이 설레고 눈시울이 뜨거워진다. 거리를 지나다가 먼빛으로 고향 사람을 만나면 쫓아가 손을 감싸 쥐게 된다. 이게 우리네의 토속적인 정서다.

고향 사람들과 모임을 만들어 주기적으로 만나며 고향 이야기를 나누는 것도 무의식적인 고향 사랑의 발로다. 내가 방송 초년병 시절, 전기도 들어오지 않는 고향에서 발전기를 휴대한 채 서울에서 인기 가수를 초청하여 공개방송을 했던 것도 내가 고향을 사랑했던 데서 비롯된 일이다.

　아! 그리운 고향. 내 수필에는 고향 이야기가 자주 등장한다. 고향의 산천, 고향의 인정, 고향의 역사, 고향의 풍습, 고향의 문물 그 어느 것이든 정감 어린 소재 아닌 게 없다. 꼭 필요할 때 꼬깃꼬깃 숨겨둔 비자금을 꺼내 쓰듯 고향 이야기로 원고지를 메운다. 나의 고향 선배인 H시인은 '어머니'를 '움직이는 고향'이라고 읊었다. 어디 어머니뿐이랴. 아버지, 삼촌, 형제, 동네 사람들 등 움직이는 고향의 인물들은 모두가 '움직이는 고향'이랄 수 있는 것을. 그들의 말씨에서도 고향을 떠올릴 수 있고, 그들의 입성에서도 고향을 연상할 수 있으며, 그들의 먹성에서도 고향을 떠올릴 수가 있으리라. 고향을 소재로 한 글을 쓰노라면 마음이 포근해진다. 엄마 품에 안겨 새근새근 잠자는 아이처럼 안정감을 느낀다. 시험공부를 열심히 한 뒤 자신 있게 답안지를 쓰는 수험생처럼 막힘이 없다. 그래서 고향은 글감의 좋은 소재요, 감칠맛 나는 주제가 된다.

　내 고향은 전라북도 임실군 삼계면 삼계리. 세 갈래의 시냇물이 한데로 합수져 흐르는 곳이라 하여 삼계(三溪)라 하였다던가. 어감이 시적이며 옛스럽기조차 한 그 이름 삼계. 나는 고향을 항상 보듬고 살고 싶은 나머지 나의 호를 '삼계'라 자작하였다. 삼계라고 하면 언뜻 떠오르는 것이 박사고을이다. 인구도 얼마 되지 않는 조그만 면에서 170여 명의 박사를 배출했으니 박사고을이라고 불리게 된 것은 당연하다. 신문이나 방송에서 널리 소개되어 모르는 사람이 없을 정도다. 박사고을 출신인 나는 아직 박사가 아니다. 고향의 명예에 누를 끼치고 있다는 자괴감을 갖고 있다. 학문의 길로 정진하지 못한 아쉬움이 크지만 이젠 때늦은 후회일 뿐이다. 나는 내 아이들에게 박사고을 이야기를 시시때때로 들려준다.

"너희들은 박사학위를 취득하여 고향의 명예를 이어가거라."

중학교를 졸업할 때까지 살았던 고향 삼계. 내 마음속에는 언제나 삼계가 또아리를 틀고 있다. 고향이 삼계라는 사실이 항상 자랑스럽다. 할아버지 아버지를 고향에서 여의고 가난과 고생을 징검다리 삼아 살아왔지만 고향을 그리워하는 마음은 예나 이제나 변함이 없다. 고향은 추억을 낚는 무료 낚시터다. 나는 오늘도 한가로이 앉아서 고향이라는 저수지에 낚싯대를 드리우고 있다. 오늘따라 조황이 좋은 편이다. 자리를 옮겨 앉아도 조황은 여전하다. 이래서 고향은 좋은 것인가 보다.

고향 땅을 밟지 않아도, 고향 바람을 쏘이지 않아도, 고향 물을 마시지 않아도 나는 시방 고향에 있다. 고향은 마음속에 산다. 고향은 상상할 때 더 아름답고 그립다.

나미나라공화국 방문기

남이섬(南怡섬)은 아이디어가 풍부한 한 사내의 소꿉놀이터요 원맨쇼 무대다. 누군가가 상상으로 그려낸 문화예술의 관광지이자 동화나라다. 버려진 불모지가 세계인이 선호하는 명승지로 바뀐 남이섬, 그 남이섬 은 풀 한 포기와 나무 한 그루, 돌멩이 하나, 버려지는 폐기물까지도 환경 친화적인 명품으로 다시 태어나 아름다운 생태관광지로 가꾸어지 고 있다. 그 남이섬은 날로달로 새로워지고 있어서 한 번 갔어도 다시 가고 싶고, 또 누군가와 함께 가고 싶은 매력적인 곳이다.

널따란 청평 호수에 두둥실 떠있는 반달 같은 남이섬 14만 평은 행정 구역상 강원도 춘천시 남산면 방하리 198번지. 인기 텔레비전 드라마 〈겨울연가〉에서 일찍이 내 눈길을 붙잡았던 남이섬을 언젠가 꼭 한 번 가보고 싶었다.

그러나 기회는 쉽게 오지 않았다. 그러던 어느 날, 내 핸드폰에 문자 메시지가 떴다. 남이섬 관광열차를 운행한다는 소식이었다. 바로 아내와 함께 참가신청을 하고 출발날짜를 손꼽아 기다렸다.

꽃샘추위도 물러난 3월 26일 토요일, 우리가 탄 무궁화호 열차는 아침 7시 10분 전주를 출발하여 4시간 50분 만에 경기도 가평역에 닿았다. 남이섬은 열여덟 살에 무과에 장원급제하여 세조 때 이시애난을 평정한 공으로 스물여섯 살에 병조판서까지 올랐으나 유자광의 모략으로 목숨을 잃은 남이(南怡) 장군의 무덤이 있는 섬으로만 알았다. 열차 속에서 남이섬이 어떤 모습으로 바뀌었을까 상상하노라 지루한 줄도 몰랐다. 가평역 광장에서 관광버스를 타고 10여 분쯤 달리니 선착장에 이르렀다. 유람선에 오르니 5분 만에 남이섬에 도착했다.

남이섬 선착장에는 초등학교 운동회 때 보았던 만국기가 펄럭이고 있었는데, 주말이라 그런지 관광객들이 무척 많았다. 중국어와 일본어도 간간히 들을 수 있었다. 10여 년 전만 해도 버려진 땅이었던 남이섬이 지금은 국내외 관광객들이 즐겨 찾는 환상적인 꿈의 관광지로 바뀌었다. 남이섬은 이제 한류관광 1번지요, 전국 최고의 휴양지란 유명세까지 얻었다. 제주도를 찾는 관광객이 연간 5백만 명이라는데 지난해 남이섬 관광객은 외국인 25만 명을 포함하여 2백만 명을 돌파했다. 비약적인 발전이다. 〈겨울연가〉라는 드라마 덕으로 일본관광객들이 날마다 약 100여 명이나 남이섬을 찾는다던가.

남이섬 선착장에 도착하니 〈나미나라공화국〉이란 푯말이 세워져 있었다. 2006년 3월 1일 남이섬은 〈나미나라공화국〉이란 나라이름으로 건국을 선포하고 국기(國旗)와 문자도 만들고, 국가(國歌)도 지었다. 또 여권이나 비자, 화폐, 우표, 전화카드를 기념품으로 만들어 인기리에 판매하고 있다. 이 〈나미나라공화국〉에는 무법천지법이라는 헌법도 있단다. 남이섬은 독창적이고 희한한 관광천국이 아닐 수 없다. '남이(南怡)'를 소리 나는 대로 풀어써서 '나미'라 하고 그 말에 나라를 붙여 〈나미나라공화국〉이라고 한 모양이다. 손바닥만한 관광지 남이섬이 우리나라에서는 처음으로 국가체제를 갖추고 세계를 상대로 관광객유치에 나섰다니 이 얼마나 놀라운 발상인가? 남이섬 개발을 위하여 2000년에 '주식회사 남이'를 설립하고 이듬해 세계적인 그래픽디자이너 강우현 씨를 사장으로 영입하여 버려진 땅 남이섬을 상상과 예술의 섬으로 새롭게 바꾸기 시작했다고 한다.

"나는 하찮은 것이 좋다. 시시한 것은 더욱 좋다. 아무도 관심을 두지 않는 것들, 흘러가는 바람에 뒹구는 낙엽 조각 같은 것, 빈 소주병 속에 몰래 숨어있는 부러진 이쑤시개 같은 것, 누군가를 이유 없이 골려주고 싶은 어린애 같은 장난끼. 시시함과 하찮음, 생각나라 입장권이다."

강우현 사장의 명함 뒤에 새겨진 글귀란다. 이런 생각을 하는 강우현 사장은 역발상의 명수요 아이디어 뱅크다. 참신한 그의 생각은 언제나 마르지 않는 샘물처럼 퐁퐁 솟아오른다. 진정한 꿈을 나누자는 뜻의 동화나라 독립선언서는 사회적 문화정서를 일깨워 세계인의 꿈터를 만들려는데 그 목적이 있단다.

"독립선언문―우리는 나라를 세웁니다. 노래의 섬 남이섬에 동화나라를 세웁니다. 同化되고 同和되어 童話를 쓰고 童畵를 그리며 動畵처럼 살아가는 동화세계를 남이섬에 만듭니다. 행복한 상상이 꿈틀대는 북한강 대자연 위 이 세상에 하나뿐인 대한민국 속의 꼬마나라 새소리 물소리 바람소리가 인간의 숨소리와 하나 되어 콧노래가 저절로 흘러나오는 노래의 섬 남이섬이 상상과 창조의 자유를 마음껏 구가할 수 있는 꿈의 세상, 나미나라공화국을 만듭니다.”

이 나미나라공화국에는 국방부장과 외교부장, 환경청장 등으로 내각이 구성되고, 국회의장도 있으며, 앞으로 20개국 이상의 대사도 임명할 예정이라고 한다. 그러나 국가원수 호칭은 아직 미정이란다. 원래 이 남이섬의 설립자는 수재 민병도(守齋 閔丙燾) 선생. 한국은행 총재를 역임한 민병도 선생은 1965년부터 모래와 땅콩밭이던 이 남이섬에 나무를 심고 가꾸어 오늘의 나미나라공화국의 터전을 이룬 나무할아버지다.

이 남이섬에 들어서면 볼거리, 즐길 거리, 먹을거리 등 없는 게 없다. 상상나라, 나미나라, 상상호텔 등이 있고, 공연장, 전시장, 체험장, 박물관, 수영장 등이 있어서 머무는 데 전혀 불편을 느낄 수 없다. 특히 예술가가 직접 꾸민 갤러리 같은 정관루(靜觀樓)란 숙소는 이름부터가 호기심을 자극한다. 남이섬은 사계절 관광지다. 꽃피는 봄, 늘 푸른 여름, 낙엽의 가을, 눈 쌓인 겨울 등 철따라 관광객들의 마음을 사로잡는다. 특히 늦가을 남이섬에 가면 켜켜이 쌓인 낙엽이 발목까지 빠지기 일쑤다. 그런데 그 낙엽은 남이섬 출신 낙엽뿐만 아니라 서울 송파구에서 공수해온 서울 출신 낙엽까지 동원된단다. 눈이 내리기 전이나 꽃이 피기 전, 섬 곳곳에서 낙엽을 모아 불을 피우면 섬 전체가 낙엽 타는 냄새와 그윽한 연기로 신비한 분위기를 연출한단다. 관광객들이 감동하는 건 당연한 일이다. 버려질 서울의 낙엽들이 이 나미나라공화국으로 와서 관광자원으로 재활용되는 셈이다.

이처럼 남이섬은 관광객들의 환심을 사기 위한 노력을 잠시도 멈추지 않는다. "남이섬은 달밤이 좋다. 하지만 별밤이 더 좋다. 그런데 새벽을 걷어내는 물안개 앞에 서면 좋다는 말조차 잊는다." 어떻게 이런 유혹을 뿌리치고 남이섬을 찾아온 관광객들이 귀가를 서두를 수 있겠는가.

또 나미나라공화국은 정년퇴직이 없다. 상상으로 먹고사는 강우현 사장을 비롯하여 110여 명의 직원들이 2년 전부터 종신고용제의 나라에서 일을 하고 있다. 80세 이후엔 죽을 때까지 매달 80만 원의 월급을 준다고 한다. 고학력 미취업자, 젊은 명예퇴직자, 중늙은이 실업자가 많은 대한민국 국민들이 나미나라공화국의 종신고용제를 얼마나 부러워하겠는가. 서로 앞을 다투어 나미나라공화국으로 이민을 가려 하지 않을지 모르겠다.

나미나라공화국은 지금 거창한 '대륙침략 프로젝트'를 추진하고 있다. 총칼이나 핵무기로 대륙을 침공하겠다는 게 아니다. 대륙으로 파고들어 관광객들을 유치하려는 야심찬 세계화 전략인 것이다.

참신한 아이디어를 얻으려거든 모름지기 남이섬을 찾을 일이다. 그곳에 가서 상상으로 먹고 사는 나미나라공화국 국민들의 일거수일투족을 본받고 그곳에 설치된 온갖 예술품들을 눈여겨본다면 비워둔 머리가 새로운 아이디어로 가득 차게 되려니 싶다.

나미나라공화국의 국토인 남이섬은 지금 한창 천지개벽 중이다.

봄, 봄이 오면

.

오늘은 立春. 겨우내 부끄러운 줄 모르고 벌거벗었던 나무들이 긴 잠에서 깨어나 얼굴을 붉히는 날이다. 에덴동산의 아담과 이브만큼이라도 치부를 가릴 잎새가 그리운 날이다. 겨울의 찌꺼기를 훌훌 털어 버리고 화사한 봄맞이를 나서는 날이다.

입춘, 그것은 겨울의 종착점이자 봄의 출발점이다. 봄이 오고 있다. 봄이 왔다. 봄이다. 어느새 봄이다. 모악산(母岳山) 산마루에는 새치처럼 잔설(殘雪)이 희끗희끗하지만, 벌써 내 가슴속에 슬며시 들어온 봄은 활짝 기지개를 켜고 있다. 마음을 점령당한 탓인지 내 눈에는 봄의 모습이 보이고, 내 귀에는 봄의 소리가 들리며, 내 코에는 봄의 냄새가 잡히고, 내 입에는 봄의 맛이 느껴진다. 유난히도 눈이 자주 내렸고 추위가 들쭉날쭉 했던 지난겨울 내내, 나는 봄을 기다리며 움츠리고 살았다. 봄이 오면 봄노래를 부르고 싶다. 유행가의 봄노래도 좋지만 그보다는 봄을 소재로 한 동요를 더 부르고 싶다. 나이는 비록 이순(耳順)을 넘어 고희를 향해 치닫고 있을지라도 동요를 부르며 사그라져 가는 동심(童心)을 되찾고 싶다.

봄이 오면 봄의 소리를 듣고 싶다. 노랑 약병아리들의 도란거리는 소리며, 졸졸 흐르는 시냇물 소리, 농부들의 쟁기질 소리, 탈탈거리며 바쁘게 달리는 경운기 소리, 우물가에서 빨래하는 아낙네의 방망이질 소리, 골목 안을 활기차게 하는 어린이들의 뛰노는 소리, 앞산에서 들려오는 쑥국새 소리……. 이런 봄의 소리를 들으며 느슨해진 삶에 새로운 활력을 충전하고 싶다.

봄이 오면 책을 읽고 싶다. 새 학년 참고서를 사는 학생들로 붐빌 서점에 들어가 시집이나 수필집 몇 권을 사는 일도 즐거움의 하나가 될 것이다. 그 시집이나 수필집을 펼쳐들고 몇 편을 읽다가 지루하면 나폴레옹식 낮잠을 잠깐씩 즐길 수 있는 것도 봄의 낭만이 아니랴. 겨우내 삭막해진 마음을 맑고 밝게 가꾸기 위해서는 아름다운 문학작품을 읽는 게 안성맞춤이려니 싶다. 그리하여 내 마음이 봄의 꽃밭처럼 고와진다면 그게 내 이웃으로도 번지지 않겠는가.

봄이 오면 옛 친구를 만나고 싶다. 아득한 학창시절, 학교에 입학하면서 만났고 졸업하면서 헤어졌던 정다운 친구들을 만나는 일은 즐겁다. 고향에서 어린 시절 동고동락했던 죽마고우(竹馬故友)를 만나는 일 역시 동창생을 만나는 일 못지않게 기쁘기 마련이다. 서로 살기에 바쁘다는 핑계로 고작해야 애경사(哀慶事) 때나 얼굴을 대할 수 있다는 것은 현대인의 비극이다. 바람결에 안부 몇 번 듣고 나면 나이만 자꾸 불어나는 게 요즘의 삶이 아니던가. 나 스스로 만날 기회를 만들고, 만나기가 어렵거든 전화나 편지라도 해야겠다. 이것 역시 가는 정 오는 정이 아니랴.

봄이 오면 바깥나들이를 자주 하고 싶다. 틈나는 대로, 들로 산으로 쏘다니면서 온 몸으로 봄을 맞이하고 싶다. 그러다가 쑥이며 달래, 냉이, 씀바귀 등 봄나물을 캐어 식탁에 올리면 그 식탁이 얼마나 풍성할 것인가. 밥상머리에 앉은 식구들의 기뻐하는 모습이 그림처럼 고울 것이다. 조금 여유가 있다면 이웃집에도 봄맛을 전해 준다면 얼마나 좋으랴.

봄이 오면 글을 쓰고 싶다. 누구나 읽고 나서 머리를 끄덕이고 무릎을 칠 그런 글을 한 편 쓰고 싶다. 한 번 읽고 나서도 다시 또 읽고 싶은 그런 작품을 빚고 싶다. 사탕처럼 달콤하기도 하고, 숭늉처럼 고소하기도 하며, 비타민처럼 몸에 이로운 그런 글을 쓸 수는 없을까. 혼돈과 불확실성시대를 사는 현대인들에게 위안을 주고 가닥을 잡아주며 용기를 북돋아줄 수 있는 그런 글을 쓸 수는 없을까. 언젠가는 그런 날이 오려니 하는 기대가 있기에 나는 오늘도 원고지 앞에 앉는다.

봄이 오면 미움을 녹여 사랑을 만들 수 있는 사람이 되고 싶다. 긍정적이며 낙천적이고, 항상 남을 이해하는 자세로 살려고 노력하지만 때때로 궤도를 벗어나는 수가 많다. 수양이 덜된 탓이다. 이제부터라도 창을 녹여 보습을 만들 듯 미움을 녹여 사랑을 만들 줄 아는 마음 밭을 일궈야 하려니 싶다.

봄! 희망과 약동의 계절인 이 봄부터 모두의 마음 밭에 사랑과 웃음의 꽃이 활짝 피었으면 좋겠다.

청백리가 그리운 시절

신문 펼쳐보기가 겁나는 세상이다. 몇 쪽 되지도 않는 신문이지만 특히 정치·경제·사회면의 기사는 때때로 우리를 공포와 불안과 우울의 나락으로 떠밀어 넣는다. 꿈틀거리는 활자가 포탄의 파편인 양 우리네 마음밭으로 우박처럼 쏟아진다. 날마다 아침저녁으로 배달되는 신문의 활자는 우리를 우박에 찢긴 배추잎사귀처럼 처량하게 만든다. 그런데도 우리는 어제처럼 오늘도 습관적으로 신문을 펼쳐든다. 행여나 문틈으로 스며드는 한 줄기 햇살 같은 밝은 기사가 없을까 하는 실낱같은 기대에서다. 제5의 벽이요, 세계로 열린 창이라는 텔레비전을 켜고 뉴스를 지켜보아도 결과는 신문이나 대동소이할 뿐이다. 여전히 답답증은 가시지 않는다.

지난날을 되짚어 보더라도 그렇다. 국회의원의 뇌물외유사건이 터져 하늘을 검게 뒤덮더니, 이에 질세라 지성의 전당인 대학의 예체능계 입시부정과 교수 채용비리가 돌출했다. 그러자 기다렸다는 듯 서울 수서 지구 택지특혜 분양사건이 지축을 흔들며 머리를 내밀었다. 숨을 멈추고, 맑은 하늘을 한 번 쳐다볼 짬도 주지 않고, 연일 쇼킹한 기사가 잇따른다. 도처에서 악취가 풍기는 세상이 되어버리고 만 것이다. 때와 장소를 가리지 않고, 두서너 명이 모였다 하면 저마다 시사해설가나 추리소설가가 되어 입에 거품을 문다. 그러나 싱그러운 봄바람 같은 처방은 나오지 않는다. 늘상 겪어온 부정·비리인지라 이제 면역이 될 법도 하건만, 실제론 그리되지 않는다. 새로운 기사는 새로운 충격으로 우리를 당혹케 한다. 세상이 그러려니 치부해 버리면 그만이겠지만, 그렇게 생각이 모아지지 않아 탈이다. 신문이나 방송이 없었으면 좋았으리라 여겨지기도 한다. 아는 것이 병이요, 모르는 것이 약이라 하지 않던가. 온 세상을 떠들썩하게 한 사건치고 용두사미식으로 끝나지 않은 게 어디 있었던가. 미국의 워터게이트 사건이나 일본의 리쿠르트 사건의 멋진 뒷마무리가 부럽다. 그들 선진국과 견주어 보면 경제력이나 첨단과학분야만 뒤진 게 아니라, 대형사건의 처리능력도 크게 처지는 모양이다.

'한 달 가까이 신문도 보지 않고, 방송도 듣지 않았지만 살아가는 데에는 아무런 불편이나 지장이 없었다.'라고 갈파한 법정스님의 이야기가 생각난다. 나도 그처럼 고고한 삶을 누릴 수는 없을까. 깊은 산 고적한 암자에서 수도하는 스님이야 가능한 일이지만 나 같은 민초에게는 어울리지 않는 피안일 뿐이다. 신문이나 방송이 세상소식을 제대로 전해주지 않으면 유비통신이 민초들의 귀를 후비고 말 테니까.

8조금법(八條禁法)으로도 오순도순 정겹게 살았던 고조선시대가 그립다. 날치기수법까지 동원하여 법을 양산(量産)해 내는데도 세상이 요 모양 요꼴인 것을 보면, 법이 만능이 아님을 알 수 있다. 법이 귀걸이 코걸이 식으로 집행되는 게 다반사로 여겨지는 사회에서는 법의 존엄성이 지켜질 수 없는 일이다. 그런데도 법이 만병통치의 명약(名藥)인 줄 알고 있으니…….

국정을 감시하라고 뽑아 준 국회의원이 비리를 저지르다니 이야말로 고양이에게 생선가게를 맡겨 논 꼴이 아닌가. 한낱 청와대 비서관이 국회의원이나 장관, 또 서울특별시장을 떡 주무르듯 할 수 있는 세상이라니 믿어지지가 않는다. 어쩌다 이 지경이 되고 말았는가. 몇백 억 몇천 억 원이란 천문학적인 화폐의 단위가 남의 집 애 이름 불리워지듯 하는 게 예사로우니, 선량한 월급쟁이들의 상대적 빈곤감과 박탈감을 어디에 가서 보상받아야 할 것인가. 여전히 신문을 뒤적이기에 두려움이 앞선다. 라디오나 텔레비전의 뉴스에 귀와 눈을 맡겨두기엔 거부감이 인다. 오늘은 또 어떤 기사가 우리를 울분과 한탄에 젖게 하려는지…….

마치 손에 땀을 쥐며 묘기대행진을 구경하는 듯한 나날이다. 떵떵거리며 거들먹거리던 전직 장관이나 현역 국회의원들, 족보를 빛낼 줄 알았던 고관대작들이 어느 날 갑자기 쇠고랑을 차고 비굴한 모습으로 우리의 시야에 나타나곤 할 적마다, 민초들은 곤혹감에 사로잡히곤 한다. 쇠고랑 찬 전 현직 고관의 초췌한 몰골에서 교훈을 얻을 수는 없는 것일까. 그건 영원히 남의 일일까.

청백리(淸白吏)가 그리운 시절이다. 27살에 벼슬길에 올라 30년간 정
승을 지내면서도 비가 새는 누옥에서 살았다는 조선조의 명재상 황희가
그립고, 벼슬이 좌의정까지 올랐으나 집이 너무 협소하여 비오는 날이
면 손님들이 그냥 비를 맞고 기다려야 했다는 맹사성이 그립다. 퇴계
·율곡·다산 같은 큰 학자가 그립고, 정몽주·박팽년·유응부처럼 대쪽
같은 절개로 인생을 마무리했던 공직자가 그립다. 옛날에만 그런 존경
스러운 인물이 있었던 것은 아니다. 자유당 때 국무총리를 지낸 변영태
는 외무장관 시절 쓰고 남은 출장비를 반납할 정도의 청백리였다. 관직
에서 물러난 그는 영어학원 강사로 생계비를 마련했으며, 손수 연탄을
가는 청빈한 삶을 누리다 연탄가스 중독으로 인생을 마감했다지 않던
가. 또 이승만 대통령의 독재에 반대하여 초대 부통령이란 자리를 헌신
짝처럼 버렸던 이시영은 조그만 셋방에서 여생을 보냈다지 않던가. 이
처럼 청렴과 결백과 절개를 공직윤리의 으뜸으로 여겼던 고결한 그 선
비정신은 어디로 증발해 버렸는지….

　조선조 고종 때 발간된 ≪증보문헌비고≫에는 청백리 142명의 사례
가 담겨져 있다. 또 '역대 청백리상'이란 책에는 고조선부터 현대에 이르
기까지의 청백리 216명의 거룩한 이름이 올라 있다. 하기야 반 만 년의
역사에 고작 2백여 명의 청백리뿐이라면 청백리의 길이 쉽지 않음을 미
루어 짐작할 만하다. 정부는 오래 전부터 청백리상을 시상해 오고 있다.
그간 수상자는 겨우 21명뿐이고, 그중 장관이나 차관은 단 한 명도 없단
다. 그나마 1988년부터는 대상자조차 찾지 못하고 있다니, 부정·비리

김학 편

의 오염도를 측정할 만하지 않겠는가. 사회의 부정과 비리를 바로잡아야 할 사정기관에서는 과연 몇 사람의 청백리가 배출되었을까.

행여, 똥 묻은 개가 겨 묻은 개를 나무라는 꼴이나 아니었는지 곰곰 되돌아 볼 일이다.

하여가(何如歌)와 단심가(丹心歌)
— 5백년 고려의 수도 개성 방문기(3)

此亦何如彼亦何如

城隍堂後垣頹落亦何如

我輩若此爲不死亦何如

이런들 어떠하며 저런들 어떠하리

만수산 드렁 칡이 얽혀진들 어떠하리

우리도 이같이 하여 백년까지 누리리라

　　　 — 이방원의 〈하여가(何如歌)〉

此身死了死了一百番更死了

白骨爲塵土魂魄有無也

鄕主一片丹心寧有改理歟

이 몸이 죽고 죽어 일백 번 고쳐죽어

백골이 진토되어 넋이라도 있고 없고

임 향한 일편단심이야 가실 줄이 있으랴　　— 정몽주의 〈단심가(丹心歌)〉

어느 신문의 신춘문예나 백일장 시조부문 최종심에 이 두 작품이 올라왔다면 심사위원들은 어떤 작품을 당선작이나 장원으로 뽑을까? 〈하여가〉와 〈단심가〉를 읽을 때마다 나는 그런 생각을 하며 혼자 빙긋이 웃는다. 사실 〈단심가〉 없는 〈하여가〉나 〈하여가〉 없는 〈단심가〉는 독자의 눈길을 끌지도 못할 것이고 의미도 없을 것이다. 용호상박의 맞수, 역사의 라이벌이 상대의 심중을 헤아려 보려고 이런 시조를 읊었으리라. 두 작품이 장이야 멍이야 식으로 맞물려 있기에 우리의 관심을 끌게 된 것도 사실이다. 우리 조상들은 죽거나 죽여야 하는 정적끼리도 이처럼 멋진 승부를 겨뤘던 것이다.

칼잡이 이방원은 1367년생이고, 붓잡이 정몽주는 1337년생이니 정몽주보다 이방원이 30년이나 후배다. 그런데 칼잡이 이방원이 붓잡이 정몽주 못지않게 멋진 〈하여가〉란 시조를 지었다는 사실은 놀라운 일이 아닐 수 없다. 정몽주를 만나 회유할 때 활용하려고 이방원 스스로 이 시조를 짓는데 몇날 며칠이나 걸렸고, 또 얼마나 오래 다듬고 다듬었을까? 포은 정몽주는 원래 유명한 선비이니 〈하여가〉를 듣고 그 자리에서 즉흥시로 〈단심가〉를 읊은 게 아닐까? 이 시조를 읊고 집으로 돌아가다가 선죽교에서 이방원이 딸려 보낸 조영규(趙英珪)에게 철퇴를 맞고 피를 흘리며 눈을 감았다고 역사는 전해준다.

그렇다면 정몽주의 〈단심가〉를 그때 누가 기록하여 보존했기에 이렇게 6백 년 세월이 지난 지금까지도 우리가 읽을 수 있게 되었을까?

2008년 8월 12일, 새벽잠을 설쳐가며 빗속에 찾아간 개성, 그날 오전에는 박연폭포와 대흥산성을 둘러보고 통일관에서 푸짐하고 맛깔스런 개성요리로 점심식사를 하였다. 오후에는 숭양서원과 선죽교 그리고 고려박물관을 둘러보고 돌아올 예정이었다.

먼저 숭양서원(崧陽書院)을 찾았다. 숭양서원은 1573년 조선 선조 6년에 고려의 학자 정몽주의 집터에 문충당이란 이름으로 세워져 정몽주와 서경덕의 위패를 모셨다. 그 뒤 조선 선조 8년에 숭양이란 사액(賜額)을 받아 서원으로 승격되었다고 한다. 그리고 김상헌, 김육, 조익, 우현보를 추가로 배향했다. 이 숭양서원은 대원군이 모든 서원을 철폐했을 때 남겨진 전국 47개 서원 가운데 하나일 만큼 유서 깊은 곳이다. 이 서원은 임진왜란 이전의 목조건물로 서원 건축양식의 전형적인 배치 구조를 그대로 보여주고 있어서 의미가 크다고 한다.

선죽교는 바로 숭양서원 울타리 너머에 있었다. 그러고 보니 정몽주는 이성계를 문병하고 돌아오다 자기 집 근처 선죽교에서 피살당한 것이다. 원래 이 다리의 이름은 선지교(善地橋)였으나 정몽주가 살해된 뒤 그의 피가 얼룩진 자리에 대나무가 솟아나서 선죽교(善竹橋)라고 고쳐 부르게 되었다고 한다.

오랜 세월이 흐른 다음, 조선왕조 정조 4년 정몽주의 후손인 개성유수 정호인이 선죽교 옆에 다리를 세워 지금의 선죽교로 남게 되었다고 한다. 다리 동쪽에는 조선시대의 명필 한석봉이 쓴 선죽교비(善竹橋碑)가 있고, 다리 건너편 표충각(表忠閣)에는 정몽주의 충절을 기리고자 조선시대 영조와 고종이 세운 표충비도 있었다.

조선의 개국에 동참하기를 거부하고 목숨을 잃은 정몽주의 후손도 결국은 조선왕조에서 벼슬길에 나아갔으니 이걸 역사의 아이러니라고나 할까?

6백여 년의 세월이 흐른 지금, 〈하여가〉로 유혹한 이방원이나 〈단심가〉로 거부의 뜻을 보였던 정몽주도 지금은 모두 백골이 진토로 변했을 것이다. 그때 정몽주가 〈단심가〉가 아니라 〈OK하여가〉로 응답했더라면 역사는 어떻게 달라졌을까? 왕조시대에는 왕씨 고려를 무너뜨리고 이씨 조선을 세우는 것이 이른바 역성혁명(易姓革命)이다. 하지만 충신은 두 임금을 섬기지 않는다는 게 그 시대의 불문율이었다. 그런데 지금 민주주의 나라에서는 4,5년마다 투표로 임금이나 다를 바 없는 대통령을 뽑는다. 그런데도 이 시대에 왕조시대의 충절의식을 갖고 산다면 어떻게 되겠는가?

지금은 〈하여가〉와 〈단심가〉가 서로 악수를 하는 시대려니 싶다.

지푸라기의 노래

21세기의 지푸라기는 실업자가 되었다. 슬픈 일이다. 하릴없는 호호백발 할아버지처럼 무료한 나날을 보내고 있다. 옛날의 영화를 되새기면서 긴긴 겨울을 쓸쓸히 연명해야 한다. 어쩌다 지푸라기의 신세가 이렇게 처량하게 되고 말았는가?

농경사회 시절에 지푸라기는 잘 나가는 선망의 재료였다. 나막신이나 고무신, 구두가 나오기 전에는 지푸라기로 삼은 짚신이 신발의 대명사였다. 과거 보러 가는 시골 선비도 괴나리봇짐에 짚신 몇 켤레쯤은 당연히 매달고 한양 천릿길을 터벅터벅 걸어가야 했으니까. 지푸라기로 이엉을 만들어 지붕을 덮어야 겨울의 눈이나 여름의 비를 피할 수도 있었고. 농부들이 여름에 비를 맞으며 논밭에 나가 일을 할 수 있었던 것도 지푸라기로 만든 우장(雨裝)이 있었던 까닭에 가능했었다. 농한기라던 겨울철, 그 긴긴 밤이면 농가의 사랑방에서는 머슴들이 새끼를 꼬거나 가마니를 짜기도 하고, 쓰임새가 많은 멍석을 만들기도 하면서 손을 놀리지 않았던 것도 지푸라기 때문이었다. 가마니에는 쌀이나 보리 등의 곡식을 담아 시장에 내다 팔기도 했고, 머슴의 새경을 정하거나, 논밭과 집을 사고 팔 때 돈 대신 사용되기도 했었다. 명석은 곡식을 널어 햇볕에 말리는 데 사용되는 것이 주임무이지만, 잘못을 저지른 사람을 명석말이 할 때 쓰이기도 했었다.

아이를 출산할 때도 방에는 지푸라기를 깔아야 했다. 우리네 옛날 여인들은 마치 성모 마리아가 마구간에서 예수 그리스도를 낳을 때처럼 안방에서 아이를 낳으면서도 지푸라기를 깔았던 것이다. 신발을 벗어놓고 방으로 들어가던 산모(産母)가 다시 그 신발을 신을 수 있을지 걱정하던 그 시절의 여인을 회상하면 오늘의 산모는 너무 행복하구나 싶다. 분만의 고통 대신에 대부분의 산모들이 안전한 제왕절개로 출산을 한다니까.

농가에서는 가을철 추수가 끝나고 나면 벼를 떨어버린 볏짚을 논이나 마당에 노적가리처럼 쌓아놓기도 하고, 헛간에 차곡차곡 쟁여두기도 했었다. 지푸라기는 소의 겨울철 주식(主食)으로 사용되었기 때문이다. 지푸라기를 작두로 싹둑싹둑 잘라서 쇠죽을 끓여야 했다. 쇠죽이 끓을 때의 그 구수한 냄새가 떠오른다. 명절 무렵이면 그 쇠죽솥에 물을 데워 목욕을 했던 추억이 새롭고, 아궁이에 고구마나 알밤을 구워먹던 어린 시절의 기억이 풋풋하다. 지그시 눈을 감고 지난날을 돌이켜 보면 지푸라기에 얽힌 온갖 추억들이 얽혀 가버린 날들이 더 그리울 수밖에 없다.

세월이 바뀌면서 지푸라기는 옛날의 총애를 다 잃고 말았다. 우리 조상들은 지푸라기로 온갖 생활도구를 다 만들어 써 왔다. 지푸라기로 만들어 쓰던 생활용구가 무려 180여 가지나 된다고 들었다. 조상들의 생활의 지혜가 지푸라기의 활용법을 연구하는 일이 아니었나 싶을 정도다.

아들을 낳은 집의 대문에는 지푸라기로 꼰 새끼줄에 빨간 고추가 꽂힌 금줄이 치렁치렁 가로질러 처져 있었고, 상두꾼들이 메던 상여에도 지푸라기로 꼬아 만든 새끼줄은 있기 마련이었다. 지푸라기로 만든 계란 집에 열 개씩 차곡차곡 담은 계란 몇 꾸러미를 머리에 이고 조심조심 장에 나가 팔아서 연필이나 학습장을 사다 주시던 어머니의 정성도 새록새록 되새겨진다. 이처럼 쓰임새가 다양했던 지푸라기가 이제 와서는 쓸모 없는 실업자 신세로 전락하고 말았다.

지푸라기는 생활용구뿐 아니라 놀이기구에도 빠질 수 없는 존재였다. 시골의 농민들이 즐겼던 줄다리기나 그네 타기의 도구도 지푸라기로 튼튼하게 꼰 새끼줄이 아니면 불가능했으며, 차전놀이 등의 도구에도 지푸라기는 빠질 수 없었다. 옛날 사람들은 태어나서부터 무덤으로 돌아갈 때까지 지푸라기로 만든 도구를 사용해야 했던 것이다. 얼마나 끈질긴 인연이며, 밀접한 관계였던가?

요즘의 들녘엔 지푸라기가 많이 쌓여 있다. 사 가는 사람도 없고, 쓸 곳도 없기 때문이다. 그도 그럴 것이 초가지붕은 기와나 슬래브가 지푸라기를 대신하게 되었고, 가마니 새끼줄 멍석은 마대(麻袋)나 비닐이 그 임무를 대행하고 있으며, 짚신은 고무신과 운동화, 구두가 그 임무를 맡기에 이르렀다. 쇠죽의 원료로 쓰이던 지푸라기의 역할마저 공장에서 대량생산되는 사료에게 빼앗기게 되었다. 지푸라기는 결국 논에서 태워지거나 스스로 썩어서 거름으로 쓰일 수밖에 없는 신세로 전락하고 만 것이다.

요새 지푸라기를 이용한 설치미술이란 것이 고개를 뾰족 내밀고 있다고는 하나 새 발의 피가 아닐 수 없다. 지푸라기는 슬프다. 농경사회의 유물인 지푸라기의 운명이 너무나 가엾다. 구조조정으로 퇴출당한 실직자처럼 너무너무 안쓰럽다. 서글픈 지푸라기의 노래가 자꾸만 귀를 후빈다. 볍씨를 파종한 뒤 여든여덟 번의 손을 거쳐 고개 숙인 나락이 되고, 알곡을 사람에게 돌려준 다음 볏짚이 되는 지푸라기의 일생을 모르는 오늘의 도시인들이, 어찌 서글픈 지푸라기의 노래를 알 것인가?

수필, 그 30초 전쟁

"쓰면 쓸수록 어려운 게 수필이다."라는 이야기는 이제 정설로 굳어지고 있다. 붓 가는 대로 쓰는 것이 수필이란 가르침 때문에 용기를 얻어 원고지 앞에 앉곤 했던 초심자 시절엔 그리 어려운 줄 몰랐었다. 무엇이나 그저 끄적거리면 수필인 줄 알았으니까. 그러다가 봉사 문고리 잡듯 등단(登壇)을 하고 몇 권의 수필집을 출간하고 나니, 수필이 두려운 상대라는 사실을 체감할 수 있었다. 게다가 여러 권의 수필 이론서를 섭렵하고 보니, 그러한 느낌은 더욱 나의 무딘 펜을 옥죄어 왔다. 그 결과 다작(多作)이 과작(寡作)으로 변모하기에 이르렀다. 얼마나 많은 작품을 발표했느냐가 주요 관심사였던 게 초창기의 내 사고였다면, 어떤 수준의 작품을 발표하느냐가 지금의 내 관심사다.

내가 맨 처음 발표했던 작품은 〈아웃사이더의 사랑이야기〉였다. 대학교 2학년 때 그 작품을 대학신문에 발표했는데 무척 반응이 좋았다. 거기에서 용기와 자신을 얻은 나는 틈만 나면 원고지 앞에서 무릎을 꿇고 머리를 조아렸다. 대학신문은 나의 주요 발표 무대였다. 군대시절에는 《전우신문》과 월간 《육군》이란 잡지가 나에게 아낌없이 지면을 나누어 주었다. 제대 후 방송인이 되고 나서는 지방신문의 문화면이 나의 단골 작품 발표장 구실을 맡아 주곤 했다. 세월이 흐르면서 주변에서는 점차 내가 글쓰기에 소질이 있음을 인식해 주기에 이르렀다.

1970년대 초, 나에게 〈밤의 여로〉란 프로그램이 맡겨졌다. 15분 길이의 프로그램인데 수필 한 편에 곁들여 감미로운 음악 세 곡 정도 섞어 들려주면 되었다. 날마다 원고지 열 장 안팎의 수필 한 편씩을 쓴다는 것은 결코 쉬운 일이 아니었다. 그러나 나는 나중에 책을 한 권 출판해야겠다는 욕심이 있어서 그 프로그램을 맡았고, 나의 뜻대로 2년 반 동안 발표했던 작품 중에서 골라내어 《밤의 여로》란 이름의 방송수필집 두 권을 펴내게 되었다.

그 시절 나는 자나 깨나 앉으나 서나 내일은 어떤 주제로 쓸 것인가를 생각하곤 했다. 술을 마시면서도, 식사를 하거나 친구와 대화를 나누면서도, 내 머릿속에는 주제를 잡는 일이 계속되어야 했었다. 다행히 그 프로그램에 대한 인기는 하늘을 찌를 듯 높았다. 라디오 전성시대인 데다 황금시간대에 방송이 되었으니 그럴 만도 했다. 〈밤의 여로〉 원고를 썼던 그 시절이 나에게는 수필 수업과정의 좋은 훈련기였던 셈이다. 주제 찾기나 문장 수련면에서 더없이 좋은 기회였다.

독자가 활자화된 작품을 읽다가 의문이 가는 단어나 구절이 나타나면 사전을 찾아보거나 다시 읽으면 이해가 가능하다. 그러나 방송은 그럴

짬이 없다. 라디오에 귀를 기울이고 있는 청취자가 방송을 듣다가 이 단어가 무슨 뜻일까 의아해 하더라도 청취자의 그런 사정을 모르는 아나운서는 일정한 속도로 계속 읽어내려 가기 마련이다. 청취자의 궁금증 따위는 아랑곳하지 않는다. 아무리 훌륭한 작품이라 하더라도 단어 하나에 고개를 갸웃거리다 보면 청취자는 그 작품 전체를 올바로 이해할 수 없게 되고 만다. 그러한 경험 탓으로 나는 수필을 쓸 때 난해한 표현보다는 쉬운 어휘를 즐겨 사용한다. 문장의 길이도 간결하고 짧은 것이 제격이라고 생각한다.

방송에서는 '30초 전쟁'이란 말이 있다. 어떤 프로그램이 방송을 시작하여 30초 내에 시청자의 관심을 끌지 못하면 시청자는 채널을 다른 데로 돌려버린다는 뜻이다. 요새처럼 리모컨 시대에는 더욱 그렇다. 그러니 시작한 지 30초 내에 시청자의 호기심과 관심을 끌지 않으면 안 된다. 수필의 경우도 마찬가지가 아닌가 싶다. 요즘처럼 수필집이 홍수처럼 쏟아지고 읽을거리가 넘치는 세상에 어떤 독자가 고지식하게 한 편의 수필을 끝까지 읽어 줄 것인가. 그러니 방송과 마찬가지로 수필의 경우도 30초 내에 독자를 사로잡아야 한다고 믿는다.

방송에서 프로그램의 '제목'이 중요하듯 수필의 '제목'도 마찬가지다. 독자의 호기심을 끌 수 있는 '제목'이어야 한다. '제목'이 독자를 부여잡지 못한다면 아무리 좋은 작품이라 해도 독자는 내용을 읽지 않고 그냥 넘겨버리고 말 것이다. 여기에서 '제목'의 중요성이 나타나는 것이다.

방송에서의 오프닝 멘트(Opening Ment)는 수필의 '서두'와 같다. 제

목에 끌려 독자가 작품을 읽어야겠다고 순간적으로 결심을 하게 되면 수필의 '서두'를 만나게 된다. 이 '서두'에서 산뜻한 표현 새로운 언어로 독자를 붙잡고 놓아주지 말아야 한다. 진부한 표현은 절대 삼가야 한다. 독자는 언제라도 시선을 거둬버릴 만반의 준비가 되어 있는 상대임을 의식하지 않으면 안 된다. 아나운서가 정상적인 속도로 2백 자 원고지 한 장을 읽는데 소요되는 시간은 30초다. 따라서 수필에서는 '서두'의 원고지 한 장이 중요하다는 이야기이다. 독자도 원고지 한 장정도 읽고 나면 이 작품을 더 읽어야 할 것인가 포기해야 할 것인가를 판가름하기 마련이다. 읽을거리가 없던 시절이라면 모르지만 요즘 같은 시대에는 독자의 끈기를 기대해서는 안 된다. 그러기에 방송과 마찬가지로 수필도 30초 전쟁임을 의식하지 않을 수 없다.

방송의 내용은 수필의 '본문'과 같다. '제목'에서부터 시작하여 '서두'까지는 독자의 재미와 호기심을 자극하여 끌고 왔다 하여도 '본문'에서 독자가 시선을 거둬 버리면 작가의 노고는 헛수고에 그치고 만다. '본문'에는 사실 작가가 독자에게 전달하고 싶어하는 메시지가 농축되어 있으니까. 그것은 마치 제약회사가 약을 제조할 때 질병치료에 도움이 되는 약을 색깔과 맛이 좋은 당의정으로 감싸놓은 것이나 뭐가 다르겠는가. 당의정은 수필의 '서두'나 진배없다고 하겠다. 독자를 '본문'까지 읽도록 유도했으면 그 작품은 일단 거의 성공적이라 해도 과언이 아닐 것이다.

방송의 클로징 멘트(Closing Ment)는 수필에 있어서 '결구'나 같다. '결구'에서는 촌철살인의 함축성과 맛깔스러운 어휘로 독자에게 깊은 감동을 주어야 한다. 독자가 다 읽고 나서 머리를 끄덕이거나, 슬며시 미소를 짓게 해야 한다. 이 정도에 이르면 작가와 독자는 공감대가 형성된 이신동체(異身同體)의 경지에 이른 셈이라고 할 수 있을 것이다. 이것이 내가 수필 한 편 한 편을 쓸 때 늘 염두에 두는 내 나름의 작법이다.

사람은 누구나 얼굴이 다르듯 생각이 다르고, 생각이 다르듯 어떤 일을 추진하는 데 있어서 그 방법도 다를 수 있을 것이다. 자기에게 걸맞는 방법을 강구해 보는 것도 좋을 줄 안다. 방송이라고 하면 뉴스·드라마·쇼를 먼저 떠올리기 쉽다. 그렇지만 요즘에는 다큐멘터리가 시청자의 시선을 끌고 있다. 실크로드니 지리산의 사계(四季) 또는 독도 365일, KBS 일요 스페셜, 환경 스페셜 따위가 익히 알려진 다큐멘터리다. 나는 방송에 있어서의 다큐멘터리가 형태상 수필과 너무 유사하다고 여기고 있다. 신문에서의 사진이나 방송 다큐멘터리에서의 관계자 인터뷰는 수필에서의 예화(例話)처럼 시청자나 독자에게 생생한 현장감과 사실감을 인식케 하여 공감대를 넓혀주는 데 크게 이바지한다고 믿는다. 좋은 예화를 많이 발굴 수집해 두는 것도 좋은 작품을 생산하는 데 크게 도움이 되는 문학적 저축이 아닐까 싶다.

방송에서는 편집이 대단히 중요하다. 라디오의 녹음구성이나 텔레비전의 다큐멘터리 영상구성(影像構成)에서도 편집은 꼭 필요하다. 녹음구성의 녹음 취재물이나 영상구성의 그림은 필요량의 작게는 서너 배에서 많게는 열 배 이상까지 확보해야 한다. 그 많은 양(量) 가운데서 꼭 필요한 에센스만 빼내는 것이 이른바 편집의 묘미이다. 한 편의 수필을 창작하는 데도 그러한 노력과 정성이 담겨야 할 줄 안다. 녹음이나 영상 취재물은 곧 수필의 소재라고 바꿔 생각하면 된다. 주제에 맞는 많은 소재를 확보한 다음 그 가운데서 버릴 것은 과감히 버릴 줄 알아야 한다는 이야기다. 수집된 소재 중에서 꼭 필요한 것만을 남기고 버리는 일, 그것이 바로 방송에서 말하는 편집이나 뭐가 다르겠는가. 그것은 곧 수필의 퇴고나 다를 바 없다.

글은 곧 사람이라고 했다. 글씨도 마찬가지다. 글이나 글씨에는 그 사람의 사람 됨됨이가 나타난다고 보기에 그렇게 표현했을 것이다. 특히 수필은 자기반성의 문학이 아니던가. 수필은 '내 탓'에서부터 출발해야 한다고 믿는다. 내 탓은 없이 남의 탓만 하는 글은 수필일 수가 없다. 그런 작품은 독자의 거부감만 살 뿐이다. 문장은 부드럽고 군더더기 없이 매끄러워야 한다고 생각한다. 물이 흐르듯, 쟁반 위에서 옥구슬이 구르듯, 막힘이나 걸림이 없었으면 한다. 성깔 있는 과격한 어휘나 야한 표현은 삼가야 하리라고 본다. 문학수필을 지향한다면 너무도 당연한 요구가 아니랴.

흔히들 수필이란 무형식의 글이라고 한다. 일정한 틀이 없다는 이야기다. 뒤집어 생각하면 고정된 틀이 없으니 형식이 무궁무진하다는 뜻이나 다를 바 없다. 그러니 작가 나름대로 독창적인 형식을 개발할 여지가 많다는 의미도 될 것이다. 주제에 따라 소재에 따라 작가의 취향에 따라 나름대로의 형식을 창안해 보는 것이 좋을 것 같다. 초창기에는 자기가 흠모하는 선배를 본받다가 어느 수준에 이르면 자기 입맛에 맞는 요리법을 개발하는 것도 바람직한 방법이 될 것이다. 어릴 때 형의 옷을 물려받아 입다가 나중에는 자기 몸에 맞춰 옷을 지어 입듯이……

나는 좋은 소재나 예화가 눈에 띄면 스크랩을 하거나 노트에 메모를 하여 저장해 둔다. 마치 여유 있을 때 돈을 은행에 저금하여 두듯이. 그래야 유사시에 손쉽게 꺼내 쓸 수 있을 게 아닌가.

나는 내가 좋아하는 수필가들의 작품을 즐겨 읽는다. 그러한 독서를 통해 창작기법을 받아들인다. 거기에다 내 나름의 아이디어를 보태면 나의 특성을 세울 수가 있어 좋다.

나의 수필은 청자나 백자가 아니라 질그릇에 가깝다고 여긴다. 투박하면서도 서민적인 체취가 배어나는 것을 좋아하는 나의 취향 때문일 것이다. 나의 수필은 고소한 숭늉 맛이었으면 한다. 톡 쏘는 콜라나 사이다도 아니고 무색무취한 맹물도 아닌 누룽지 맛이 담긴 숭늉 같았으면 한다.

나의 수필은 비빔밥 같기를 바란다. 갖가지 채소와 고기와 밥에 고추장을 넣어 비빈 비빔밥. 색깔로 보아도 먹음직스럽고, 영양면에서도 모자란 점이 없는 게 비빔밥인 까닭이다.

나는 지금까지 13권의 수필집을 선보인 바 있다. 그렇지만 아직도 미흡하기 이를 데 없다는 부끄러움을 느낀다. 그 부끄러움은 나로 하여금 더 좋은 수필을 빚으라는 채찍이 된다. 신기록에 도전하는 마라토너처럼 나도 끊임없이 노력하는 길만이 내가 추구하는 목표에 더 가까이 다가설 수 있는 방법임을 깨닫고 있다. 그 길이 아무리 험난하고 세월이 아무리 오래 걸리더라도 나는 중도에 포기하지 않고 수필의 외길을 달릴 것이다.

김수봉 편

전남 나주시 출생
《월간문학》으로 등단(1984), 당선작 〈뜨락을 쓸면〉
광주광역시문협회장 역임,
수필문우회 회원, 대표에세이 회원
수필집 《전라도 말씨로》 《삼밭에 죽순 나니》
　　　　《소쇄원 바람소리》 등 9권
수상　광주문화예술상, 소월문학상, 현대수필문학상 등
E-mail : sbkim327@hanmail.net

수필을 어떻게 써야 할까요.
그것은 앞서 말한 바 정답이 없다고 했습니다.
다만 한 가지 말할 수 있는 건
지속적인 자기 성찰의 모습을 보여주는 것입니다.
그러면 그 글을 읽는 독자 또한
삶을 성찰하는 자세를 가지게 될 것이며,
그 안에서 삶의 진실과 아름다움을
찾아가게 될 것이기 때문입니다.
그리고 수필쓰기의 정답 또한 스스로 찾아내는
지난한 몸짓이어야 합니다.
- <수필론> 중에서

한 자랑거리

내가 가진 것 중에서 자랑할 만한 것이 한 가지는 있다. 낭창낭창하면서도 활시위같이 팽팽함을 갖춘 이놈은 내 수중에서만도 삼십 년을 함께 했다. 매끈매끈한 손잡이는 이대(二代)에 걸친 손때가 묻어 있다. 남들이 우러를 만한 삶도 어느 기인 같은 섭생도 해보지 못한, 지극히 평범하게 살아온 내가 무엇을 자랑할 수 있을까만, 이것만은 펼쳐놓고 자랑하고 싶다.

선친께서 물려주신 두 칸 반짜리 대나무 낚싯대다. 그 길이가 얼추 4미터 남짓인데 여섯 도막으로 되어 있다. 사용할 때는 꽂아서 이어 쓴다. 이 낚싯대는 오롯이 아버지의 손끝에서 태어났다. 난든집이 남다르셨던 분이라서 소소한 세간붙이도 곧잘 만들고 고치기를 잘하셨지만 당신은 맘먹고 이 낚싯대를 만드셨던 것 같다. 낚시가 유일한 취미였고 그 멋을 알고 즐기시면서 '낚시는 고기잡이꾼이 아니야. 마음 다스리기인 게지.' 하는 말씀도 가끔 하셨다.

아버지는 다른 낚싯대도 여럿을 손수 만들어 쓰고 있었지만 이 대에만은 유독 정성을 들였다. 그것은 애정이었다. 대밭에서 댓가지를 고르는 일에서부터 말리고 다듬는 일, 작은 주머니칼로 깎고 호비며 도막 하나하나의 균형을 잡아가기, 또 몇 차례의 사포질로 매끈해진 거죽을 들기름 걸레로 윤나도록 닦고 닦았다. 그리고 손잡이 부분은 대의 뿌리 매듭 무늬를 한껏 살려놓아서 여간 마딘 게 아니었다.

나는 아버지 곁에서 이런 일들을 지켜보면서 초등학생 시절을 보냈고 낚시도 배우기 시작했다.

아버지 생존해 계실 때, 나는 이 낚싯대를 감히 만지지 못했다. 낚시를 안 간 날도 아버지는 간혹 툇마루에 나앉아 이 낚싯대를 펴들고 가볍게 흔들어보며 흐뭇이 웃으시던 얼굴에서 그 소중함을 알았기 때문이다. 당신께서도 비 오는 날이나 바람이 치는 날엔 허드레 낚싯대만을 들고 나가셨다. 낚시산업이 발달하여 글라스 파이버(유리섬유)라고 하는 신식 낚싯대가 낚시점에 널려 있을 때도 '대나무 낚시와는 그 맛이 다르지' 하시며 외면했다.

낚시 마니아가 된 지금, 나는 최신의 낚싯대를 크기별로 몇 벌 갖추고 있다. 그러나 아버지의 낚싯대가 주는 그 낭창하고 팽팽한 손맛은 따를 수가 없다.

이 낚싯대의 맛을 알기까지는 한참 세월이 흐르고 나서였다. 모든 좋은 것은 기다림 끝에 얻어진다 했던가. 미립이 나는 건 세월의 켜와 함께이다. 나이 들면서 그 진미를 안 것이다. 붕어를 낚아 끌어올릴 때, 손과 어깨 가슴속까지 퍼져오는 그 고동(鼓動), 고기가 크면 큰 대로 작으면 작은 대로 떨림의 맛이 분별된다.

이 낚싯대가 아버지의 손을 떠난 지도 30년이 넘어간다. 나는 지금도 화창한 봄날이나 푸른 하늘이 끝 모르게 드높은 가을날이라야 아버지의 대낚시를 편다. 아버지가 그러셨던 것처럼 물가에 혼자 앉아 당신의 모습을 그려보기도 하며 손맛을 기다리고, 나의 세월도 강물처럼 흘러가고 있음을 본다.

모든 것은 영원함이 없다는 전제 앞에서 보면 언제인가는 이 낚싯대도 내 손에서 놓일 날이 올 것이다. 나는 이것을 아끼며 보관하다가 또 가보처럼 물려주기로 한다. 그런데 참으로 다행스럽다.

나의 작은아들이 어느새 꾼이 되어 있었다. 그리고 눈총기가 좋아서 나보다도 민첩하게 낚시를 잘한다. 나는 그에게 아버지의 낚싯대를 물려줄 참이다. 다만 최신의 상업적이고 사치스러운 낚시 장비에서 맛볼 수 없는 이 대나무의 자연 맛까지 알아가기를 고대하면서…. 그러나 그건 아들이 보낸 제 세월만큼이 가르쳐줄 일이지 내가 전수할 수는 없다.

그리고 먼 내일 어느 날, 저도 그 낚시를 드리우고 물가에 앉았을 때, 제 할아버지와 아비의 손때가 배인 그 마딘 손잡이에서 육친의 맥박을 느끼면서 마음 다스리기가 이루어지기를 간구해 본다.

'만파식적(萬波息笛)'이란 말이 있다. 신라시대 전설의 피리를 이르는 말로 세상 모든 근심걱정의 풍파를 잠재운다는 이 피리는 신이 내려준 대나무로 만들었다 했다. 지금은 대나무로 만든 우리 악기 대금(大笒)을 말하기도 한다. 대나무 피리소리처럼 이 대나무 낚싯대를 드리우고 물가에 앉아 있노라면 우리네 삶의 풍파도 고요해지지 않을까.

할머니의 어록(語錄)

할머니는 무식했다. 그러나 할머니로부터 나는 많은 삶의 지혜를 보았고 또 배웠다.

첫손주로 태어난 나는 두 살, 세 살 터울의 두 여동생에게 밀려 할머니 품에서 커야 했다. 할머니 젖을 만지며 잠을 자고 할머니 무릎을 베고 하늘의 별을 보는 여름밤이 많았다. 당신께서 늦둥이로 본 외아들한테서 난 손주여서도 그랬지만, 아직 어린것이 엄마 품을 떠난 게 여간 안쓰럽지 않다고 했다.

내가 말귀를 조금 알아들을 일곱 살, 할머니는 가끔 이런 말을 하곤 했다.

"느 아배는 지금 너 만할 때까지 젖을 먹었느니라."

그래서 나는 할머니의 젖이 쭈글쭈글한 것도 할머니의 목이 주름투성이인 것도 세세히 보면서 컸다.

간혹 어머니가 할머니 들으라고, "저놈의 새끼, 너무 조동으로만 커서 철이 안 들어." 하며 나를 나무랐지만 그때마다 할머니의 역성이 나왔고 고부간의 가벼운 갈등으로 이어졌다. 그런 탓에 나는 학교도 여덟 살이 지나서야 가게 되었다. 오릿길도 넘는 읍내의 학교를 '어찌 저 어린것이…' 하며, 근 달포나 할머니 손을 잡고 다녔다.

지금도 할머니 모습이 떠오를 때면 그 학교길이다. 흙먼지 풀썩거리는 여름 신작로, 들고 온 죽석부채로는 쉴 새 없이 나를 부쳐주다가 햇볕을 가려주다가 했다. 당신은 정작 흥건하게 적삼이 젖도록 땀을 흘리면서도.

어쩌다 길섶에서 새끼개구리라도 쫓아가 밟으려 하면, "아서라. 너는 장난치지만 저는 죽을 판이란다." 하고 만류하며 생명의 소중함을 일깨워 줬다.

할머니의 가장 넉넉한 웃음은 예배당에 다녀와서 내게 팔을 벌리는 때였다. 그 다음이 참깨를 터는 날이었다. 가을 석양 아래서 깻단을 들고 막대로 두드리면 우수수우수수 깨알 쏟아지는 소리, 이때 두어 걸음 앞에서 할머니의 얼굴을 보고 있으면 당신의 눈과 입은 더없이 흐뭇한 표정을 짓고 있었다. "이 소리를 들어보렴. 이 소리만치 오진 소리도 드물어야." 하시고는 "참깨 한 알이 수천 개의 깨알을 만들어 낸 그 신기함을 알으라." 했고, 사람 입에 들어가기까지 아흔아홉 번도 더 손이 간다는 말도 하셨다.

할머니는 글을 못 배운 사람이었다. 그러나 열성으로 다닌 예배당 덕에 어찌어찌 국문을 깨쳐서 성경과 찬송가책을 더듬거릴 정도였다. 내가 여남은 살이 된 뒤부터는 성경을 함께 소리 내어 읽는 것을 제일 좋아하셨다. 이 무렵 나는 할머니의 새벽기도 소리에 잠을 깨는 날이 많았다. 자리에서 일어나 앉아 길게 기도를 드리는 소리가 처음엔 짜증스러웠지만 듣고 또 듣다 보니 할머니의 모습이 '참 곱다'라는 생각이 들었고 어떤 기품 같은 걸 보았다.

기도 내용은 날마다 비슷했다. 가족 모두의 안녕, 그리고 자식 손자들의 이름을 하나씩 들어, 그들이 지금 하고 있는 일이 탈없이 잘되기를 기원하고, 가장 간절히 기원하는 것은 역시 나에 대해서였다. "그저 몸 성하고, 우리 손주 공부는 한 글자를 배우면 열 자를 깨우치게 해 주시고, 나쁜 시험에 들지 말게 해 주시고, 해 주시고, 해 주시고…, 간절히 간절히 비옵나이다."

이 대목에서 할머니는 흐느끼듯 말했고, 나는 눈을 말똥거리며 미명 속에서 할머니의 모습을 보았다. 그리고 그 기도대로 돼야겠다는 다짐을 마음에 새겼다. 그러나 할머니는 정작 당신을 위한 소망을 말한 적은 없었다.

한번은 내가 연을 만들다가 짜증을 부리고 있었다. 어렵게 구한 연 종이를 연살보다 짧게 잘라 내버려서였다. "잣대는 열 번 대고 가새(가위)는 한 번 대느니라." 라는 말을 이때 들려주셨다. 또 동생들에게 해코지라도 한 날은 "오라비가 동생한테 아망을 부리면 너 성질부텀 나빠진단다."라고 넌지시 타일렀다.

내가 중·고등학교를 큰 도시에서 다니면서 할머니의 기도소리는 자주 듣지 못했다. 그런데 어느 해 겨울방학, 할머니 방에서 자게 된 날이었다. 이 날도 할머니의 새벽기도는 시계처럼 시작되었고, 기도 말씀은 지난날과 달라지지 않았으나 기도 끝에 독백처럼 이어진 말― "이제 많이 늙었으니 아버지 곁으로 데려가 주시고, 이 죄인 많이많이 용서하시고, 날빛보다 더 밝은 곳으로 인도하시길 간절히 간절히…."

나는 가슴 안에서 뭉클 솟는 것을 느끼면서, 내가 커 나온 동안 할머니 앙가슴을 얼마나 동동(憧憧)이게 했는가를 회개했다.

대학공부까지 마친 나의 학식이 생활의 기능이었다면 할머니께서 내게 주신 말씀들은 삶을 살아가는 소중한 지혜였고 도덕적 자본이었음을 이제 할머니 나이만큼 되어 가면서 조금씩 체득되어진다.

내 삶의 절반쯤 버팀목이 되어주신 할머니, 살아생전 할머니는 무식한 철학자였다.

삼밭에 죽순 나니

삼은 삼밭에서 쑥쑥 자랐습니다. 어느새 일곱 살배기 아이들 키를 넘게 컸습니다. 주인네가 두 번씩이나 솎음질을 해 주어서 걸리적거리는 것 없이 뻗쳐오르며 활개를 펼칩니다.

밑에서 자라 오르는 쑥 줄기 같은 것은 비웃어버려도 됩니다. 제깟것들이 삼을 따라서 커 오른다지만 삼대의 키를 넘을 수는 없습니다. 그래서 삼대들은 쑥을 내려다보며 함께 비웃고, '너까짓 게 커봤자지' 했습니다. 그러면서도 삼대들의 속마음은 따로 있었습니다. 곁의 삼을 보며, 너는 왜 솎음 당하지 않고 남아서 나를 따라 크는 거야. 내 기필코 너보다 더 커서 네 머리를 눌러 버리겠어.

다른 삼들도 같은 생각이었습니다.

이슬을 흠뻑 먹고 하룻밤을 자고 나서 아침햇살을 받으며 나 혼자만 쑤욱 자랐다고 생각하고 옆을 보면 다른 놈들도 똑같이 커 있습니다.

비가 오고 바람이 세차게 불 때, 저 녀석들이 딱 꺾여버렸으면 하지만, 서로 기대고 이리저리 함께 흔들렸기 때문에 자기도 꺾임을 면했다는 건 미처 모릅니다.

삼들이 이렇게 보이지 않는 다툼을 벌이고 있을 때, 삼밭 속에선 대 뿌리가 뻗어오고 있었습니다. 이웃 대밭에서 뻗어온 대 뿌리였습니다. 대 뿌리가 땅을 뚫고 있을 때, 삼뿌리들은 발가락 간지럼 같은 걸 느꼈지만 무시해버렸습니다.

어느 날 대 뿌리에서 죽순이 내밀었습니다. 칙칙한 삼잎 그늘에 가려 잘 보이지도 않았습니다. 그러나 비가 촉촉이 내린 다음 날, 죽순은 성큼 올라섰습니다. 그리고 먼저 파리한 쑥들을 향해 인사를 했습니다. '쑥들아, 고생한다. 열심히 자라고 버티면 햇볕 볼 날이 있을 거야.'라고.

그러나 삼들은 그들의 허리께까지 올라온 죽순을 보며 쑥한테처럼 또 비웃었습니다.

'이파리도 없이 몽톡한 게 크면 얼마나 클 거야, 쳇.'

며칠이 지났습니다. 어느 날 아침, 죽순은 삼들의 머리 위로 불쑥 솟았습니다. 어이없었지만 삼들은 쳐다볼 수밖에 없었습니다. 죽순도 말없이 쑥쑥 커 올랐습니다. 그리고 죽피를 하나씩 벗어던지며 활개를 폈습니다. 그러더니 댓이파리를 펼쳐 하늘을 가렸습니다.

삼들은 그들끼리의 다툼을 미뤄놓고 대나무를 향해 일제히 종주먹을 댔습니다. 그러나 대는 웬만한 바람에도 끄떡없이 흔들거리며 웃고 있었습니다. 그리고 조용히 이렇게 말했습니다.

"삼대님들, 낡은 경쟁은 이제 버려야 합니다."

여름이 다 가기도 전, 삼대들은 삼밭에서 베어졌습니다. 그리고 마당 가에 내 건 삼굿 속으로 들어갔습니다. 이제는 삶아져서 껍질 벗길 일만 남았습니다.

삼밭 자리에는 우뚝 솟은 대나무와 이제야 햇볕을 맘껏 즐기는 쑥들이 한들거리고 있었습니다.

겨울이 왔습니다. 눈이 내리고 매서운 바람이 몰아치는 날에도 대나무는 파랗게 우뚝 서 있었습니다. 마른 쑥들도 눈을 꽃송이처럼 이고 있었습니다.

껍질이 벗겨져 백골같이 하얀 겨릅대로 남은 삼대들은 땔감이 되어 헛간에 던져져 있었습니다.

고요 만나기

고요함, 그 평화로운 적요(寂寥)를 맛보려면 어디로 가야 할까요. 대체로 사람들은 한적한 두메나 깊은 산사를 먼저 떠올리겠지요. 또 어느 때가 가장 고요할까요? 하면, 깊은 밤 시간대가 우선 생각날 겁니다. 그러나 요즘 세상에 웬만한 도시, 사람들이 모여 사는 어느 곳에도 고요한 심야가 있을 것 같지 않군요.

문명은 소음을 생산해내는 거대 프로덕션이 아닐지요. 밤이라고 해서 호롱불 끄고 모든 활동 멈추고, 사람도 만물도 잠이 드는 저 옛날은 이제 없어졌어요. 도시의 빌딩마다 불은 대낮처럼 밝혀졌고 시골의 가로등도 눈 부릅뜨고 있대요. 공장의 기계들은 쉼 없이 돌아가고 낮과 밤이 따로 없는 사람들은 언제나 분주히 오갑니다. 거리의 자동차도 밤이라고 해서 한가롭지만은 않고요.

세상이 이렇게 변해가다 보니 사람들은 더욱더 고요한 곳, 고요한 시간을 갈망하게 되고요. 그러나 삶에 쫓기고 있으니 그런 시간을 갖기란

좀체 어렵지요. 하루하루 미루어가다 보면 자신이 시대의 홍수에 떠밀려가고 있는 모습을 보는 거지요.

하루라도 함께 흐르지 않으면 뒤처지고 생계에 위협을 받을 것 같은 불안이 덮씌워 오지요.

아파트에서 문을 모두 닫아걸고 있어 봐도 드르륵거리는 굉음들과 웅웅대는 소리는 끝나지 않더군요. 밤도 마찬가지에요. 내 의식이 말똥말똥할수록 소음은 더 파고들지요.

문득 다 떨치고 고요를 찾아 인적 하나 없는 어느 곳으로 가고 싶지만 이 나라가 온통 도시화로 발전(?)해 가고 있는 지금은 선뜻 찾아갈 곳이 없답니다. 산사의 승려들을 부러워도 해보지만 조금만 이름 있는 절은 사람들의 발길이 여느 도시 찜 쪄 먹을 정도니까요.

'여기는 묵언 수도하는 도량이오니 정숙, 출입을 금합니다.'라는 문구가 웬만한 절이면 다 붙어 있는 것만 봐도 짐작이 가지요.

시끄러운 것들로부터 전혀 방해를 받지 않는 나만의 고요한 시간을 갖는다는 것은 자기에게 집중하는 것이지요. 그것은 새로운 공간과 새로운 시간을 창조하는 일이고요. 분주히 살아가는 삶, 욕망을 향한 집착은 삶의 많은 부분을 잃어버리게 하지요.

우리는 사색하고, 자신과 이웃을 돌볼 시간을 가질 필요가 있다는 것을 훤히 알고 있으면서도 실행하지 못하고, 실행 못한 그것을 또 괴로워하거든요.

행복한 사람은 일을 많이 하는 사람이 아니라 삶을 즐길 줄 아는 사람이니까요. 고요한 시간을 통해 자신의 모습을 되돌아보는 것은 한생을 살아가면서 가끔씩 삶을 추스르는 일이지요. 그래야 노후의 회한도 줄어들 겁니다.

나는 안답니다. 남이야 웃겠지만 '천하의 낚시꾼임'을 자부하는 나는 고요의 참맛을 안답니다.

전라북도 순창군 산골에 있는 이름도 없는 아주 작은 저수지, 그곳이 나를 고요 속에 자연과 하나가 되게 하는 자리랍니다. 찻길에서도 오리 가까이 걸어야만 당도하는 곳이어서 자동차 소리는 말할 것 없고 인기척도 없답니다. 휴대전화는 아예 가청 장소가 아니고요. 간혹 장끼들이 큰 소리로 정적을 깰 뿐, 새소리 씨르래기 노래가 생명들의 안존을 알려주지요. 호젓해서 으스스한 느낌은 처음 얼마간뿐이었습니다.

나는 일주일 혹은 두 주 만에 한 번씩은 이곳에 간답니다. 일부러라기보다는 그곳이 나를 잡아끄는 어떤 기운이 있어서입니다. 그리고 나이 들어갈수록 '혼자 있기'의 연습이 필요함을 잘 알기 때문이지요.

물론 낚시를 던져 넣고 낚시찌를 바라보며 물속의 생명들과도 소통을 한답니다. 그러면 어느새 나는 산과 물의 풍경 속에 하나의 점일 뿐, 문명의 때에 찌든 인간이 아닙니다.

나는 이런 때 절대 고독, 완전 평화, 홀가분한 자유를 누립니다.

이런 고요 속에 있는 동안은 푸른 숲을 호흡하고 푸른 숲과 대화하는 시간이지요. 인간은 숲과 멀어지면서 온갖 질병을 키워왔다고 하지 않던가요.

나는 먼 곳 여행하기를 버거워하는 사람이어서 차로 한두 시간 거리의 물가에 가는 것을 제일 좋아합니다. 그곳은 물론 유명한 곳이 아닌 오지(奧地) 수준이라야 합니다. 갈대 숲 속에 있는 듯 없는 듯 졸고 있는 수로(水路)가 제격이죠.

낚시터이긴 하지만 고기가 낚이지 않기로 소문난 곳이면 더욱 좋지요. 갈대숲은 바람을 막아주기도 하고 바람을 일으키기도 하거든요. 숲엔 아주 작은 새 개개비들의 재잘거림이 나를 웃음 짓게 해주는 것 말고는 고요만 흐르는 시간들이지요.

고요는 바깥 환경이 만들어 주기도 하지만 진정한 고요는 자기 내면에서 생기지요. 마음을 다스릴 줄 아는 사람은 어떠한 환경 속에서도 고요를 이룰 수 있지요.

이제 나는 산골과 물가에 앉았다 오기를 거듭하면서 이 마음 다스리기를 배워 오려 합니다. 먼저 마음의 귀, 마음의 눈을 닫는 것부터 훈련하렵니다.

'기찻길 옆 오막살이, 기차소리 요란해도 아기아기 잘도 자'는 그런 아기가 될 때까지.

참맛 알기

맛없는 음식도 꼭꼭 오래 씹으면 맛이 난다고 한다. 맛있다는 음식도 더 오래오래 씹다보면 깊은 맛이 우러난다.

"꼭꼭 씹어서 먹어라."

우리가 어려서 어머니, 할머니로부터 늘 듣던 말이다. 음식이 체하지 않고 소화가 잘 되어 탈이 안 나기를 이르는 말이지만 아이 때는 대개가 성급하게 먹는 버릇이 있다. 그러니 맛을 음미하며 먹는다기보다는 배를 채우는 것이 먼저였다.

음식을 오래 천천히 씹는다는 것은 치아의 저작운동을 늘리고 음식물이 침과 같은 소화효소들과 어울려 제3의 맛을 만들어낸다고 전문가들은 말한다.

저 지난날 소년시절, 나는 오래오래 씹어 먹으며 참맛을 알았던 경험이 있다. 올벼쌀을 먹을 때였다. 너나없이 궁핍했던 그 시절, 가을에 풋나락을 미리 베어다가 솥에 쪄서 말리고 찧은 올벼쌀(찐쌀)은 '올벼신

미'의 진수였다. 새 쌀밥을 지어 신주상에 먼저 올리고 나면 올벼쌀은 어른 아이 없이 최고의 군입정거리였다.

아이들은 호주머니에 담고 다니면서 한입 가득씩 입에 넣고 씹던 그 맛, 볼따구니가 미어지게 머금은 쌀을 침으로 슬슬 불려가면서 오래 오물거리면 쌀의 참맛이 우러나왔다. 쫀득거리고 고소한 그 맛은 무엇과도 비길 수가 없었다. 그래서 추억의 맛을 되살리라고 요즘 같은 세상에도 재래시장 어귀에는 올벼쌀 파는 노점 할매가 있나보다.

후루룩 먹어버리는 음식이 있는가 하면 입에 넣으면서 꿀꺽 삼켜버리는 음식이 있다. 이런 식습관으로는 음식의 참맛을 알 리가 없다. 쉽게 만나고 쉽게 헤어지는 삶으로는 사람의 맛도 삶의 맛도 알기 어렵다.

"눈물을 삼키고 고통을 씹으며…"라는 말이 있다. 인생살이가 슬픔과 고통의 연속일진대 삼키고 씹어서 극복해갈 일이 어찌 한두 가지이겠는가. 살아가는 날이 많을수록 삼킬 일, 씹을 일도 많겠지만 오래 씹고 나야 삶의 참맛도 안다.

사람과 사람이 만나서 산다는 건 음식을 함께 먹는 일과 같다. 금방 맛있다고 느낀 음식이 쉽게 물리듯 불꽃같은 사랑은 어느새 재가 되고 만다. 요즘의 젊은 세대들은 사랑도 불꽃같이 하고 타버린 재가 되듯 갈라서기도 쉽게 하는 것 같다.

짧게 만나고 짧게 살았으니 인생의 무슨 맛을 알랴. 환희의 순간도 맛보며 요철 길 같은 험로도 함께 걸어가며 세월의 더께가 쌓여질 때, 처음엔 몰랐던 참맛을 알게 된다.

입에 달던 음식이 노상 달지만은 않고 쓴 음식이라도 오래오래 씹다 보면 더 깊은 맛이 나오듯 긴 세월 사노라면 사랑보다 진한 정과 믿음이 밴다. 잘 익은 묵은지의 깊은 맛과도 같은 삶의 참맛이….

젊고 아리따움만이 사랑의 극치는 아니다. 함께 고통을 씹으며 살아 간다는 것은 인생의 참맛을 찾아가는 긴 여로이다. 천생연분이란 하늘 이 정해놓은 것이 아니라 살아가면서 만들어가는 것이 아닐까. 그래서 고운 정 미운 정은 나눌 수 없는 한 덩이로 숙성되어간다.

고통을 함께 씹으며 오랜 세월 살아온 노부부는 지난날들이 아무리 팍팍했다 해도 '다시 태어나면 당신과 또 만나고 싶다.'고 말하지만 삶의 고통을 오래 씹어보지 못한 젊은 부부는 이혼하고 돌아서면서 '저 인간 다시 만날까 두렵다.'라고 쉽게 쉽게 말하는가보다.

두고 온 고향집

떨어지기 싫어 눈물 글썽글썽 바라보고 서있는 아이를 떼어놓고 돌아선 어미의 마음이 이런 걸까. 어미는 데려가지 못할 현실 사정에 가슴앓이를 하며 떠나지만 발걸음마다 아이의 모습이 밟힌다. 빈집을 두고 돌아서는 심정이 이랬다.

이번에도 나는 고향의 두고 온 집에 갔다가 한나절을 못 채우고 돌아왔다. 내가 살고 있는 도시에서의 내 일들이 기다리고 있다는 구실에서다.

아버지의 기제를 지낸 다음날이었다. 아버지 세상 뜨신 지 여덟 해, 고향의 집은 빈집으로 거기 있다. 처음 이삼 년은 한마을의 일가붙이 한 분을 살도록 해서 관리하게 했으나 그분마저 자식들 따라 타지로 떠나고는 빈집으로 남았다. 도시가 아닌 농촌이어서 투기 가치도 없어 사겠다는 사람도 세 들어 살 사람도 없다. 그렇다고 헐값에 넘기거나 내버려둘 수도 없는 형편, 한 달에 두세 번씩 짬을 내어 둘러보는 일이 고작이었다. 그러나 빈집을 관리하기란 가슴 아리면서도 버거운 일이다. 집 안 구석구석에 아직 부모님의 체취가 남아 있고 그냥 둔 세간들이 말똥말똥하고 있어서다.

빈집에 가면 기껏 문짝들이나 열어 통풍하고 청소하고, 마구 자란 마당의 풀을 베고 매는 일이 전부다. 그러고 나서 한참씩 툇마루에 앉아 지난 일들의 생각에 잠긴다.

내가 태어나 25년을 살아온 탯자리다. 애초 이 자리에는 낡은 초가집이 있었다. 그 집에서 나는 첫울음을 터뜨렸고, 18살이 되던 해 지금의 집이 그 자리에 지어졌다. 아버지의 눈물겨운 집념이었다. 말단 면서기로 소농의 농사꾼이었던 그때의 아버지 형편으로 5칸 기와집은 무리한 성주였다.

'집짓기 밥 짓기'란 말이 있듯, 애초의 예산을 크게 웃돌았다. 의당 빚을 상당히 지고 말았으나, 새 집은 아버지의 자부심이기도 했다. 마을에서 두 번째의 기와집이었고 두리기둥에 팔작지붕 날개가 하늘을 나는 듯하다고 좋아하셨던 아버지는 틈만 나면 집을 가축했다. 뜰에는 목련, 석류, 동백나무, 회화나무 같은 그럴듯한 정원수도 구해다가 심었다.

농사철이 되어 모심고 논매는 날엔 대청마루와 마당의 멍석에서 스무 명도 넘는 놉꾼들이 저녁을 먹으며 왁자했다. 이런 풍경을 보며 아버지는 늘 흐뭇한 웃음을 지었다. 그런 아버지를 보고 나도 으쓱해지곤 했다. 그러나 이제는 이 집의 구석구석과 유품들에서 그런 정경을 그려볼

뿐이다.

　대학을 졸업하자 바로 도시에서 직장생활을 시작했고, 결혼해서 아이들을 낳아 교육시키며 살아왔다. 그런 세월이 어느덧 나를 도시생활에 길들이게 했고, 나이가 많아져서도 고향의 부모님은 언제나 든든한 후원자로만 거기 계실 줄 알았다. 자식은 부모가 구존(俱存)하면 나이를 먹어도 어른이 덜 되는 것인가. 명절날의 의례적인 나들이 말고는 고향집 찾는 일이 더뎌졌다.

　아버지보다 4년 먼저 세상 뜨신 어머니, 그때부터 아버지는 홀로 사셨다. 환고(鰥苦)가 오죽했을까만 속으론 몹시 애달파하면서도 내색 없이 꿋꿋하셨다. 이웃 친척의 도움도 있었지만 워낙 자상하신 분인지라 집가축하는 덴 소홀함이 없었다. 그러나 아버지 가신 뒤, 나의 무능과 내 일들의 핑계로 집은 자꾸 퇴락해 갔다.

　집은 사람이 살고 있어야 한다. 빈집으로 두면 쉽게 퇴락한다고 누구나 말한다. 영락없는 말이다. 사람의 훈기가 돌아야 하고 밥 짓는 연기가 올라야 하고 발자국소리가 끊이지 않아야 집은 살아 숨쉰다. 빈집엔 먼지가 쌓이고 황초는 얽히며 서까래의 차양이 덜컹거린다. 지붕에도 쌓인 흙먼지와 썩은 나뭇잎에서 잡초가 돋아나고 비가 새는 처마도 늘어난다.

　남들은 말한다. 그 집을 잘 수리해서 노후의 전원생활을 하면 얼마나 좋으냐고. 남 말 하기는 쉬워도, 새 집 짓기보다 헌 집 고치기가 얼마나 어려운가를 접어두고 하는 소리다.

전원생활이란, 수십 년 세월을 도시의 삶에 길들여진 나 같은 사람에겐 생각 속의 그림일 뿐이다. 더구나 가족이 찬성하지 않는 나 홀로의 삶일 때는 적막한 귀양살이와 마찬가지다. 고향집에 대한 애환은 나만의 것일 뿐, 태어나지도 살아본 적도 없는 가솔들에겐 시큰둥할밖에 없다.

두고 온 고향집을 둘러볼 때나 문득 생각날 때마다 마음은 맷돌을 얹어놓은 것처럼 무거워진다.

농촌의 빈집이 늘어나는 세상이니 어쩔 것인가라고 변명해버리기엔 내 마음이 아직 많이 여린가보다. 이 여림 때문에 내가 살아오면서 닥친 문제 앞에서 '어쩌지 못한' 일들은 또 얼마나 많았던가.

'지상에 존재하는 모든 것은 영원함이 없는 법'. 이런 현학적인 말에 현혹되어 용렬한 위안을 해보지만 마음의 맷돌은 내려지지 않는다. 결국 나의 엉거주춤함과 우유부단은 세월만 흐르게 해서 빈집은 사라져 갈 것이고 그런 엄연한 이치 앞에 엉거주춤만 하고 있는 나도 이제 빈집이다.

반지 찾았다

낚시터 풀숲에서 반지를 잃었다. 직장에서 근속 연공기념으로 받은 순금반지였다. 한 돈쭝 반짜리의 작은 것이지만 모양이 암팡지다싶어 몇 년째 왼손약지에 끼고 다니던 것이다.

처음부터 좀 헐겁다 싶었다. 비누칠을 하고 손을 씻다가 빠지기도 하고 장갑을 벗을 때 함께 딸려 나오기도 했다.

한 주일 전 낚시터였다. 낚시란 일단 채비를 드리우고 앉으면 이내 삼매경에 빠지는 레저다. 이 날은 물고기의 입질도 쏠쏠해서 무아의 시간을 한나절 즐기고 가벼운 걸음으로 귀가했다. 그런데 욕실에서 손 씻기를 하다 보니 반지가 없었다. 개선의 기쁨 같은 건 일순 사라지고 찜찜한 생각들만 꼬리를 물었다.

어디서 흘렸을까. 어느 짬에서 빠진 걸까. 이 날의 내 행동거지 하나하나를 곱씹고 되짚어 보며 끌탕을 앓았다. 첫 번째 붕어를 낚아 살림망에 넣을 때 반지는 분명히 있었다. 캔 커피를 따서 마실 때도 반지가 캔에 부딪는 '따그락' 소리를 들었다. 그러나 두어 시간 동안 붕어의 입질은 잦았고, 대어급 붕어 한 마리를 올린 뒤로는 반지를 의식하지 못했다.

'아, 그렇다. 붕어 비늘의 점액질 때문이었다. 붕어를 낚아 왼손으로 잡아 그물망에 넣고 넣고 하면서 묻은 미끄러운 액체, 비눗물 같은 그 점액 때문에 빠져 나간 것이다. 그러니까 내가 앉았던 풀밭이거나 질벅거리는 물가에 떨어졌을 것 같았다.

못내 아쉬웠으나 미련을 갖지 말자고 속다짐도 해보았다.

'무엇을 잃어버렸건 그것은 원래대로 돌려준 거라고 생각하라.' '그대는 그대 소유가 아닌 것을 잠시 누렸을 뿐이니라.'

이런 잠언들을 떠올리며 잊으려 했다. 그러나 나의 속기(俗氣)는 미련을 완전히 떨칠 수가 없었다.

문득 입었던 낚시복 주머니를 다시 뒤져 보는가 하면 어느 구석에 박혀 있을 것 같은 생각에 벌떡 일어나 낚시가방을 털어보기도 했다. 하지만 어디선가 눈 번히 뜨고 있을 그놈은 내 앞에 나타나지 않았다.

지루한 일주일이 지났다. 끓이던 속이 조금은 삭여졌으나 그 현장을 다시 한 번 꼭 가보고만 싶었다. 그러고도 못 찾으면 이제 완전히 잊으리라. 비움과 돌려줌에 대한 참뜻을 새겨보리라 했다.

그 낚시터의 아침은 고요하고 수면은 잔잔했다. 한 주일 전 내가 앉았던 그 자리는 비어있었으나 다른 발자국과 쓰레기가 어지럽게 널려있다. 그 사이 다른 꾼들이 몇 번 다녀간 모양이었다.

나는 낚시가방을 부려놓고 풀숲부터 탐색해봤다. 내가 앉았던 주변의 풀들을 젖히며 살폈다. 한참 풀을 젖혀가던 내 눈에 번쩍 하는 황금빛이 보였다.

"아! 찾았다. 반지 찾았다."

곁에 사람이 있었다면 고함이라도 쳤을 감격을 속으로만 부르짖었다.

그동안 나처럼 이 자리에서 낚시를 하고 간 다른 꾼들의 눈에 띌 수도 있었고, 발길에 밟혀 묻혀버릴 만도 한데 풀뿌리에 오롯이 앉아 나를 기다리고 있었다니…. 아, 나의 동반자. 아직 내가 너를 더 누려야 할 날들이 남아 있었단 말인가.

나는 흥분을 차분히 가라앉히고 나서 그제야 이 날의 낚시를 드리우며 생각해본다. 다른 사람은 관심이 없어서 눈에 띄지 않았지만 관심을 가진 나는 포기하지 않고 살폈기에 눈에 들어온 것이다. 쉽게 포기해버리면 영원히 잃은 것이지만 관심을 가지면 찾아지고 이루어진다는 걸 알았다.

관심과 집념, 잊어버림과 포기, 어느 것이 더 가치 있는 일일까. 내 낚시터의 사색은 여기서 깊은 혼란에 빠지고 말았다.

관심과 집념은 꿈을 키워서 성취에 이르게 하지만 잊어버리고 포기하면 전부를 잃는다고 했다. 그러나 관심과 집념은 또한 집착이 되어 욕망의 늪에 빠지게도 하고, 잊어버림과 포기는 비워서 편안해지는 무소유의 정신을 닦아가게 한다.

자녀를 둔 부모나 학생을 가르치는 교사가 가망 없다고 본 한 아이를 관심 밖으로 밀어내버리고 포기한다면 아직 드러나지 않은 아이의 무한한 잠재력까지도 묻혀버리게 한다. 하지만 지나친 관심과 집념이 오히려 간섭이 되어 아이의 창의력을 짓밟는 결과를 가져오기도 한다.

아직 깨우치지 못한 내 두뇌로는 어느 쪽이 옳은지 어느 것을 선택해야 할지 혼란을 벗어나지 못하고 있다.

사람의 욕망은 타고난 것이지만 잊어버림과 비움의 정신은 살면서 닦아가는 것, 어느 쪽이 오늘의 내 삶을 이끌어가고 있는지도 나는 모른다.

낚시터의 시간은 빠르게도 흐른다. 산 그림자가 낚시터 수면 위로 길게 드리워진다. 낚은 고기를 담아두었던 살림망을 비워버린다. 물고기들을 물속으로 돌려보내고 홀가분하게 돌아선다. 오늘이 잊어버림과 비움을 향한 내 마음 닦기의 첫걸음이기를 마음 깊이 소망하면서.

할머니들의 말씀

할머니의 말씀들은 살아온 삶의 철학이다. 어린 시절 우리 할머니는 무심결엔 듯 바람결엔 듯 지나가는 말처럼 들려주곤 했다. 하지만 그 말씀들이 어느덧 내 귀에 박혀들어, 이제 와서 되새겨보면 모두가 철학적이었다.

그 시대로선 드물게 장수하신 아흔의 나이, 그때까지도 할머니는 건강했고 맑은 정신을 지키셨다. 그것은 어떤 비방을 써서도 아니요 보신을 위해 특별히 무엇을 잡수신 것도 없었다. 다만 가난 속에서도 단 한 번 누구를 원망하는 일 없이, 요즘 말로라면 '마음 비우는 삶을 살았기 때문이리라.

　– 풍족하면 풍족한 대로 욕심이 더 생기고 없으면 없는 대로 살아지느니라.
　– 내 배 다 채워놓고 남 주간디, 내 배 덜 채우고 남 줘야 공이 되는 거이제.

- 잣대는 열 번 대야 하고 가세(가위)는 한 번 대느니라.

이런 말씀들에서 나는 빈곤을 이겨내는 작량도 남을 배려하는 도리도, 경망스러움과 신중함이 무엇인가도 조금씩 깨우쳐온 것이다.

내가 가끔 형제들과 싸우고 동생을 울려놓을 때도 당신은 호되게 야단치는 일이 없었다. 그 대신 등을 토닥여주며 '동생한테 아망을 부리면 되간디, 아망은 네 맘부터가 먼저 궂어지는 게야.'라고 조용조용 타이르셨다.

할머니 가신 지 어언 사십 년, 나도 이제 나이 들어가면서 할머니의 말씀들이 새록새록 살아나는 일이 많아졌다. 에릭슨이 말한 것처럼 '인생의 노년기는 통합성의 시기이며 지혜의 시기'이어서 일까.

나는 요즘 TV에서 시골 노인들이 나오는 프로를 자주 본다. 젊은 사람들이 다 떠난 시골, 일흔을 넘고 여든을 넘긴 할머니들끼리만 사는 오늘의 농촌, 자연의 일부 그대로 살아가는 일상을 꾸미지 않고 보여줘서 좋다.

이 할머니들도 지난날 우리 할머니처럼 결코 높은 교육을 받았거나 수양을 쌓았거나 서책을 읽어서 얻어진 지혜는 아니다. 그저 70~80년 세월을 들밭과 산자락에서 혹은 개펄과 함께 살아오면서 얻어진 예지이며 삶의 철학이다. 곱씹어볼수록 어설픈 내 학식이 외려 무르춤해지는 말씀들이다.

- 천지가 만지가 다 꽃인디, 여기 사람들만 쭈그렁 낙엽이여,

화사하게 꽃들이 흐드러져가는 봄날, 노인들만 남아있는 시골의 세태를 이렇게 풀어내는 것이었다.

한번은 방송을 진행하는 기자가, "그래도 아직 들 일 잘하시고 건강 좋으시네요, 무슨 건강 비법이라도?…" 하고 묻자,

– 비법은 무슨…, 일은 놀이처럼 하고 밥 먹기는 일처럼 해야 혀, 그러면 탈이 없어지는 거여, 라고 답한다.

심지가 깊은 이런 할머니들의 말씀을 좀 더 옮겨본다.

– 여자는 철들면 시집가는디, 사내들은 철들면 죽어뿌러.

– 가난한 거이 불행이 아니어, 가난을 이겨내지 못하는 것이 불행이제.

– '복이다 복이다' 하고 살면 참말로 복이 되어 돌아오는 거여.

– 여편네들 잔소리 같은 것이 장맛비라는디, 저 먹구름 언제 좀 걷힐까이.

– 내 곁에 사는 사람들은 다 내 거울인 거여, 그 얼굴들 보면 내 얼굴도 내 마음도 다 보이제.

– 자식이 아장아장 걸어 다닐 때만 걱정인 줄 알았등만, 여우살이(여의살이) 시켜놔도 걱정은 마찬가지드라고….

이런 할머니들의 말씀을 새겨보면서 생각에 잠긴다.

나는 세상이 만들어놓은 대학공부도 하고 학위라는 것도 따서 전문지식깨나 갖췄다고 자부해왔다. 그러나 그것은 기성품 같은 지식으로, 틀

에 박힌 그 안에서 사고하고 풀어먹느라고 나불거렸을 뿐이다. 할머니들이 평생을 온 몸으로 체득한 철학에 비하면 더 나을 것이 무엇이겠는가.

우리가 학창 시절에 배운 것들을 다 잊어버리고 남는 것만이 '참앎'이라 하였듯 나는 체화되지 않은 지성에 끌려 다니고만 있었는지 모른다.

숙연히 생각하면서 할머니들이 흥얼거리던 남도가락도 되뇌어본다.

– 영감아 땡감아 죽지를 말아라. / 봄보리 개떡에 꿀 발라 줄게….

– 사내끼(새끼) 백발은 쓸다나 있어도/ 요놈의 백발은 쓸디도 없네….

전라도 진도의 외딴 갯마을에 사는 여든일곱 살 할머니의 치아는 하나도 안 보였다. 노랫가락이 끝나도록 보이지 않았다. 몽당백발에 합죽한 입과 우묵한 볼을 보는 내 가슴이 시리도록 저려왔다.

찢어지게 가난하기만 했던 시절, 보릿고개를 못 넘기고 먼저 세상 뜬 영감을 생각하고, 보리 풋바심 개떡에 없는 꿀이라도 발라 먹여서 살게 하고 싶었던 할머니의 간절한 소망이 선연히 보여서다.

할머니의 가락은 세상 그 어떤 시구보다도 내 가슴에 찌르르 와 닿았다.

청명한 햇볕과 짙어만 가는 푸르름 속에서 허기진 배를 움켜 안고 멀어져 가는 꽃상여를 배웅하였을 젊은 날 할머니의 초췌한 모습이 겹쳐 들었기 때문이다.

치매견(犬)과 동거하다

하루에 열두 번도 더 지놈은 내게 치다꺼리를 시킨다. 싸지른 똥 치우기만도 서너 번, 거실과 베란다 여기저기에 찔끔거려놓은 오줌 닦기가 또 서너 번, 구접스러워진 주둥이와 눈을 씻어주기, 사료와 먹을 물을 떠다 놓아 줘야 하는 일….

아, 지겹다. 귀찮기 짝이 없다. 지놈이 어서 가주면 이 바라지에서 벗어날 텐데….

유기견이 왜 늘어나는지 알만 했다. 애완견을 반려동물이라고 아무리 미화해도 어리고 재롱부릴 때 얘기지, 오줌똥 못 가리게 된 늙은 개와 함께 한 지붕 아래서 산다는 건….

어린 애기들은 하루하루 예쁜 짓이 늘고 늙은이는 날로 궂은 짓만 늘어간다는 말은 함께 사는 동물에게도 맞는가싶다.

지놈은 열다섯 살이 된 말티즈란 품종의 외래종 개다. 조막만한 강아지가 애기 베개만큼 커서 하얀 털북숭이가 되었을 때는 새하얀 털 속의 빠끔한 눈이 그 얼마나 귀여웠던가.

개의 나이 열다섯, 사람으로 치면 90살을 넘긴 거라고 동물병원 수의사는 말했다. 평균 수명을 훨씬 넘겨버렸다고 했다.

지놈과 우리는 어느 날 덤터기로 떠안은 인연이었다. 악연인지 선연인지 단정하기는 어렵다.

애초 우리 며늘애가 선물로 받은 귀여운 강아지였다. 남편이 출근하면 혼자 있는 시간에 동무 삼으라고 친척네가 선물한 거라고 했다. 강아지 때의 그 앙증스러움, 꼬리치며 따라다니고 안겨드는 그 품이 꼭 귀여운 아기였다. 오줌 똥도 잘 가렸다.

그런데 문제는 며늘애가 첫아이를 출산하고서였다. 강아지는 갓난애한테 위험했다. 젖비린내와 애기 똥 땜에 어느 순간 무슨 짓을 할지도 모른다는…. 그리고 애 엄마한테도 전에 없던 개털 알레르기 증세가 생겼다. 그래서 지놈은 우리 집에 맡겨지게 되었다. 인연의 시작이었다.

처음 2~3년, 그리고 5~6년까지는 나이 들어가는 우리 내외에게도 적잖은 푸접이 되었다. 외출에서 돌아오면 현관문까지 쪼르르 다가와서 꼬리쳐 반기고, 혼자 있을 땐 말거리를 만들어 주기도 했다. 그러나 열 살이 넘고부터는 하는 짓이 달라졌다. 쫄랑거리던 몸짓이 뒤뚱거려지고 배설을 함부로 해댔다. 새하얀 털도 윤기가 없어져갔다. 동물병원에선 나이가 많아지면 오는 치매현상이라고 했다.

그러나 어쩌랴. 매몰차지 못한 우리는 내다버릴 수도 없고 수의사가 권하는 안락사라는 걸 시킬 수도 없었다. 우리는 오직 저 사는 날까지 살다가 곱게 가주기만을 바랄 뿐, 그 세월이 이렁저렁 또 4~5년이 흘러 갔다.

　모든 생명의 탄생은 자기 의지가 아니듯, 죽음 또한 자기 의지가 아니다. 자살할 줄을 알지 못하는 동물은 더욱 그렇다. 태어나는 건 생명이고, 생명에는 시간의 한계가 있다. 그 한계를 넘는 데는 고비가 있다. 그것은 고통의 고개이다. 고통은 추악해서 주변까지를 괴롭게 한다. 치매 같은 병마에 오래 시달리는 인간도 이와 같다.

　효도는 인륜의 지고(至高) 덕목으로 여겨왔다. 장병에 고통하는 어버이를 흔쾌히 모시고 사후에도 수년씩 시묘(侍墓)까지 하는 자손을 세상 사람들은 칭송한다. 그러나 한걸음 비켜서서 생각해보면 미랭시(未冷尸)가 다 된 노인에게 사회적 체면에서나 윤리적 속박 때문에 '오래오래 사세요.' '만수무강하시오.' 하는 치렛말은 차라리 욕이다. 진실로 정직한 속내평은 '조용히 어서 가시오.'일 터인데….

　"그대가 태어날 때는 당신 혼자만 울었고, 주위의 여러 사람은 웃고 있었다. 그러나 그대가 죽을 때는 주변의 모든 사람은 울고 당신 혼자만 미소 짓고 갈 그런 삶을 사십시오."라는 현자의 말을 되새김 해본다.

　'아, 하루하루 오늘의 삶이 괴롭다.'라고 말하는 것 같은 우리집 견공(犬公)이여! 너를 보고 사는 나의 연민은 언제까지 이어질 것인지.

수필을 쓰려는 J님께

J님, 어느새 40대 중년의 나이가 됐다고 하셨죠. '어느새'란 말에는 그 동안 삶을 바쁘게만 달려오느라 나이를 헤아려볼 틈도 없었다는 뜻이겠 지요. 그렇습니다. 우리네 인생은 어려서는 어서 나이를 먹고 커서 어른 이 되고 싶고, 청춘시절은 하늘의 별이라도 따겠다는 의욕으로 이리 뛰 고 저리 뛰는 날들이었지요. 그러다가 어느덧 중년이 되면 문득 나이가 두려워지죠. 그러나 인생에서 가장 원숙한 꽃이 피는 때도 40대의 중년 입니다.

이제 수필을 써보겠다는 J님, 수필은 마흔 살 이후의 문학이라는 말 들어본 적 있지요. 인생을 돌아보고 바라보는 때, 참으로 적절한 시기에 글쓰기 결심을 하셨습니다. 그래서 이 사람 또한 허심탄회한 마음으로 그 뜻을 환영하면서 몇 말씀 조언을 드리고자 합니다.

그러나 이것은 내가 대단한 선배 수필가여서가 아니라 그동안 수필을 써오면서 저질렀던 실수에 대한 나 자신의 반성문이기도 합니다.

'수필은 이렇게 쓴다.'라는 정답, 그것은 어디에도 없습니다. 다만 수필을 쓸 때 이러저러한 것들은 수필의 치명적 흠이 된다는 점을 알아두시면 좋은 수필 쓰기의 길로 한 걸음씩 들어선다는 말을 하고 싶은 것입니다.

지금까지 우리네의 수필은 '체험을 바탕으로 한 고백의 문학이다'라는 이론이 전범처럼 되어 왔습니다.

체험은 인간을 성숙시키고 추억으로 저장됩니다. 어떠한 고통도 시간이 지나고 나면 아름다운 추억이 됩니다. 그래서 추억은 가장 좋은 문학의 소재요 제재임에는 틀림이 없지요. 하지만 여기서 경계해야 할 점은 과거의 추억에만 매몰되어서는 안 된다는 것입니다.

수필을 쓴답시고 추억들을 나열해 놓기만 해서는 안 됩니다. 체험적 추억의 요소들을 취사 선택해야 할 이유가 여기 있습니다. 문학적으로 미학적으로 필요한 것들만을 찾아서 짜가기를 해야 한다는 말입니다.

우리가 과거의 역사를 돌아보는 건 미래를 향하여 더 잘 가자는 것이지 과거로 회귀하자는 건 아닙니다. 마치 자동차를 운전하면서 가끔씩 백미러를 보는 건 앞으로 더 잘 가기 위한 것과 같습니다.

수필을 쓸 때 특정 독자를 의식하면서 써서도 안 됩니다. 내가 누구에겐가 은근히 알리고 싶은 마음, 그 사람이 보면 자기의 잘못을 반성하거나 나에 대한 어떤 오해가 풀리겠지 하면서 쓰는 글은 사사로운 편지에

서나 할 일입니다. 수필은 문학을 하는 일이지 개인적 이해관계의 도구가 되어서는 안 됩니다. 문학작품의 독자는 가까이 있는 사람도 멀리 있는 사람도 또 현재와 미래의 독자들까지를 모두 의식해야 합니다.

또, 수필에서는 자랑하거나 교훈적 훈화를 늘어놓는 식으로 써서도 안 됩니다. 가문을 자랑하거나 자기 자랑, 자식 자랑, 남편(또는 아내) 자랑, 우아한 삶의 자랑 같은 걸 늘어놓고 마치 '부럽지 않나요?' 식으로 글을 쓰는 건 이미 오만입니다. 이런 글을 대하는 독자는 거부감부터 일어납니다.

사람 개개인의 마음속에는 남을 부러워하는 마음 갖기를 싫어하는 본능이 있습니다. 그것은 '부러워하면 지는 거다.'라는 명언을 은연중 알고 있기 때문입니다.

초등학교 교장으로 정년퇴임한 어느 분이 있습니다. 뒤늦게 수필문단에 발을 들여놓고, 수필집을 내서 나에게도 부쳐 왔습니다. 한마디로 말하면 '훈화집'이었습니다.

학생들을 운동장이나 강당에 정렬시켜 놓고 바르게 살기 운동 같은 훈화를 늘어놓으며 '이러면 안 된다.' '이런 행동은 하지마라.' '마지막으로 한마디 더 하겠다.' 이런 식의 장황설이 담겼습니다. 지루하고 지루하기만한 어린 학생들은 조금도 고려해보지 않은 글들이었습니다.

수필은 얄미운 사람이나 세상을 비난하고 성토하는 마당이 아닙니다. 살다보면 세상 돌아가는 것이 마뜩찮고 이웃에 얄미운 사람도 많습니다. 그것을 보는 나의 판단은 항상 매우 옳고, 그것들을 바루고 싶은 욕구 또한 강하게 작용합니다. 그래서 뚝별씨처럼 나만 정의로운 사람인 양, 세상을 개탄하고 이웃을 질타합니다. 그러나 그런 사람이 세상을 보는 눈은 어디서 왔을까요. 누구나 다 듣고 보는 언론 매체가 아니겠습니까. 그런데도 자기만이 아는 양, 옳은 양 하는 것은, 조용한 깨달음과 은근한 감동을 줘야할 문학작품의 격을 떨어뜨리는 일입니다. 그런 유의 글은 신문에 시론을 쓰는 논객에게나 맡길 일입니다.

남의 수필만을 읽고 수필을 쓰려 하지 말아야 합니다. 나에게 와 닿는 것이 많은 수필은 부럽습니다. 그래서 나도 따라하고 싶은 유혹을 받습니다. 그러면 자칫 모방과 표절에 빠집니다.

남의 좋은 글을 읽는 것은 따라하기 위해서가 아니라 그것을 넘어서기 위한 발돋움이어야 합니다. 그래서 수필만을 읽지 말고 역사, 철학, 민속학, 생물학 같은 책들도 탐독하여 자신이 쓰려는 수필 속에 녹여넣어야 합니다.

그러면 수필을 어떻게 써야 할까요. 그것은 앞서 말한 바 정답이 없다고 했습니다. 다만 한 가지 말할 수 있는 건 지속적인 자기 성찰의 모습을 보여주는 것입니다. 그러면 그 글을 읽는 독자 또한 삶을 성찰하는 자세를 가지게 될 것이며, 그 안에서 삶의 진실과 아름다움을 찾아가게 될 것이기 때문입니다. 그리고 수필쓰기의 정답 또한 스스로 찾아내는 지난한 몸짓이어야 합니다.

한동희 편

서울 출생. 호: 해원(海原)
〈한국수필〉로 등단(1986년). 등단작 〈아버지의 목소리〉
(사)한국수필가협회 부이사장·한국문인협회 고양지부장·한국수필작가회 회장·
미리내수필문학회 초대회장·국제PEN 한국본부이사 역임. 한국수필작가회 창
립(1987년). 한국여성문학인회 이사, 한국문인협회 회원. 국제 PEN한국본부 회
원, 문학의 집 서울 회원.
수필집 ≪사람, 그 한 사람≫ ≪느낌표처럼 사랑했다≫ ≪소금꽃≫ ≪숙제 그리
　　　고 축제≫
선집　≪퀼트와 인생≫
수상　한국수필문학상 수상(1999.) 고양시 예술문화상 문학부문 수상(1999.)
E-mail: hdhhw@naver.com

오늘도 나의 존재를 알기 위해
소우주인 내가 대우주를 향해 끊임없는 질문을 던지며
근원적인 해답을 찾아 나선다.
인간과 자연, 우주와의 소통에 촉각을 곤두세우고,
문학의 깊이에 생각을 더한다.
수필과 함께 내 삶의 철학과 꿈을 그려 나간다.
인간의 희로애락에 접근하여 자연스럽게 분출되는
행복과 기쁨을 만나고,
가슴속으로 스며드는 아픔과 슬픔과 화해한다.
이러한 행위는
오랜 시간 통증을 다스리며 자리 잡힌 나의 생활이고,
또 다른 자아를 찾아가는 과정이라 하겠다.
-<수필론> 중에서

소금꽃

수입한 공업용 소금을 염전에 뿌려 천일염(天日鹽)과 섞어 팔았다는 보도
가 있다. 그간에도 공업용 유해색소를 넣어 식품을 만들었다거나 고춧가
루에 톱밥을 섞어 팔았다는 등, 충격적인 사건으로 믿고 먹을 수 있는
것이 없다고 한탄했었다. 요즈음에는 인간의 생체질서를 교란시키는 '환
경호르몬'이라는 낯선 용어에 당혹감을 느껴왔는데, 이제는 간으로 맛을
내는 소금마저 불신의 손길이 닿았으니 끝간 데 없이 추락하는 인간의
양심이 두려울 뿐이다. 썩어가는 양심에 소금을 듬뿍 뿌려주고 싶다.

식염으로는 천일염이 으뜸이다. 암벽에 소금 층이 있는 나라도 있고,
남양군도 어느 작은 섬에는 1미터만 땅을 파면 소금이 쌓여있다고도 한
다. 그러나 그 어느 것도 햇볕과 풍력으로 수분을 증발시켜 결정체로 얻
은 천일염에 비할 바가 못 된다고 한다. 수입한 소금의 성분을 알 수는
없지만 공업용 소금을 밥상에 오르게 한다는 것은 개운치 않은 일이다.

내가 유독 '소금'이라는 말에 관심이 가는 것은 염전에 얽힌 사연이
있어서다. 이미 내 글에서 이야기한 바가 있지만, 유년기에서 청년기에

이르기까지 서해 바닷가의 염전은 내 생활의 일부였다. 그리고 그곳은 나의 문학의 본고장이기도 하다.

아버지는 가난이 지겨워 열여섯 어린 나이에 혈혈단신 고향을 떠나 서울로 왔다. 자수성가한 아버지가 늘그막에 고향에 내려가 마련한 터전, 그것이 염전이었다. 아버지는 농토와 정미소도 마련했지만, 중심은 염전에 두었던 것 같다.

아버지는 정규교육은 받지 못했으나 교양은 두루 갖춘 분이었다. 필체와 사무능력이 뛰어나 부청(시청)에 잠시 근무한 적이 있고, 외모 또한 출중하여 주위의 시선도 많이 받았다. 그런 아버지가 힘든 염전 일에 왜 그리 매달리셨는지 모를 일이다. 장마철에는 바닷가의 원둑이 무너져 염전이 바닷물에 잠기는 수난을 겪었고, 밤중이면 슬며시 소금 실은 트럭이 지나가는 길을 파놓고 방해하는 자들에게도 침묵하였다.

나는 차차 나이가 들면서, 아버지를 견디게 했던 힘은 고향에 대한 정과 자식이라는 버팀목 때문이었다는 것을 알게 되었다. 이따금 사랑채에서는 동네 어른들과 환담(歡談)을 나누었는데, 아버지의 그 은근한 말투 속에는 서울에서 일류 대학에 다니는 큰오빠와 작은오빠에 대한 자랑이 들어 있었다. 외롭게 자란 아버지에게는 방학 때면 장성한 자식들이 고향에 내려오는 것이 더없는 기쁨이기도 했다.

내가 남편될 사람과 처음 아버지를 찾아뵙고 돌아올 때였다. 아버지는 장차 사위될 사람이 타고 온 지프차에 소금 한 가마니를 얹어 주셨다. 아버지가 주실 수 있는 선물은 값싸고 무거운 소금뿐이었겠지만,

소금에 담긴 의미도 함께 얹어 주셨다. 소금은 기독교에서는 신과 인간, 인간과 인간의 불변의 약속을 상징하며, 조상들은 액귀(厄鬼)와 병귀(病鬼)를 물리치는 것으로 알고 있다. 그런데 돌아오는 길에 소금 실은 자동차의 타이어에 바람이 빠져 고생을 했다. 남편은 그때를 떠올리며, 지금은 이 세상 분이 아닌 장인을 그리워하곤 한다. 아버지의 생활신조는 근검, 절약이었는데 내가 아버지를 따라 가려면 아직도 멀기만 하다.

사람이 자라온 환경을 벗어나기는 쉽지 않은가 보다. 바다를 좋아하는 것도 그렇고, 바닷가를 찾았다가 염전이 보이면 그리 반가울 수가 없다. 그러나 염전에서 예전처럼 활기찬 모습을 찾아보기는 힘들다. 지금의 염전들은 패잔병처럼 쓸쓸히 죽어가고 있는 모습이다. 차차 메꿔져 공업단지로 변한 곳도 있고, 폐염(閉鹽)된 곳도 많다. 힘겨운 일에 비해 터무니없이 소득이 적은 염전에 매달리는 것보다 차라리 공업단지로 바뀌어 토지 보상을 받는 편이 나은 세상이니 문을 닫는 염전이 늘고 자연히 수입용 소금이 판을 치는 것이 아니겠는가.

수입용 소금이 천일염으로 둔갑하는 또 다른 이유는 기후변화 때문이기도 하다. 중국 양자강 유역의 대홍수로 생긴 담수대(淡水帶)가 북상하면서 제주도 근해는 물론, 서남해 근해의 바닷물이 싱거워져 소금이 제대로 만들어지지 않는다고 한다. 이로 인해 소금농사 짓는 사람들이 피해를 보고 있고, 일부에서는 피혁가공에 쓰이는 값싼 공업용 소금을 염전에 뿌려 천일염으로 속여 팔고 있다고 한다. 황해와 제주도 근해의 저염분 현상으로 어패류가 떼죽음을 당하고 있는데 이런 자연 재앙은 더욱 심해질 것으로 보인다.

어쨌거나 공업용 소금을 염전에 부어 식염과 섞어 판다는 것은 오랫동안 염전을 지켜온 사람들에 대한 모독이다. 나는 그 뉴스를 듣는 순간, 염전에 한을 품고 돌아가신 아버지가 생각나 울분을 느끼지 않을 수가 없었다.

한여름, 뜨거운 뙤약볕에 온종일 졸아든 바닷물이 소금꽃이 되어 순백의 보석처럼 피어오르는 모습은 글자 그대로 신비스럽다. 그것은 '순수 그 자체인 것이다. 개펄 흙을 다져 만든 염밭에, 저장해 두었던 바닷물을 부어 하얀 소금을 걷어내는 일. 그것은 검은 것에서 흰 것을 건져올리는 숭고한 작업이다. 거기에는 이물질이 있을 수 없다. 오직 짭조름한 맛과 향, 눈부시게 빛나는 하얀 결정체, 그것이 천일염인 것이다.

우리의 조상들은 부정한 것을 보고 듣고 입에 댔을 때 소금물로 눈과 귀와 입을 씻어냈고, 잠결에 오줌을 싸면 키를 씌워 소금을 빌어오라며 이웃에 조리를 돌려 버릇을 고치게도 했다. 소금을 부정(不淨)과 살(煞)을 씻어내는 무기로 삼아 마음의 평온을 얻었던 것이다. 소금은 이처럼 우리의 정신문화를 상징하기도 한다.

우리사회에는 공업용 소금이 식염으로 둔갑하듯 오합지졸이 모여 혼란을 초래하고 있다. 사회가 부패할수록 열다섯 단계를 거쳐 피어오르는 '소금꽃' 같은 존재가 필요하다. '빛과 소금과 같은 인간이 절실한 이때에 천일염을 만들어내는 염전의 자취가 사라진다는 것은 안타까운 일이 아닐 수 없다.

퀼트와 인생

무료함을 달래고 시름을 덜기 위해 퀼트(quilt)를 시작했다. 자르고, 이어 붙이고, 누비기를 5개월. 퀼트는 우리 어머니 세대가 조각천을 이용해 밥상보나 옷 덮개를 만든 것들과 흡사한 것이다. 퀼트가 서양에서 들어온 것이라지만, 그 옛날 우리 여인네들에게도 시집 식구들과의 갈등을 희석시키는 수단으로 장롱 깊숙이 넣어둔 바느질거리를 꺼내어 땀질하던 '누비땀질'의 관행이 있었다.

초급반에서는 토끼 인형, 곰 인형, 등받이, 벽걸이 같은 소품을 다루었지만 중급반이 되면서 침대보를 만들고 있다. '인터넷 혁명' 시대에, 조각천 앞에 쪼그리고 앉아 작은 바늘과 씨름하고 있는 내 모습을 보며 남편은 한심스럽다고 혀를 찬다. 하지만 나는 날이 갈수록 퀼트하는 재미에 빠져든다. 퀼트하는 재미가 아무리 좋다 해도 인터넷 속에 들어가 많은 정보를 낚아 올리는 재미에 비할 바는 못 되겠으나, 어쩌면 나는 자고 나면 벤처기업이니 닷컴이니 하는 컴퓨터와 관련된 신조어로 정신

없이 돌아가는 이 세상의 어지럼증과 두려움을 퀼트하는 여유에서 위안 받고 싶은 것인지도 모르겠다. 역동적이고 속도전으로 흐르는 시대에 퀼트하는 사람은 바보스럽기 짝이 없다고 하겠지만, 과연 그런 것만은 아닐 것이다. 나 역시 시력은 점점 떨어지고 등허리가 아플 때는 손에 잡은 것만 끝내고 그만 두리라 마음먹으나, 완성된 작품으로 집안을 치장하고, 한 땀 한 땀 정성을 기울여 손끝으로 만들어진 것들을 받고 기뻐하는 친구와 이웃들을 보는 것도 퀼트로 얻는 작은 행복이기에 포기하지 못하고 있다.

퀼트 속에 들어가면 한없는 상상력과 조화로움을 엿볼 수 있다. 침대보는 조각천으로 만들어진 스무 장의 문양을 다시 이어붙어야 완성된다. 그 한 장 한 장의 모양에는 주제가 붙여진다. '술취한 발자국' '꿀벌의 비상' '원숭이의 비틀림' '빛나는 보석' '실꾸릿대' 등등….

테마가 있는 퀼트 안에서 내 인생을 본다. 곡선과 직선의 이음, 삼각과 사각의 만남, 씨줄과 날줄의 엮어짐. 서로 다른 모양과 색상의 조각들이 이어져 하나의 아름다운 조화를 이룬다.

'술취한 발자국'은 그 모양새가 이리 구불 저리 비틀거려 이어붙이기가 힘들다. 어쩌면 나도 이처럼 비틀거리며 힘겹게 삶을 이어온 것이 아니었을까. 지난 세월을 돌이켜보면 몇 번인가를 주저앉기도 하고, 또다시 일어나 나를 추스르지 않았던가. 그러나 완성된 술 취한 발자국의 문양은 절망의 늪을 헤집고 나온 '승리의 발자국'이 되어 환하게 웃고 있는 듯하다.

다시 눈을 돌려 '꿀벌의 비상'을 본다. 저 벌들은 꿀을 따기 위해 어디론가 날아가겠지. 네 마리의 벌들은 중간 지점인 홈그라운드를 뒤로 하고 각기 다른 방향으로 비상할 준비를 하고 있다. 마치 성장한 자식들이 둥지를 떠나 제 짝을 찾아 나서는 것과 같다고나 할까. 날개를 펴고 힘차게 비상하는 순간처럼 멋있는 시작도 없을 것이다. 나도 잠시 달콤했던 연애시절, 신혼시절로 돌아가 본다. 열정과 그리움으로 가슴 앓던 꿈 많던 날들이 스쳐 지나간다.

　'원숭이의 비틀림'은 삼각과 사각의 천을 S자로 틀어가며 연결하는데, 만들어 놓고 보니 둥근 태극무늬가 나온다. 삼각과 사각이 서로 이해하고 손잡으면 이처럼 부드러운 모양이 될 수도 있다는 것이 경이롭다. 그것은 마치 감정의 기복이 심했던 내 삼십 대를 연상시킨다. 반목, 공허, 혼미, 방황, 파도를 타듯 오르고 내리는 굴곡이 있던 시간들이었다. 그러나 그 시련을 나는 부끄러워하지 않는다. 고통의 시기가 있었기에 빛나는 열매로 무늬진 세월을 맞이할 수 있었다.

　나의 사십대는 새로운 인생의 전환기였다. 그것은 글 쓰는 일로 시작된다. 글 쓰는 일은 내게 세상을 좀더 넓게 바라볼 수 있는 안목을 키워주었고, 정신적인 풍요와 삶의 가치에 대해서 생각하는 시간을 갖게 하였다. 그러한 내면의 갈등을 글 쓰는 일로 소화시켜가며 '빛나는 보석'의 진수는 바로 그러한 행복 속에 있다는 것을 알았다.

　퀼트를 보면서 인생은 별다른 정답이 없다는 것을 느끼게 된다. 삼각의 날카로움, 네모의 반듯함, 곡선의 부드러움, 그 중 어느 것이 좋고 어느 것이 나쁘다고 말할 수 없듯이 퀼트와 인생은 일치한다는 생각이 든다. 우리는 살아가는 동안 삼각의 날카로움으로 끊어야 할 일이 있고, 사각의 반듯함을 주장하다가 따돌림을 받을 때도 있다. 그저 둥글고 모나지 않게 산다는 것이 이것도 저것도 아닌 회색분자로 오해 받을 수도 있고, 원만함을 내세워 이쪽 저쪽 비위를 맞추다가 한 마리의 토끼도 못 잡는 경우가 있을 것이다. 이처럼 세상은 직선과 곡선이 어우러져 사는 것인데, 이 같은 평범한 이치를 잊고 살 때가 많다.

퀼트에서의 원칙은 꼭지점과 모서리의 이음새가 맞닿아야 한다는 점이다. 이 원칙을 지키지 않으면 이음매의 모서리가 옆 칸을 침해하여 모양의 균형이 깨어진다. 이와 같이 사람이 사는 일도 원칙이 필요한 것은 말할 것도 없다.

이제 나는 오십대 중반이다. 나는 '실꾸릿대'에 실을 감듯, 지난 세월에 이어진 삶의 시간을 감고 있다. 그 실꾸릿대에 이 세상의 경이와 고뇌가 감긴다.

(2000.)

11월

11월의 하늘은 유난히 높고 청명하다. 유리알같이 맑고 투명한 하늘은 구름 한 점 없는 텅 빈 공간이다. 이기와 집착이 없는 무욕의 하늘. 그 정결한 하늘 아래 들판도 비어 있고, 붉은 기운을 토해내던 단풍나무도 앙상한 가지에 마른 낙엽을 달고 그 소임을 다해간다. 길가의 코스모스도 초췌한 모습으로 스러져가고, 풀벌레 소리도 멀어진 지 오래 되었다.

바다는 격랑을 잠재우고 계곡의 물소리도 거센 숨결을 가다듬고 잔잔히 흐름을 유지한다. 11월엔 만물이 몸을 낮추고 경건히 한 해의 마무리 작업에 들어간다. 11월은 격정과 환희, 좌절과 혼란 속에 분주했던 마음을 차분히 가라앉히고 자신을 돌아보게 하는 성찰의 달이다.

11월은 여백의 계절, 적요의 계절이다. 찬란한 색채의 향연으로 가을을 찬양했던 산과 들이 황갈색의 적요에 젖어 여백의 미를 느끼게 한다. 여백에는 현란함에 가려진 순수와 진실이 있고, 겸손과 절제의 미덕이 있다. 고연한 광채로 다가오는 약속의 말씀이 있고, 한없이 고요로운 미소가 담겨있다. 11월은 봄의 시샘도 여름의 격랑도 가을의 현란함도 모두 품어 안고 잠재우는 자비의 달이지만, 모든 것 다 내어주고 빈 몸으로 지는 노을을 바라보는 허무의 달이기도 하다.

11월엔 내 안의 뜰에서 자라고 있는 체면과 꾸밈을 걷어내고 싶다. 격식과 형식에서 벗어나 텅 빈 하늘처럼 허허벌판처럼 자신의 모습을 그대로 드러내고 싶다. 불꽃같던 열망, 권태와 나태, 비애와 상처로 얼룩진 마음을 내려놓고 한없이 빈 들판을 걷고 싶다. 쏴~아 하고 볼을 스치는 찬바람과 조우하며 자유와 평안을 만끽하고 싶다.

황량한 들판을 지나 어느 마을 어귀에 들어서면, 마을을 지키는 수호신처럼 장엄하게 서 있는 해묵은 한 그루 나무 앞에 서서 묵상하리라. 수백 년 내려오는 뿌리의 전설에 귀 기울이며 영원히 시들지 않는 생명의 빛깔에서 마음의 울림 하나 얻고 싶다. 오랜 세월 한 자리를 지키고 있는 인내와 불굴의 의지를 보며, 서성이고 주춤거리던 방황의 늪을 벗어나 안정과 침묵 속에 내가 설 자리를 가늠해야겠다.

나목(裸木) 아래 쌓인 낙엽을 보료 삼아 편안히 눕고 싶다. 해마다 무성한 잎을 피워내 낙엽이 되고, 썩고 썩어 거름이 되어주는 그 희생과 사랑을 보며 낙엽은 죽음이 아니라 새 생명을 준비하는 모태임을 느낀다.

11월은 비움의 달이지만 내실을 다지는 달, 내 인생의 절기와 맞물리는 11월에 허무가 아닌 또 다른 시작을 꿈꿔본다.

11월엔 무언가에 도취되고 싶다. 가장 깊고, 오래 가고, 영원한 안정을 얻을 수 있는 도취는 무엇일까. 나와 어떤 대상이 하나가 되어 나를 몰입하고, 나를 잃고 싶다. 음악, 글, 그림, 자연, 종교 등. 그 어느 것이든….

11월엔 사랑의 동경, 사랑의 고뇌를 가슴에 그려 넣고 싶다. 가을날, 속절없이 깊어 갈 조락(凋落)의 창가에서 브람스의 현악6중주의 가늘게 떨리는 선율에 따라 현실이 아닌 꿈속의 환상에 젖어보면 어떨까.

브람스의 음악정신은 고전주의 시대로 뻗어있지만, 북부 독일 함부르크에서 태어난 낭만주의 시대의 작곡가로 언제나 그에게서는 멜랑콜리가 묻어난다. 일명 〈아가테 6중주곡〉이라고도 불리는 이 곡에는 브람스 특유의 체취와 우수(憂愁)가 담겨있어 11월에 어울리는 사랑의 스산함을 느낄 수 있다.

세상일로 좁아진 옹달 가슴에 11월이 들어선다. 자연의 묵시록(默示錄)에 마음의 여백이 생기고, 브람스의 예술 혼이 명상의 샘을 파놓는다. 11월엔 우리 모두 자연의 묵시록에 귀 기울이고, 심오한 예술 혼에 도취되어 불후의 명작 한 편씩 남기기를 소망해 본다.

천둥소리

새벽 운동을 나가려고 일어나보니 비가 내리고 있다.

내일이 추석 명절이라 보름 전에 결혼한 딸은 충청도 청양의 시집으로 내려가야 한다. 이른 시간이지만 고속도로는 본격적인 정체현상이 일어나고 있다는 보도가 들려온다. 한복을 곱게 차려 입은 신랑 신부의 첫나들이 길이 빗길이라니 걱정스럽다.

나는 운동하러 나가려다 그만 두고 창가에 서서 밖을 내다본다. 추적추적 내리던 비가 제법 굵은 빗발로 변하더니 천둥 번개를 동반하고 있다. 우르릉~ 쾅! 한 차례 심한 굉음이 울리고, 이어서 먼 곳으로 옮겨간 천둥이 두어 차례 위력을 과시한다.

오랜만에 듣는 천둥소리다. 순간의 빛을 발하며 사라지는 번개에 이어 하늘을 가르는 천둥소리─. 천둥과 번개는 야합하여 한바탕 공중전을 치르듯 천지를 뒤흔들어 놓는다. 천둥소리의 위력은 그 무엇도 따라잡을 수 없을 것 같다. 번개는 짧은 생명이지만 불꽃처럼 살다간 사람들의 영혼처럼 공중에 한 획을 긋고 사라진다.

또 다시 천둥소리가 잠든 영혼을 깨우듯 머리 위에서 호령을 한다. 명상하는 나무와 고요한 바다와 쉬어가는 바람을 깨우고, 죄 많은 사람에게 으름장을 놓는다.

천둥은 마치 하늘의 특권인 양 천하를 뒤흔들며 자기의 존재를 알리고 있다. 천지간에 나보다 강한 자가 누구이고 나보다 빠른 것이 무엇이냐며 사방을 넘나들지만, 나는 겁도 없이 천둥소리를 반긴다. 그렇다고 내가 천둥벌거숭이는 아니다. 위험한 천둥 번개지만 집안에서 들으니 천둥소리는 개선장군의 승전고 소리와도 같고, 베토벤의 운명교향곡처럼 가슴에 큰 울림으로 다가온다.

계절이 바뀔 때면 영락없이 비가 내린다. 그리고 계절의 한가운데 들어서도 비는 여러 차례 오지만 좀처럼 천둥 번개를 동반한 비를 만나기는 어렵다. 천둥은 공중의 전기와 땅 위의 전기 사이의 방전(放電)으로 인하여 일어나는 소리로 그 자연현상이 오묘하다. 하늘과 땅 사이의 음극과 양극이 만나 전압을 높이고, 그 전류로 강한 스파크를 일으켜 천지간의 합의 소리가 하늘을 울리고 땅을 가르는 것이다. 태초에 음과 양의 합은 천둥에서 비롯된 것이 아닐까.

흐르는 전류에 감전되어 목숨을 잃는 사람은 그날의 운수와 부주의의 탓일 테지만, "죄 많은 사람은 벼락 치는 날 밖에 나가지 말라." 함은 하늘을 무서워할 줄 알라는 경고일 것이다. 죄를 짓고도 무신경하게 살아가는 사람들이 순간이나마 천둥 번개를 두려워하게 되니 천둥소리는 하늘의 뜻을 전달해 주는 메신저라 하겠다. 이처럼 천둥 번개는 두려움과 공포의 대상이지만, 이 세상이 아름다운 것은 음과 양의 스파크 때문이 아닐까.

이 세상의 원리는 음과 양으로 나뉘어져 있지만, 음과 양의 합으로 이루어진다. 여성과 남성, 자음과 모음, 열쇠와 자물쇠, 볼트와 너트, 톱니바퀴, 똑딱단추, 나사못 등등….

이 세상의 모든 것들에 암수가 있어, 서로 제 짝을 만나 조화를 이룰 때 아름다운 울림과 모양이 되고 제 기능을 발휘하게 된다. 한 번의 눈맞춤으로 세상을 열어가는 우주만물의 생성과정이 경이롭다. 나무에도 암수가 있어 꽃이 피고 열매를 맺고, 나비는 꽃을 찾아 공중을 선회하고….

아, 천둥처럼 한 순간의 스파크로 온 몸을 태울 수 있는 불꽃같은 사랑을 할 수만 있다면, 그 기막힌 교감은 생명의 환희이기도 하다.

우르르~ 꽝! 꽝!

천둥은 또 한 차례 내 머리 위에서 요동을 치더니 어느 사이 저 멀리 달아나 두 방을 더 터뜨린다. 마치 이스라엘의 가자 지구에 떨어지는 폭탄소리와도 같고, 이라크 어느 마을에 떨어지는 포탄소리처럼 아득히 울려 퍼져간다. 그 하늘 아래 아비규환을 이루는 사람들의 모습이 떠오른다. 나라와 나라 간의 대립, 민족과 민족 간의 갈등은 우리의 현실이기도 해서 안타까울 뿐이다. 언제까지 서로 다른 이념의 충돌로 피를 흘릴 것인지…. 서로 다른 음과 양의 부딪침으로 세상은 소란하고, 서로 다른 암수의 눈맞춤으로 아름다워지는 세상. 이 세상은 부조리 속에 있지만 불행 속에서 행복을 추구하듯, 부조리를 통해 적극적인 삶의 욕구를 느끼게도 된다.

오늘 신랑 신부가 천둥 번개 치는 빗속을 여행하며 세상 만물의 원리와 조화의 상관(相關)관계를 생각하는 시간이 되었으면 좋겠다.

질투

어느 초여름날 밤, 세 사람−여자 둘과 남자 한 명−은 분위기 좋은 레스토랑에서 식사를 마치고 조용한 찻집으로 자리를 옮기기 위해 밖으로 나왔다. 밖에는 보슬비가 내리고 있다. 남자는 가방에서 작은 우산을 꺼내 펴 들었다. 사람은 셋인데, 준비된 우산은 하나였다. 빗발이 가늘기는 했지만 나는 새로 장만한 옷에 신경이 쓰여 남자의 우산 속으로 들어섰다. 나머지 한 여자는 우리를 한 걸음 앞질러 비를 맞고 걸어간다. 남자는 우산 든 손을 얼른 앞으로 내밀어 앞서가는 여자의 머리에 씌워주었다. 순간, 나는 민망함과 함께 질투심이 불꽃을 일으키는 것을 느꼈다. 그리고 그러한 내 마음에 흠칫 놀랐다. 언제부터인가 나는 질투심에서 자유로워졌다고 생각했는데 이 돌연한 사태에 아연해졌다. 질투는 남녀 관계에서만 생기는 감정은 아니지만 지금 이 순간의 느낌은 좀 특별하다.

세 사람의 관계는 오랫동안 신뢰와 존중을 바탕으로 공통의 화제를 나누며 막역하게 지낸 사이지만, 우산을 든 남자의 손이 앞에 있는 여자에게로 옮겨져 갈 때의 질투심은 소유욕구의 발현인지, 자신감이 결여된 자의 비애인지 모르겠다. 앞에 가는 여자는 나보다 젊고 가냘픈 체구로, 남자는 나보다 그 여자에게 더 측은지심을 느낄 수도 있겠다는 생각에 얼른 감정을 수습했다. 그러나 화로 속 잿더미에 묻어둔 불씨처럼, 삭막한 내 가슴에도 질투의 감정이 남아있다는 것에 한 가닥 기쁨을 느꼈던 것도 사실이었다.

질투는 절대로 혼자서 이루어질 수 없다. 서로에게 관심을 갖다가 소유욕이 생기고, 그 소유욕은 하나의 개체를 '우리'로 묶어준다. 그리고 '우리'에서 분리될 때 질투는 시작된다.

구중궁궐에서 벌어지는 암투와 계략도 질투에서 빚어지고, 서민들의 안방에서 벌어지는 고부간의 갈등과 시누이와 올케지간의 다툼도 시기심에서 비롯된다. 열렬히 사랑하는 남녀 간에, 존경과 신뢰로 다져진 스승과 제자 간에, 빛과 그림자처럼 붙어 다니던 사람들 사이에 질투의 화신이 비집고 들어가 불을 뿜으면 사회적인 질서와 윤리도 무너지고 만다. 이렇듯 질투는 인간의 특성 중에서 가장 슬프고도 불행한 감정이다. 그러면서도 질투가 삶의 원동력이 되는 것은 그 밑바탕에 사랑이 받혀주는 힘이 있기 때문이다. 장미에 가시가 있듯이, 사랑 없는 질투는 존재하지 않는다.

질투는 자연적인 본능이다. 갓난아기가 물체를 느끼면서 시작된 질투는 어른이 되면서 점점 발달하여 생명이 다할 때까지 따라붙는다. 그것은 동물도 마찬가지이다. 우리 집에는 두 마리의 강아지가 있는데 서로 주인의 사랑을 독차지하려고 사투를 벌일 때마다 야성이 드러난다. 싸울 때는 떼어놓지 말아야 서로 사이가 좋아진다고, 동물도 질투를 해봤자 남는 건 상처뿐이라는 것을 아는지 죽을힘을 다해 싸우다가도 슬며시 떨어져 나간다.

질투에는 남녀가 없고 서열이 없다. 영웅도 없고 바보도 없다. 철학자 쇼펜하우어는 극히 민감한 사람으로서, 애정면에서는 결코 성자(聖子)가 아니었다. 그는 의심이 많았으며 질투심이 강한 편이었다. 베니스에서 때마침 그곳에 머무르고 있던 바이런을 방문하려고 괴테에게 추천장까지 받았으나 그는 끝내 바이런을 찾지 않았다. 그가 애인 돌치네아와 리도오로 산책을 갔는데, 그때 마침 말을 타고 쏜살같이 그곳을 지나가는 바이런 경을 보고 그녀가 "저기 영국 시인이 지나간다!"고 소리쳤다. 쇼펜하우어가 바이런을 방문할 것을 단념한 것은 바이런의 멋진 인상을 잊지 못하는 애인을 그에게 빼앗길까 두려웠기 때문이라는 일화가 있다.

질투는 정상적인 감정으로, 질투를 전혀 느끼지 않는다고 하는 것은 자기 자신을 기만하고 있거나 감정을 억제하는 것이다. 그러나 억압된 감정이 통제 밖으로 튀어나올 때 더 위험하다고 한다. 우리 모두가 어느 정도의 질투를 하고 있지만 이성적으로 극복하지 못할 때에 병이 된다는 것을 정신분석학자들은 지적하고 있다.

나는 질투심이 많은 편이지만 질투를 경계한다. 질투는 생활의 동력이 될 수 있지만 자신을 괴롭히고 파괴시키기 때문이다. 질투는 자신의 부족함에서 발생되는 것이기에, 남에게 시기심을 갖는 것보다 자신의 여건에 만족하며 사는 것이 행복이라고 생각한다. 질투에서 자유로워졌을 때는 서글펐지만, 다른 사람의 성공이나 영광에 너그러이 찬사를 보내면 마음이 편안해진다. 순한 감정 속에 묻혀 있다가 불현듯 휘돌아 솟구치는 미친바람, 질투.

"여자의 질투는 불꽃같은 아름다움, 그리움 같은 흔들림, 그런 것이어야 한다."는 누군가의 말이 떠오른다.

늙은 오이

아파트에는 한 주일에 한 번씩 장(場)이 선다. 오늘 점심은 무엇으로 아이의 입맛을 돋궈줄까. 감기로 밥맛을 잃은 아들놈에게 신경이 쓰여 장마당으로 나간다. 어물전 앞을 기웃거리다가 다시 야채가게로 가본다.

요즈음 식탁에 생선을 자주 올렸으니, 각종 나물을 섞어 비빔밥을 해보면 어떨까 싶어 나물거리를 살피는데 늙은 오이가 눈에 들어온다. 나는 다시 늙은 오이 생채를 하면 좋겠다고 생각을 바꿔본다. 늙은 오이를 채 썰어 소금에 절였다가 꼬옥 짜서 초고추장에 무쳐 밥을 비벼먹던 어린 날의 미각(味覺)이 되살아났기 때문이다. 다행히 아들아이도 이 맛을 싫어하지 않아, 얼른 늙은오이 하나를 집어 들었다. 늙은오이 생채는 여름날 점심상에 빼놓을 수 없는 한국음식 중의 하나였다.

그런데 왠지 마음이 흡족치가 않다. 어머니의 두툼하고 꺼칠꺼칠한 손등을 닮은 늙은오이로 생채를 해 먹어야 제 맛이 나는 법인데, 장마당에 나와있는 오이는 늙은이의 흉내를 낸 장년(壯年)의 모습이다. 누런

빛으로 껍질을 둘렀지만 사이사이 푸른빛이 내비치고, 몸통은 하루에 한 끼 굶어가며 다듬어낸 몸매처럼 날씬하다. 겉보기에는 좋으나 안을 들여다보면 씨가 여물지 않아 풋내가 날 게 뻔하다. 그도 그럴 것이 지금은 오월, 비닐하우스에서 애오이의 태깔을 벗고 겨우 어른 티가 박히자 마자 팔리러 나온 까닭이다.

인위적인 품종개량으로 장미꽃만도 1만여 종에 이른다고는 하지만 5월에 피는 장미의 빛깔이 가장 아름답듯이, 초고추장에 무쳐 밥 비벼 먹는 생채 감으로는 땡볕이 내려쬐는 한여름의 늙은 오이(노각)여야 한다. 늙은 오이가 영양학적으로 그다지 선호할 식품은 못되지만 수분과 섬유질이 많고 아삭아삭 씹히는 소리와 목을 타고 넘어가는 부드러운 식감, 향긋한 냄새로 입맛을 돋우기에는 손색이 없다.

우리가 자랄 때는 음식의 종류와 조리법도 단순하여 늙은 오이 생채를 즐겨 먹었다. 그러던 것이 늙은 오이는 서양 음식에 밀려 뒷방 신세가 되었다. 어쩌다 나 같은 중년의 눈에 띄어야만 밥상에 오를 수 있는 향수어린 음식이 된 것이다.

꽃도 제철에 피어야 제 모습이고, 과일도 오래된 나무에서 열매가 익어야 단맛이 더 난다. 홍삼도 6년근 인삼을 여러 번 찌고 말린 게 가장 좋은 것이고, 산모의 부기를 빼주기 위해 삶아 물로 내려먹는 호박도 애호박이 아니라 늙은 호박이다. 대기만성(大器晚成)이라는 말도 있듯이, 이처럼 늦도록 직분을 다하는 삶이 아름답다고 생각하였다. 그래서 '원로'나 '달인'이라는 말은 그만큼 인생의 원숙한 경지에 오른 사람에게

붙이는 호칭이어서, 우리에게 교훈을 준다. 늙은 오이는 우리에게 그런 것을 시사해 주고 있다. 젊은이들은 패기가 있어서 좋지만 인생을 살아온 연륜이 짧아서 늙은이들이 걱정을 한다.

어느 날, 수필 쓰는 사람들이 모인 자리에서였다. 거기에는 명예 퇴직한 사람들과 팔순을 바라보는 나이에도 학문연구에 매진하는 노 교수가 계셨다. 그 모임의 명칭이 있었지만, 앞으로 명칭을 '늙은 오이'들의 모임이라고 하면 어떻겠느냐고 내가 제의하여 한바탕 웃은 일이 있다.

젊은 사람들은 늙은이 곁에 가기를 싫어한다. 그것은 다분히 자신들의 세계와 노인의 세계가 서로 다른 까닭이기도 하지만, 노인의 경륜의 아름다움을 모르는 데서 오는 소치이다. 노인 한 사람이 큰 도서관 하나와 같다 하지 않던가. 인생은 배우면서 살아가지만, 팔십이 넘은 분의 얘기를 들은 일이 있는데 지금도 인생을 배우면서 산다고 하였다. 그 말은 '늙음'의 의미에 무게가 실린 말이다. 늙은 오이도 그런 의미에서 세월의 무게를 지니고 있는 격이니 파란 애오이의 맛에 비교할 수가 없다.

젊은이와의 사귐은 어딘가 위태로움이 따라 붙는 것 같다. 그래서 나는 늙음의 소중함과 그 여유 있는 넓은 세계와 가볍지 않은 무게에 이끌려 노인과 가까이 지내는 것을 꺼리지 않는다. 내가 늙은 오이를 좋아하는 것도 그런 까닭에서라고나 할까.

주머니

코트 주머니 속에 토큰 하나가 잡힌다. 나를 집까지 데려다 줄 유일한 재산이다. 그런데 왠지 허전함이 빈 주머니 속에 남는다. 평소 주머니에 무엇을 넣고 다니지는 않지만, 오늘밤 유난히 주머니가 비어있다는 허전함을 느끼는 것은 버스 안에서 지갑을 도난당한 까닭이다. 열흘간의 생활비와 주민등록증, 운전면허증 등 나를 증명할 만한 것들을 모두 잃고 나니 마치 자신이 공중에 떠있는 무의미한 존재가 되어버린 느낌이다.

아무리 호랑이 코 밑의 밥풀 떼어먹는 세상이라지만, 나를 멍청히 세워놓고 감쪽같이 내 품속의 것을 실례해 간다는 건 무례 천만이다. 잃어버린 것들을 마음에서 떨어내려고 밤새 뒤척이지만 그리 쉬운 일이 아니다.

사람에겐 속에 있는 주머니가 있고 겉에 있는 주머니가 따로 있다. 그 두 주머니를 모두 채우려면 욕심은 하늘에 치닿을 것이다. 사람이

제 분수를 모르고 보이지 않는 안주머니를 채우려고 한다면 필시 나쁜 일을 해서 채울 것이 뻔한 노릇 아닌가.

우리 집 앞 길모퉁이에는 겨우 누울 자리의 비좁은 공간을 마련하고 몇 해째 구두 수선하는 신기료 청년이 있다. 밑천이라고는 잡다한 수선 도구와 석유풍로, 낡은 라디오와 그의 건강이 전부다. 혹시 다른 곳으로 떠났나 하고 내다보면 어김없이 반갑게 인사하는 청년의 얼굴은 맑고 넉넉해 보인다. 한탕주의가 만연된 사회지만, 외진 곳에서 주어진 자기 일에 열심히 사는 젊은이를 보니, 남의 것을 훔쳐다 자기의 안주머니를 채운 그 도둑이 더욱 밉다.

그러나 도난 사건은 내게 반성의 기회를 만들어 주기도 했다. 내 형편을 내세워 이웃과 친척의 어려움에는 매끄러운 말로만 위로하지 않았는지? 길가의 걸인에게 몇 푼의 동전을 집어주거나 어쩌다 모금함에 몇 닢을 넣어주고 자선을 했노라고 자위하지는 않았는지? 본의는 아니지만, 내 주머니를 깡그리 비우고서야 돌이켜 본 내 선심의 주머니. 얼마나 인색했으면 하나님은 그런 방법으로라도 내 주머니의 것을 다른 사람에게 몽땅 털어준 것일까. 도둑은 눈에 보이지 않는 깊은 곳에 주머니를 달고, 나는 남의 눈에 잘 띄는 바깥에 주머니를 달고 다녔다는 것만이 다를 뿐, 결국 50보 100보라는 생각으로 얼굴이 붉어진다.

우리가 태어나서 입는 배냇저고리와 죽을 때 입는 수의에는 주머니가 없다. 빈손으로 왔다가 빈손으로 가는 줄 알면서도 사람은 살아가는 동안 옷마다 주머니를 달고 다닌다.

욕심주머니·심술주머니·미움주머니·사랑주머니·꿈주머니….

인간은 실로 얼마나 많은 주머니를 달고 살고 있는가. 갓 낳았을 적에는 어머니가 주는 것만 받아먹으나, 차차 자라며 사탕 한 알이라도 제 입에 넣기에 바쁘다.

의상에도 세월 따라 주머니가 늘고 있다. 문명이 고도화되니 옷의 모양도 다양하고 주머니도 앞뒤 구별 없이 여러 개 달린다. 사람의 생각도 문명의 이기에 비례해 복잡해지고, 꿈과 희망이 커지니 마음속의 주머니도 불어나는 모양이다. 한복에는 염낭쌈지를 따로 차거나 마고자와 두루마기에 달린 주머니가 고작이었던 걸로 보아, 우리 조상들의 청렴한 지조와 풍요로운 마음가짐을 짐작할 수 있다.

조선조 때 일화 한 토막이 생각난다.

홍기섭이라는 사람은 초년고생 때부터 마음이 청렴결백한 군자였다고 한다. 참봉이라는 말단 벼슬을 하다가 친상을 당하자 고향에 돌아가 있을 때의 일이다. 가세가 곤궁해 두 끼 죽도 이어갈 형편이 못될 때 집에 도둑이 들었다. 물건을 훔치려고 들어온 도둑이 그 집의 형편이 하도 딱해서 도리어 제 돈 닷 냥을 옹기솥 안에 부조해 두고 갔다.

이튿날 아침에 부인이 솥뚜껑을 열어보니 뜻하지 않은 돈이 들어 있어서, 남편에게 하늘이 도운 상금이니 쌀을 사겠다고 알렸다. 그러자 남편은, 공것이란 세상에 없는 법이니 부정한 재물을 쓰면 하늘이 용서하지 못할 죄라고 말렸다. 홍씨는 곧 돈 잃은 사람은 찾아가라고 거리에 방을 써서 내붙였다.

도둑은 제가 쓴 선심의 결과를 보려고 홍씨집 근처를 기웃대다가 그 방을 보고 크게 놀라 당장에 자기반성을 했다. 나는 남의 재물을 훔치는 것을 직업으로 삼고 지내는데, 이 집 주인은 남몰래 거저 생긴 돈도 주인에게 돌려 주려고 하는구나. 나도 이젠 도둑질을 해선 안 되겠다고 생각을 고쳐먹었다.

그 도둑 유씨는 홍 참봉 앞에 절을 하고 자초지종을 얘기한 후, 그 돈을 받아달라고 애원했다. 그러나 홍참봉은 끝내 사양하고 받지 않았다. 그 뒤로 두 사람은 서로 막역한 사이가 되어 홍참봉의 벼슬이 감사에 이르렀을 때 유씨에게 벼슬을 시켜 주었다는 얘기다.

비록 남의 것을 훔치는 도둑이지만, 철저하게 가난한 홍 참봉의 양심을 통해 잃었던 자신을 도로 회수케 한 이 고사 (古事)는 살벌한 세상이지만 흐뭇한 정감을 느끼게 한다. 내 행색이 홍 참봉보다 나았던 모양인지 나를 쫓던 도둑은 내 가족의 생활비를 몽땅 실례해 갔다.

며칠 후, 한 동네에 살고 계신 모촌 선생께서 전화를 주셨다.

"버스 정류장 매표소 유리창에 한 여사의 주민등록증이 방처럼 나붙었어!"

도둑이 돈만 꺼내 가고 지갑을 매표소 앞에 버린 것을 주인이 주워, 내 주민등록증을 유리창에 붙여 놓았던 것이다. 나는 도둑이 지갑을 동네 어귀에 버려줘서 주민등록증과 운전면허증을 재교부 받으러 가는 수고를 덜어 준 것만도 고마웠다.

남의 물건 훔치는 것을 직업으로 삼는 사람뿐 아니라, 인생의 황금

시기에는 누구나 보다 많은 주머니를 마음에 달고 산다. 풀내음 같은 향긋한 삶을 원하면서도 때때로 세상의 먼지가 눈앞을 가려 헤맬 때도 있다. 혹 떼러 갔다가 욕심 때문에 남의 혹까지 붙이고 오는 경우는 주변에서 흔히 볼 수 있는 일이다. 그런 주머니를 달고 살기 때문에 일어나는 불행은 얼마나 많은가. 옷의 용도와 질감에 맞추어 주머니의 모양과 수효를 디자인해야 훌륭하게 옷의 효과를 낼 수 있듯이, 사람도 저마다의 분수에 맞는 마음의 주머니를 달고 살아야 하지 않을까. 자기 분수대로 주머니를 달고 채워야 함을 뒤늦게나마 깨닫게 해준 도둑에게 감사하고 싶다.

나는 내 지갑을 실례해 간 사람이 앗아간 돈을 하룻밤 술값으로 날리지 말고, 이왕이면 요긴하게 썼으면 한다. 가족의 약값이거나 아이들의 학자금으로….

크거나 작거나 간에, 마음속에 달린 욕심 주머니를 갈아 달기란 힘든 것일 테지만.

바람의 발자국

서안(西安)에서 돈황(敦煌)까지는 비행기로 약 2시간의 거리다. 나는 비행기 창밖을 내다보고 있다.

돈황 가는 길은 사막으로 이어진다. 바람이 휩쓸고 간 사막은 천태만상의 풍경을 펼쳐 놓는다. 우리는 지금 구름 위를 가는 것이 아니라, 바람의 발자국을 따라 가고 있다. 한반도의 맑은 하늘에 황사를 몰고 와 뿌연 먼지로 가리우는 그 바람의 정체를 추적하고 있는 것이다.

사막을 휩쓸고 간 바람은 천의 얼굴을 가진 마술사요, 살아있는 혼으로 변화불측한 작품을 만드는 위대한 예술가이기도 하다. 바람은 모래를 몰고 가 칼날 같은 산을 만들고, 거대한 공룡의 발자국처럼 움푹 패인 돌산도 만들어 놓았다. 천년 세월의 발자국이 새겨져 있는가 하면, 방금 거센 파도가 달려왔다 밀려간 뒤처럼 모래밭에는 빗살무늬가 그려져 있고, 수백 개의 가지를 달고 누워 있는 거목의 형체도 만들어 놓았다. 영지버섯 모양의 검은 퇴적물은 무엇이 쌓인 것이며, 흰색과 검은색이 모자이크를 이루고 있는 석회석의 너른 암반은 얼마만큼의 시간이 이루어놓은 자취일까.

사막은 끝이 보이지 않아 하늘과 맞닿는 지점이 없다. 멀리 아득한 곳의 기련산맥 아래 눈 쌓인 기련산이 보이지만 그 거리는 가늠하기 어렵다. 사막 한가운데서 눈 쌓인 산을 바라본다는 것이 경이롭다. 설산의 눈이 녹아 사막으로 스며들고, 그 물이 오아시스를 만들어내는 자연의 이치에 숙연해진다.

얼마간 바람의 발자국을 따라 갔을까. 사방을 둘러보아도 끝이 보이지 않던 사막에 푸른 숲이 보인다. 그 숲은 마치 꽃무늬를 그려 놓은 듯 펼쳐져 있다. 잘 정돈된 경작지와 산을 가르며 뻗어나간 실낱 같은 도로. 마침내 오아시스 가까이 다가온 것이다. 잠시 후 시야에 들어온 좁은 강줄기에는 붉은 물이 흐르지만 거의 말라가고 있는 상태였다.

강물이 마르면 사막이 죽을 것 같아 걱정이 앞선다. 그 옛날 사막을 지나던 대상(隊商)들이 오아시스를 발견하고 기뻐하던 함성이 들려오는 것만 같다. 사막을 지나며 몇 차례 푸른 숲을 만났고, 숲이 있는 곳에는 사람의 손길이 닿은 흔적이 보였다. 광대한 사막에 오아시스가 있고 이곳까지 사람의 손길이 닿은 것을 보며 인간의 위대한 힘을 느꼈지만, 이런 신비의 세계에서마저 문명과 개발의 숨결을 보게 되니 실망스럽기도 했다.

시간은 쉬임 없이 흐르고 또다시 이어지는 사막 길. 거대한 모래산은 겹산을 이루고 거기 말없이 서 있지만, 언제 어떤 바람을 만나 그 모양을 달리할지 모른다. 바람은 변덕쟁이, 바람은 사라지는 것이 아니라 가는 곳마다 그 성깔을 남겨놓고 간다. 간지럽히고 깔깔대고 할퀴고 쓰다듬어 주고 으르렁대고 거드름 피며 달아난 자국이 마치 위대한 예술작품을 보는 듯하다. 강풍(强風)은 바다를 건너며 해일을 만들고 수백 년 수령의 나무도 쓰러뜨리는 거칠고 사나운 폭군이기도 하다. 그렇다고 폭풍이 나쁜 것만은 아니다. 때때로 폭풍이 바닷물을 뒤집어 놓아야만 난류와 한류가 섞여 그 온도로 바다 생물이 살아갈 수 있다.

내가 바람소리에 익숙해진 것은 초등학교 때였다. 부모님이 서해 바닷가에서 염전을 할 때였는데, 우리 집은 마을에서 떨어진 낭(언덕)너머에 있었다. 아버지는 바다와 염전이 훤히 내려다 뵈는 개창구지에 우리 집을 지었던 것이다.

바다를 건너오는 바람은 마을에 들어서기 전에 우리와 첫 인사를 나눈다. 실바람이 불어와 곤히 낮잠에 들게도 하고, 소슬바람이 염부들의 이마에 솟은 땀방울을 식혀주기도 한다. 그런가 하면 질풍노도가 밀려와 원둑을 무너뜨리고, 염전을 물바다로 만들어 놓아 아버지를 비탄에 잠기게도 했다. 사나운 광풍(狂風)은 언덕을 넘지 않고, 우리집 울대에서 괴성을 질러대며 나뭇가지를 매몰차게 꺾어 놓기도 하였다. 그때 들려온 바람소리는 위협적이었고, 불안과 공포, 그 자체였다.

바람은 지역과 공간을 초월한 무소부재(無所不在)한 존재. 바람은 쉬지 않고 불어야 살아있는 것이다. 그처럼 무섭던 바람소리도 자주 들으면 친화(親和)되는 것인지, 세월이 지날수록 그립고 다정하게 여울져

온다. 또다시 황사현상으로 눈앞이 흐려지고, 비행기는 바람을 뚫고 내달린다.

산다는 것은 사막을 걷는 것인지도 모른다. 우리는 사막 같은 황량한 벌판에 서 있는 거나 마찬가지다. 뜨거운 사막에서 시원한 바람, 물 한 모금을 찾아 헤매는 것일지도 모르겠다. 인생이란 거센 바람으로 찢기고 상처 난 가슴을 세월의 풍화작용으로 저마다 마무리해 가는 것이 아닐는지….

그동안 나는 어떤 바람으로 살아왔으며, 내가 스치고 간 뒤의 발자국은 어떤 모양으로 남았는지 생각해 본다.

사막에도 아름다움은 있다. 사막이 아름다운 것은 오아시스가 있기 때문이다. 사막에 오아시스가 없다면 사막은 사막 그 자체로 끝난다. 사막 같은 인생이지만 때때로 만나는 오아시스 같은 위안처가 있어서, 절망 속에서도 살아야 한다는 희망을 버리지 않게 된다. 그래서 나는 오늘도 내 가슴에 오아시스가 마르지 않도록 사랑의 바람을 일으키려 한다.

나는 이번, 서안에서 돈황 가는 수만 피트 상공에서 사막에 남기고 간 바람의 아름다움을 보았다. 그리고 두려움도 느꼈다. 아득한 사막의 길은 참으로 위대한 바람의 발자국이었다.

에게 해의 노을

에게 해에 내려앉는 석양이 보고 싶어 지중해에 갔었다. 고대문명의 발상지에 와서 일몰 타령이라니…. 룸메이트는 어이없다는 듯, 일몰은 우리나라의 서해에서도 볼 수 있다고 했다. 그러나 여행 일정상 일몰 현상은 보기 힘들었다.

그런데 뜻밖에 에게 해의 석양을 본 것은 그리스와 터키 여행을 마치고 이스탄불에서 이집트의 카이로로 향하는 비행기 안에서였다. 여행 중의 여독으로 잠시 눈을 붙이고 있는데, 옆 자리에 앉은 사람이 툭 치며 창밖을 내다보라 한다.

아! 거기 에게 해에 내려앉는 눈부신 석양의 광채가 마치 붉은 꽃잎이 물에 녹아내리듯, 그렇게 그림처럼 떠 있질 않는가. 도도하고 당당한 빛의 위세가 천지간을 물들이며 온 세상을 끌어안고 있었다. 노을의 붉은 빛이 하늘 가득히 퍼져 에게 해의 짙푸른 바다 빛은 고대로부터 읊어졌던 '반짝이는 포도주 빛'으로 변해 있었다. 그 현란함 앞에 모든 것이 침묵한다. 나도 이미 그 품에 안겨 전율할 만큼 감동을 받았다. 그러나 가슴에 물결치는 감동도 2, 3분간의 짧은 순간에 지나지 않았다. 태양의 몸체는 이내 바닷물 속으로 잠겨 들고 노을도 긴 꼬리를 감추며 사라지는 것이었다. 짧은 순간이나마 잠을 깨워 석양을 보게 해 준 옆 사람이 고맙기도 했고, 좀더 빨리 일러주지 않고 혼자서 일몰 광경에 빠져 있던 것이 야속하기도 했다.

초등학교 시절, 서해에서 보았던 석양의 광채는 내가 받은 최초의 충격적인 아름다움이었다. 여름방학이면 부모님이 계신 서해로 내려가 일몰 현상에 넋을 놓곤 했다. 그 후 석양은 내 잠재의식 속에 그리움의 대상이 되어 있었다. 결혼 후 한동안 그 그리움을 떨쳐 버리려 했지만 그리움은 그대로 살붙이처럼 남아 있었다. 부모님이 안 계신 서해는 이미 타관이 되었지만, 어린 날의 추억이 서려 있는 서해 바닷가를 몇 번인가 찾은 적이 있다. 그러나 하루 해 안에 돌아오는 일정으로는 석양을 만날 수가 없었다.

서울에서도 일몰 광경은 볼 수 있다. 여의도 국회의사당 돔 지붕 너머로 내려앉는 저녁노을에서도 그 어떤 우수와 아름다운 감동을 느낄 수 있고, 지평선을 그으며 쭉 뻗어 나간 자유로 저편에도 석양의 광채는 황홀한 무늬로 그려진다. 하지만 석양의 노을은 역시 바다를 배경으로 펼쳐질 때 그 아름다움은 극치를 이룬다. 또다시 석양을 보기 위해 모세의 기적마냥 하루에 두 번 바닷길이 열리는 제부도에 가 보았지만, 날씨 관계로 강렬한 빛을 마음에 담아 오지 못한 것이 아쉬웠다.

너무 어린 나이에 석양의 아름다움에 매료된 까닭이었을까. 사람들은 석양을 보며 인생의 노년을 연상하는데, 내게는 그런 석양이 희망으로 상징되었다.

석양은 지는 해가 아니었다. 맑은 날이면 어김없이 지평선에 내려앉는 석양의 광채를 보며, 어린 마음에도 바다 속으로 스며들어 지구를 회전하여 다시 제자리로 돌아오는 태양은 만고에 변함없는 진리라 생각했다. 그것은 하루를 열심히 빛내고 조용히 쉼터를 찾는 안식의 그림자요, 스러지는 죽음이 아니라 또 다른 탄생을 준비하는 예비의 빛이라 생각하였다.

지중해에 가 보고 싶다고 생각한 것은 중년이 되고 나서였지만, 영화 속에서 지중해를 보고 난 후 더욱 마음이 이끌렸다.

제 2차 세계대전 중 이태리 병사 십여 명이 파병되어 간, 지중해 에게 해에서 가장 멀고도 작은 미기스타 섬. 그곳에서 병사들은 통신 두절로 3년간 고립된 생활을 한다. 그들은 세상과 두절된 망각의 섬에서 기다리는 걸 배우며, 아름다운 지중해 풍광과 순박한 마을 사람들에게 동화되어 간다. '이런 시대에 살아남아 꿈을 꿀 수 있는 것은 도피뿐'이라는 도입부의 자막처럼, 그 작은 섬은 그들이 꿈을 꿀 수 있는 도피처가 된 것이다.

전쟁이 끝난 후, 한 병사는 "방학을 끝내고 학교로 돌아가는 기분"이라고 말한다. 그곳에서 사랑하는 여자를 얻은 병사는 처음으로 '산다는 게 실감난다'며, 그대로 남아 있고, '노을은 어머니와 사랑하는 여자와 함께 보고 싶다'던 병사와 성당의 벽화를 그리던 중위는 노년이 되어 다시 그 섬으로 돌아온다.

영화 속에서 평화스러움의 절정을 이루는 것은 바닷가의 황혼을 배경으로 두 병사와 마을 처녀가 함께 어우러져 춤추는 장면이었다. 삶의 무게가 힘겹게 느껴질 때면 나는 마음의 도피처로 이태리 병사와 마을 처녀가 노을을 배경으로 춤추던 장면을 떠올리곤 했다. 그리고 언젠가 한 번쯤 그곳에 가보리라 마음먹었다.

지중해 여행을 계획한 것은, 현대 속에 고대의 모습이 공존하고 있는 신화의 나라 그리스의 이름 없는 마을에 가 보고 싶은 까닭도 있었다. 그리고 그리스의 신비라 일컫는 작열하는 태양을 느끼고 싶기도 했지만, 그보다는 은연중 마음속에 자리 잡혀 있는 노을 속의 평화로움이 보고 싶다는 게 더 크게 작용하였다.

나는 일몰 속에서 평화를 느끼고 있지만 남편은 사후 세계에서 평화를 찾는 것 같았다. 언젠가 남편은 관내에 거주하는 주민들에게 특별 분양하는 묏자리를 신청하고 왔다. 결과는 낙첨이었지만 재분양의 기회를 기다리는 눈치였다. 광릉 내에는 시댁의 선산이 있고, 사후에는 우리 부부도 선산 한 귀퉁이에 누울 수 있겠지만, 우리 부부는 선산 쪽보다는 새로 분양하는 묘지에 묻히고 싶었다.

그러나 이제는 알 것 같다. 내가 왜 그토록 석양에 집착하고 노을을 찾아 헤매었는지를. 그것은 나의 영원한 안식처를 찾아다닌 행위였다.

이제 나는 말할 수 있다. 이 세상 생을 마감하는 날, 사후의 세계는 바다에 묻히고 싶다. 바닷물에 섞여 수평선에 닿으면, 나는 그의 넉넉한 품에 안기리라. 그리고 저녁노을의 그 찬란함을 만끽하리라.

나는 누구인가

삶의 연장선상에서 새삼 나의 존재에 대해 숙고하게 되는 것은 어두운 그림자가 드리울 때였다. 사방이 가로막힌 어두운 현실에 갇혀 더 이상 나아갈 수 없을 때, 내 안에 잠자고 있던 참 자아가 참을 수 없는 결핍과 통증으로 나의 존재에 대해 쉼 없이 종주먹을 해댔다.

나는 누구인가? 나는 지금 누구의 삶을 살고 있는가? 인간은 저마다 비슷비슷한 양의 일을 하고 저 세상으로 간다는데, 내가 살아온 발자취는 몇 치 깊이로 남는 걸까.

우리의 잠재의식 속에는 참 자아와 그것을 드러내기 두려워하는 참자아의 그림자(상처·고통·수치·분노·굴욕감·두려움·공포)가 있다. 우리는 숨겨져 있는 참 자아의 그림자를 이해하고 공감해야 내면세계의 광대함과 존재의 신성함, 독특성, 재능을 점차 발견해 나갈 수 있다.

　　—토니험프리스의 〈나를 찾는 셀프 심리학〉에서

　나를 에워싸고 있는 참 자아의 그림자를 빠져나와 새로운 삶에 도전한 것은 나이 사십이 되어서였다. 나는 지나간 삶을 돌아보며 공허감에 잠을 이룰 수 없었다. 그제서야 나의 참된 본성에 눈뜨고, 어두운 영혼에서 존재의 빛을 향해 나의 정체성을 찾아 나섰다.

　인간에게는 누구나 고유한 특별함이 있다. 내게 주어진 고유한 사유의 감성으로 도전한 문학의 길. 그 길은 나의 선택이었지만 이미 누군가에 의해 정해진 섭리의 길이라는 것을 느낀다. 그 길에서 만난 '수필나무' 아래에 마음을 내려놓고, 고난과 고통을 수용하며 글에 대한 열망으로 30여 년을 보냈다. 그렇기에 미흡하나마 글 한 편을 탈고하고 나면 황후장상이 부럽지 않다.

　나에게 수필은 구원이었다. 무엇으로도 채워지지 않는 결핍과 갈증으로, 나는 살기 위해 수필의 수액을 받아 마셔야 했다. 그러나 수필은 만만치 않은 상대였다. 상처 난 마음을 치유받기 위해 구원의 손길을 내밀었지만, 수필은 내게 더한 고통과 시련을 안겨 주었다. 온전히 비워내야만 맑은 영혼의 혜안을 안겨주는 수필의 본질성에 접근하며, 꿈속에서도 수필다운 수필을 쓰기 위해 애를 썼다. 신음하고 번뇌하는 동안 무언가 자리가 잡혀갔고 차츰 고통과 좌절, 증오와 실망에서 벗어났다.

이렇게 수필은 내 삶의 버팀목이 되어 어둠에서 빛을 향해가는 '빛의 기록'이 되어갔다. 문학은 나의 일부분이지만 내 삶의 구심점이기에, 오늘의 주제는 '수필'에 의존하여 풀어나가야 할 것 같다.

수필은 나의 존재를 찾아가며 '나는 누구인가'를 끊임없이 생각하게 하는 자기 성찰의 문학이다. 한 세상을 살아가며 자기 성찰의 수필문학을 할 수 있다는 것은 참으로 다행한 일이다. 수필은 나 자신을 돌아보고, 내 안에 있는 치유의 힘을 끌어내어 진정한 삶으로 이끄는 자아를 발견하게 한다. 그렇기에 자기 성찰에 의해 이루어진 수필문학은 글과 사람이 같아야 함은 물론이다. 수필은 인격적 삶의 실체이고, 그것이 수필의 근본인 까닭이다.

수필은 고백의 문학이다. 자신의 체험을 토대로 삶에 의미를 부여하고 형상화시키는 수필문학은 거짓이나 꾸밈없이 진솔하게 자기 자신을 벗어내야 하는 특성에 고민이 있다. 그렇기에 의식의 자유로움을 어느 정도 허용해야 될는지…. 그렇다고 누드모델이 거침없이 가운을 벗어 던지듯, 뱃속의 오물을 시원하게 방뇨하듯 배설할 수는 없다. 수필은 그 사람의 얼굴이기에 표현하는 기법이나 토씨 하나에도 애정의 손길을 보내야 한다. 그러한 난제 속에 건져 올린 한 편의 글은 삶의 동력이 되어 주었다. 수필은 꽃의 향기로, 사막에서 간절하게 기다리는 한 줌 바람으로, 가시밭길에 내려진 동아줄로 내게 다가와 구원의 손을 내민다.

수필을 쓰는 자세에는 사회를 엄정하고 예리하게 바라보는 애정 어린

비평정신과 역사의식이 있어야 한다. 그동안 많은 수필론과 좋은 수필이 지닌 품격에 대한 안목은 지니게 되었지만, 무엇보다 중요한 것은 수필을 쓰는 사람의 격이라 하겠다. 이에 대해서는 고 윤모촌 선생(수필가)의 수필 〈수필인의 격(格)〉중 수필인의 낮은 격에 대한 세 가지의 사례[과공은 비례-아첨, 오만무치한 자존망대(自尊妄大), 제 자랑과 문학비]를 귀담아 듣고 있다.

오늘도 나의 존재를 알기 위해 소우주인 내가 대우주를 향해 끊임없는 질문을 던지며 근원적인 해답을 찾아 나선다. 인간과 자연, 우주와의 소통에 촉각을 곤두세우고, 문학의 깊이에 생각을 더한다. 수필과 함께 내 삶의 철학과 꿈을 그려 나간다. 인간의 희로애락에 접근하여 자연스럽게 분출되는 행복과 기쁨을 만나고, 가슴속으로 스며드는 아픔과 슬픔과 화해한다. 이러한 행위는 오랜 시간 통증을 다스리며 자리 잡힌 나의 생활이고, 또 다른 자아를 찾아가는 과정이라 하겠다.

나는 수필을 통해 바람이 되고 강물이 되고 구름이 되며 누군가의 꽃이 되기도 한다. 나는 고심 끝에 생명의 포자 하나 날려 보내고 사유의 씨앗은 누군가의 가슴에 자리 잡고 싹을 틔운다. 그래서 절망은 희망이 되고 슬픔은 기쁨이 되며 아픈 사람에게는 따뜻한 위로가 되기를 원한다. 어느 사이 나는 많은 사람들과 공유하는 삶을 살아가고 있음에 잔잔한 기쁨을 느낀다.

그러나 참 자아의 그림자에 나의 존재를 묻어버리고 싶을 때도 있다. 사물에 대한 통찰력이 단세포적인 서정에만 머물러 예지력을 발휘하지 못할 때 슬며시 수필 곁을 물러나고 싶어진다. 그러나 그것도 잠시일 뿐, 또 다시 수필에 대한 경외감으로 결핍은 쉼 없이 찾아와 마음에 그늘이 드리워지고, 그럴수록 내 안의 참 자아는 빛의 길을 향해 더욱 애소한다. 이처럼 문학에 대한 열망은 깊어 가지만 아직도 그 언저리에서 서성이는 나를 보며, 수필의 길은 빛의 본향을 찾아가는 요원한 꿈의 여정이 아닐까 생각하게 된다.

이 세상에 존재하는 많은 것들과 일체가 되기를 소망한다. 그들의 영혼을 노래하고, 형상화하고, 미래의 비전을 제시하는 수필 전도사가 된다면 오죽이나 좋으랴싶다. 다만 어떤 대상의 미세한 부분까지 깊이 헤아리지 못해 안타까울 뿐, 나는 수필 속에서 살아있음을 느낀다.

임병식 편

전남 보성 출생.
〈한국수필〉 등단(1989), 등단작 〈천생연분〉
한국문협 여수지회장, 한국수필작가 회장 역임, 한국문인협회 회원. 여수, 순천, 광양 지역의 동부수필 리더
수필집 ≪지난세월 한 허리를≫ ≪인형에 절 받고≫ ≪동심으로 산다면≫
　　　≪당신들의 사는 법≫ ≪방패연≫ ≪아름다운인연≫ ≪그리움≫ ≪꽃씨
　　　의 꿈≫
테마에세이 ≪수석이야기≫
수필이론서 ≪작법서≫ ≪막 쓰는 수필 잘 쓰는 수필≫ ≪수필쓰기의 핵심≫
수상 　한국수필문학상. 한국문협작가상(2015)
E-mail : rbs1144@hanmail.net

나는 수필쓰기가 석공의 작업에 가깝다고 생각한다.
개인적인 취향이겠지만 그래서 나는
물건도 도기류보다는 석물을 좋아하는 편이다.
원석을 다듬어 조형의 틀을 잡아가면서 느끼는
팽팽한 긴장감이 좋아 보이고,
군더더기를 제거해 가는 과정이 마음에 들기 때문이다.
석물은 아무리 부질이 좋고 구상이 뛰어나도
한 번 빗나가면 그만이다.
파가 생기면 미련 없이 버려야 한다.
나는 작품이 덧칠되는 걸 싫어한다.
만들어진 듯한 글은
왠지 진실이 실종된 느낌을 지울 수가 없기 때문이다.
- <수필론> 중에서

생존을 위한 진화

한겨울을 따뜻한 남쪽에서 보낸 두루미는 북녘의 날씨가 풀리면 시베리아 북쪽 타라우스 산을 넘어간다고 한다. 그런데 이곳은 독수리 서식지라서 적잖은 두루미가 희생이 된단다. 한데 늙은 두루미는 용케도 독수리를 피해 목적지에 이른단다. 독수리는 시끄럽게 우는 두루미 소리를 듣고서 사냥에 나서는데 늙은 두루미는 방비를 하기 때문이란다. 즉, 입에 돌을 물고서는 목에서 나오는 소리를 제어한다는 것이다.

한편, 중국에 사는 기러기는 겨울이 되면 따뜻한 양자강 남쪽으로 향한단다. 이때는 잘 먹지를 못해 몸이 가벼워져서 높이 날지만 반대로 봄에 돌아갈 즈음엔 살이 쪄서 잘 날지를 못한단다. 이때를 이용하여 양자강 어부들은 그물을 쳐놓고 낮게 나는 기러기를 잡는단다. 한데, 대다수의 기러기는 갈대를 꺾어서 가로로 물고 그물에 걸리지 않도록 피해간단다.

여기서 함로(銜蘆)라는 말이 생겨났다. 이는 바로 기러기가 갈대를 물고서 난다는 뜻인데 얼마나 지혜로운 생존본능인가. 사람이라고 해서 어찌 다를까. 사람이 환경에 적응하는 능력이야말로 타의 추종을 불허할 것이다. 북방계인은 비교적 눈과 콧속이 좁다고 한다. 그것은 인체의 열이 가급적 빠져나가지 않도록 하기위한 진화라고 한다. 반면에 남방계인은 눈이 크고 콧속이 넓은데 이는 더위를 피하기 위해 진화한 것이라고 한다.

열대지방의 어떤 종족은 오줌 누는 걸 불과 몇 초 만에 해결한다. 늪지대에 어찌나 거머리가 많은지 물리지 않으려다보니 그런 탁월한 능력을 갖게 되었다는 것이다. 이 밖에도 우사인 볼트가 단거리 신기록을 낸다든지, 엄홍길이 세계의 고봉들을 차례로 정복한 것 말고도, 인간이 조성해놓은 마추피추의 산정도시나, 페트라의 암벽도시. 그리고 인공위성에서도 보인다는 중국의 만리장성을 축성한 것을 생각하면 앞으로의 인간은 어디까지 진화할지 기대가 모아지지 않을 수 없다.

얼마 전에 TV를 통해서 특집방송을 보았다. 그야말로 인간이 극한상태에서 어떻게 생존하는가를 보여주는 감동적인 다큐멘터리였다. 그걸 보면서 전율을 느낀 것은 다른 것 때문이 아니었다. 주어진 환경에 최대한 적응하며 살아가는 모습들이 감동적이었던 것이다. 불리하면 불리한대로 적응하며 극기의 삶을 살아가는 지혜가 놀라워서 절로 경의를 표하게 만들었다.

먼저 보게 된 것은 엄두가 나지 않는 높은 나무에 오르는 광경이었다. 캐냐의 밀림 속에 사는 소수민족인데, 가장이 주로 위험한 도전을 시도

하고 있었다. 둘레 2미터 높이가 40미터가 넘는 거대한 나무를 도끼 하나를 지참하고 칡넝쿨에 의지하여 오르고 있었다. 그 위험천만한 작업은 벌꿀을 채취하기 위한 것이었다. 가장은 오르면서 가끔씩 도끼로 몸통을 찍어 버티는 자리를 마련했다. 그러면서 다리에 쥐가 나면 한참을 쉬었다. 그 모습을 가족들은 밑에서 초조하게 지켜보고 있었다.

가장은 마침내 벌집에 다가가 꿀이 가득한 밀랍을 꺼내고 있었다. 득의에 찬 모습은 그야말로 인간승리를 연상케 하였다. 그런 힘과 용기는 어디서 나온 것일까. 식솔을 이끄는 가장의 사명감이 아닌가 싶었다.

다음에 보게 된 것은 작살잡이다. 인도네시아의 어느 부족인데 그곳은 농토가 없고 오직 생업을 바다에 의지하며 사는 곳이었다. 그곳의 아이들은 어려서부터 작살기술을 익히고 있었다. 10미터도 넘는 높이에서 뛰어내리며 장대를 목표물에 내리꽂는 연습을 하고 있었다.

그렇게 연마한 실력으로 성인이 되면 바다로 나가 대형 가오리를 잡거나 고래를 사냥했다. 그들은 발동선도 없이 오직 작은 배로 노를 저어 목표지점에 다가가 고래가 출현하면 일격에 숨통을 끊어놓고 있었다. 살아남기 위한 생존본능이 그렇게 놀라운 작살솜씨를 보여주고 있었다.

이에 비해서 해상가옥 생활을 하는 동남아 어느 부족은 인간이 어디까지 진화할 수 있는가를 보여주었다. 물안경 하나를 쓰고서 거의 2분여를 물에 들어가 참아내는 놀라운 잔행능력을 보여주고 있었다. 바다 속에서는 헤엄을 치는 것도 모자라 아예 땅바닥을 딛고 걸어 다니는데 과연 인간이 저리할 수 있는 것인지 눈을 의심케 했다.

북극에서 이글루를 짓고 사는 에스키모인은 더욱 놀라운 생존능력을 발휘하고 있었다. 눈이 덮인 빙판을 가로질러 순전히 육감에 의한 노하우로 한 지점을 택해 얼음을 깨고 들어가서 홍합을 채취해 나오는데 그야말로 입이 쩍 벌어지게 만들었다.

어떻게 눈에 보이지도 않는 지점을 선정하여 정확히 뚫고 들어가 바위에 붙은 홍합을 채취할 수 있단 말인가. 그것도 간조 때를 맞추어 기껏 30여분의 한정된 시간을 이용하여 신속한 작업을 마치고 나오는 모습은 그야말로 인간승리의 한 장면을 보여주는 것이었다. 그것을 보면서 나는 어떤 확신을 가지게 되었다. 노아의 방주에서처럼 아무리 세상을 쓸어버리는 재앙이 닥친다 해도 맷돌 속에서 좀이 살아남듯이 인간은 살아남을 거라는 확신이었다.

그렇게 저마다 주어진 환경에서 악조건을 무릅쓰고 적응하고 사는 모습이 뜨거운 열수에서도 생명체가 살아가듯 살아남지 않을까 싶었다. 방송에서는 그런 모습을 '한 끼의 식사'라는 제목을 달았지만 나의 눈에는 위대한 인간의 생존적응력, 지혜 개발을 넘어 인체마저도 진화시켜가는 것으로 보여서 그저 무한한 잠재력에 전율할 수밖에 없었다.

이비(耳鼻)에 관한 단상

사람이나 짐승을 막론하고 눈으로 보아 무섭거나 혐오스러운 것은 금방 알아낸다. 바라보는 0.01초도 안되는 순간 눈에 들어온 영상이 대뇌에 전달되어 인식을 하기 때문이다. 그 외에 소리나 냄새로 인식하는 것은 눈으로 직접 보는 것이 아니니 순전히 후천적인 학습에 따른다. 만약에 그로 인한 것을 어디서 볼 수 있다면 그것은 철저히 학습 된 결과라고밖에 볼 수 없다.

그 좋은 예로는 우선 두 가지가 생각난다. 그것은 각각 냄새로 인식하는 것과 말소리로 전해진 것이다. 먼저 냄새로는 호분(虎糞)의 위력이 아닐까 한다. 그리고 말소리로는 '애비' 또는 '에비야'를 들 수 있다.

먼저 호분 이야기이다. 언젠가 TV에서 본 것인데 어느 산골마을은 동물원에서 호랑이 똥을 가져와 밭두렁에 뿌려두고 있었다. 어떻게나 멧돼지와 노루가 출몰하여 농작물을 망쳐놓던지 고심을 하던 끝에 착안한 것이었다. 저녁이면 밤잠을 자지 않고 소리 낼 수 있는 기구를 동원하여 두들겨도 보았으나 백약이 무효로 허사였다.

낙심천만, 퇴치방법을 찾지 못하고 있는데 마을의 한 노인이 제안을 했다. 백수의 왕인 호랑이 똥을 구하여 한번 뿌려보면 어떻겠느냐는 것이었다. 제안이 받아 들여 지고 그렇게 해보게 되었다. 결과는 대만족이었다. 이후로 멧돼지는 물론 고라니도 얼씬하는 일이 없었다.

한반도에서 야생 호랑이가 사라진 지는 이미 50여 년 전이다. 6·25 종전 무렵 전남 영광불갑사 부근에서 포수에 의해 사살된 것이 마지막 기록으로 남았다. 그렇다면 지금의 들짐승들은 호랑이를 보았을 리가 만무한데 어떻게 그런 일이 일어날 수 있을까. 지금의 짐승들 DNA속에 공포로 각인되어 있지 않고서는 설명이 안되는 일이며 이해하기가 어렵다.

또 다른 예로 들고자 하는 말도 마찬가지다. '에비야'라는 말인데, 얼핏 들으면 아무렇지도 않은 말인 것 같다. 아니, 다른 민족이 들으면 그냥 평범한 말로 이해할 것이다. 그러나 우리에게는 그렇지 않다. 오싹 소름이 돋는 공포의 말로 인식하고 느끼고 산다. 오죽하면 우는 아이를 달래거나 고집피우는 걸 못하게 할 때면 '에비야–'라고 여전히 쓰고 있을 것인가.

이것은 알고 보면 슬픈 역사와 닿아있다. 400여 년 전 정유재란이 일어나면서 우리 백성들은 재침한 왜적으로부터 코와 귀를 도륙 당했던 것이다. 도요토미 히데요시가 전과를 눈으로 확인하고자 지시한 것을 따른 만행이었다. 그는 구체적으로 방법까지 제시하며 소금에 절여 단지에 담아 보내라고 했다.

그 바람에 아비규환 속에서 백성들의 코와 귀가 잘려나갔다. 반항하면 살육하는 것도 서슴지 않았다. '에비야는 바로 여기서 비롯된 것이다. 이 말은 귀와 코를 지칭하는 것으로 '에'자는 귀 '이(耳)'자가 세월이 지나다보니 변용된 것이다.

대저 얼마나 치가 떨리고 무서웠으면 그런 말이 오늘에 이르도록 퍼진 것일까. 그리고 칭얼거리는 아이나 위험한 짓을 못하게 할 때면 무의식중에 쓰는 것일까. 왜군은 정유재란을 일으키면서 주로 호남곡창지대를 유린했다. 그 바람에 주로 피해는 남녘. 그중에서도 남원고을 주민이 많이 입었다.

왜적은 도공 납치를 노리는 한편, 백성들 코와 귀를 베기에 혈안이되었다. 남녀노소를 가리지 않았으며 어린 아이도 예외를 두지 않았다. 그 바람에 왜군이 들이닥친 고을에는 통곡소리가 넘쳤다고 충무공진중일기에는 당시 참상을 상세히 전하고 있다.

이런 짓은 과연 무엇을 뜻하는가. 얼굴 훼손은 단순히 그것으로 그치지 않고 우리민족의 정체성을 뭉개고 혼과 얼을 난도질을 한 것이다. 이목구비가 무엇인가. 한사람의 인격이면서 식별의 부위가 아니던가. 그렇다면 목숨부지하며 산다한들 죽은 것이나 무엇이 다를 것인가.

우리의 아픔이 이러한데, 그들은 그것을 모아서 자랑스럽게 전승의무덤으로 조성해 놓고 있다. 교토를 비롯하여 여러 곳에 무덤을 조성해

놓고는 이총(耳塚)이라며 구경거리로 삼고 있다. 안내판에는 차마 자기들도 잔인하다 생각했는지 이비총(耳鼻塚)이라고 써놓지 않고 가로로 비(鼻)자만 넣어 병기를 해놓고 있다.

졸지에 코와 귀를 잃은 백성들은 그 상처를 감추기 위해 안대처럼 만든 헝겊으로 코 부위를 평생 가리고 살았다고 하니 생각만 해도 피가 거꾸로 치솟아 오른다. 산천을 떠돌며 지새운 그 피울음소리는 얼마나 처연한 것이었으랴.

우리는 그 아픔을 한시도 잊지 못하는데 그들은 또다시 수 백 년이 지난 뒤에 침략하여 고통을 주었다. 우리나라를 강제로 합방 시킨 후 독립군의 목을 베고 그 시체 옆에서 웃으며 담배까지 꺼내 피우기까지 했다. 그리고 독립운동가를 잡아들여 마루타로 생체실험을 감행했다. 생각하면 불편하기 짝이 없고 가증스러우며 상종하기 어려운 그들이다.

새삼 '에비야'의 슬픈 유래를 떠올려 본다. 뼈 속 깊이 새겨진 공포의 DNA을 떠올리지 않을 수 없다. 얼마나 그 말이 치를 떨게 만들었으면 왜란이 일일난지 수백 년이 되도록 지금도 아이들의 울음을 뚝 그치게 만든 것일까.

생각하면 이 말은 잊어서도 아니 되고, 가슴속에 담아두고 새겨야 할 일이 아닌가 한다. 그나저나 기억의 대물림이 면면히 이어지는 건 마음을 무겁게 하고 슬프게 한다.

(2015.)

꽃씨의 꿈

새해 들어 우수 경칩이 지났는데도 아직 날씨가 차갑다. 그러나 차갑게 불어오는 바람 속에서도 계절의 변화는 어쩔 수 없는지 마냥 한기가 느껴지지는 않는다. 바야흐로 봄이 다가오고 있는 것이다.

이런 새봄을 맞아 나는 꽃씨를 묻는다. 너무 늦지 않도록 다른 것들이 먼저 움을 트고 나오기 전에 시기를 맞춘다. 흙속에 묻는 것은 노란 코스모스 씨앗. 그간 떨굴 자리를 찾지 못해 삼동의 추운 바람을 견디며 대궁에 매달려 있는 것을 수습한 것이다.

이보다 며칠 전 나는 개나리를 심었다. 어느 날 길모퉁이를 돌아 나서니 어떤 이가 늘어진 개나리 가지를 전정하고 있었다. 지대가 높은 곳에서 작업을 한 탓에 자른 가지가 한길에 수북하게 쌓여있었다. 그걸 보고서 치우겠다는 뜻보다는 우선 쓸모를 생각했다. 자주 가는 등산로에는 빈터가 많아 심어두면 좋지 않을까 하는 생각이 스쳤다. 해서 모아다가 꺾꽂이를 해두었다.

이른 봄에 피는 꽃들은 한결같이 특징이 있다. 잎보다는 꽃이 먼저 얼굴을 내민다. 목련이 그렇고 매화가 그렇고 진달래가 그러하다. 개나리도 아직은 움이 트지 않았지만 꽃을 먼저 터트릴 것이다.

나는 이것이 잘 살 것인가 못 살 것인가는 걱정하지 않는다. 생명력이 강하기 때문에 잘살 것으로 믿기 때문이다. 그보다는 환하게 꽃을 피우면 지나가는 사람들이 어떤 반응을 보일까 하는 궁금증이 더해진다.

이것에 비하여 노란 코스모스는 발아를 장담하지 못한다. 한겨울 대궁에 매달린 바람에 얼었을 수도 있고, 땅속 사정에 의해 지장을 받을 수도 있기 때문이다. 그러나 나는 되도록 모두 살기를 바라고, 살아나서 꽃피울 다른 세상을 그려본다. 여린 순이 돋아나 마침내 터를 잡고 화사하게 피어난 모습은 얼마나 아름다울까. 그리고 그런 꽃은 피어서 얼마나 많은 사람을 기쁘게 하고 자기의 감춰둔 소망을 펼쳐 보일까.

나는 생명의 경이 앞에 늘 숙연해진다. 동물이건 식물이건 마찬가지이다. 모든 살아있는 생명체는 숭고하기 때문이다. 그것들이 존재하는 것은 얼마나 의미 있는 것인가. 그리고 그 존재 자체로 얼마나 존중받아야 할 대상인가.

생각하면 그것들이 미치는 영향력은 실로 크다. 수많은 변화를 일으키며 감동을 주기 때문이다. 누군가가 꽃 앞에서 걸음을 멈추고 바라본다면 그 사람의 하루 일상에서 그만큼 시간을 할애한 것이며, 어느 벌나비가 꿀을 찾아왔다면 그들의 행보에 그만큼의 변화를 일으킨 것이다.

대상은 결코 홀로가 아니다. 내가 마음을 준만큼 반응을 하게 되어 있다. 그것이 비록 상대방이 아닌 내 속에서 일어난 변화라 할지라도 반응은 반응이다. 보이는 세계가 그러한데 눈에 보이지 않는 세상은 어떠할 것인가.

세계는 거시적인 것만 존재하는 것이 아니다. 미물의 세계도 존재하며 눈에 보이는 것만 존재하는 것이 아니라 현미경으로나 봐야만 실체가 드러나는 미생물의 세계도 존재한다. 하지만 이것들은 따로 떨어져 있지 않고 한 유기체내에서 함께 존재한다.

우리가 생각 없이 내딛는 발자국 밑에도 우주가 있는 것이다. 그래서 옛사람들은 산에 올라서도 함부로 크게 외치지 못하게 하고, 걸음을 내디디면서도 짓이기지는 못하게 했다. 짚세기를 삼아 신고서도 조신하게 걸으라고 가르쳤다.

행보의 바름을 가르친 것이지만 다른 생명과의 공생도 생각한 것이다. 지팡이조차도 함부로 쿵쿵 내려찧지 않고 뜨거운 물도 함부로 좍좍 끼얹지 않았던 것이다.

그러니 꽃을 대하는 태도는 어떠했을 것인가. 그런 자세를 배울 필요가 있다. 꽃은 저다운 하나의 절정을 보여주는 것이지만 우리에게 많은 시사점을 주기도 한다. 수정을 위해 그냥 공짜를 바라지 않고 아름다움으로 또는 꿀로써 최소한의 대가를 해주는 것이다.

그렇다면 우리는 그것들이 피워내는 꽃에서 무엇을 배울 수 있을까. 배울 것이 많다는 생각이 든다. '열흘 붉은 꽃이 없다'는 말에서 한때의 영화가 지속되지 않음을 알게 되고, 제각각의 화형에서 자기의 정체성을 지님을 깨닫게 된다.

그중에서도 '연년세세 화상사(年年歲歲 花相似)'라는 말에서는 '세세연연 인부동(歲歲年年 人不同)'이란 말을 유추하여 인생의 의미를 되짚게 되기도 한다.

나는 심어놓은 꽃씨가 발아하여 줄기를 뻗고 마침내는 꽃을 피울 때는 많은 사람들이 또 다른 인생의 의미를 발견하기를 소망한다. 피어있는 꽃을 보면서 무언가를 느끼고 생각한다면 나의 조그만 수고로움은 얼마나 보람이 되겠는가. 그것이 또한 살아있는 기쁨이 아니겠는가.

봄이 오는 길목에서 미구에 피어난 꽃이 바라는 것도 그런 마음이 담기지 않을까 상상을 해본다.

(2014.)

서취량(鼠取量) 이야기

월말이면 부족함이 없이 급료가 따박따박 나오던 생활에서 벗어나 퇴직을 하고보니 받아든 연금이라는 것이 마치 7, 8월 은어 배곯듯 줄어든 액수여서 성에 차지 않는다. 하는 일 없이 받아쓰는 것치고는 고마운 일이나, 매월 나오는 똑같은 액수는 마냥 아쉬움을 느끼게 한다. 은행에 나가 통장 확인을 할라치면 예전 분기마다 나오던 두둑한 보너스가 그리워지는 것이다.

봉급생활을 할 때에는 그 목돈이 얼마나 단비 같던가. 넉넉하지는 못했지만 밀린 책값이며 사고 싶은 것들을 눈여겨 두었다가 살 수 있었다. 그런데 지금은 빠듯한 액수이다 보니 통 여유를 가질 수가 없어 아쉽다. 목돈이 들어가지 않도록 살얼음판을 걷는 심정으로 지내지 않으면 아니 된다. 그러니 도무지 무얼 저지를 형편이 못 되는 것이다.

그래선지 늘 아쉽고 그리운 게 보너스이다. 이 보너스의 매력은 뭐니 뭐니 해도 공돈처럼 느껴지는 넉넉함에 있다. 그래서 보너스를 받으면 좀 무리해서 외식도 하게 되고 가족들의 옷가지도 살 수 있었다. 그 외에도 그냥 여분을 지니고 있는 것만으로도 마음이 든든했다. 그것이 비록 채 백만 원이 넘지 않는 액수라고 해도 부자처럼 느껴졌다. 그런데, 지금은 그것을 기대할 수 없으니 여간 아쉬움이 큰 것이 아니다.

직장인에게 성과급 성격의 보너스가 도입된 것은 그리 오래 된 일이 아니다. 우리나라가 한참 중공업 입국을 부르짖으며 장치산업을 일으키던 때였으니 불과 30년 남짓이다. 하지만 성격은 조금 달라도 보너스의 개념은 이미 오래 전부터 거래나 생활 속에서 자리 잡고 있었다.

시골 오일장에 나가 물건을 거래하자면 으레 덤으로 반 됫박, 혹은 몇 개의 물건을 더 올려주는 전통이 있었던 것이다. 그러나 내가 정말 '이것이 보너스다'라고 생각하고 경험한 것은 공직생활 초기다. 그때가 1970년 초로, 신참으로서 방위병 업무를 보던 때인데, 본서로 방위병에게 야식으로 먹일 급식을 지급 받으러 가면 으레 여유분을 얹어주었던 것이다. 그래서 야박하지 않게 사람의 머릿수보다 한두 박스를 얹어왔다.

이것을 일컬어 '서취량(鼠取量)'이라고 했다. 즉, 쥐가 먹어 없어진 것을 보충한다는 뜻이었다. 하지만 어디 꼭 쥐가 먹어서 없어진 분량이겠는가. 당시만 해도 라면은 특식이다 보니 더러 손을 탔던 것이다. 창고에 넣어두고 간수를 잘해도 야간이면 당직 근무자가 한 개씩 꺼내서 먹거나 외부로 유출시키기도 했던 것이다. 그것을 보충한 것이었다. 그러하지 않으면 매일 밤 해안초소에 나가 근무를 서는 방위병들의 급식이 당장 부족한 사태가 일어날 것이 아닌가.

나는 그 서취량 말을 처음 듣고는 의아해 했다. 그러나 그 의미와 진의를 알고는 감탄하고 말았다. 생각할수록 사려 깊고 배려가 깃든 말이었던 것이다. 비록 한문 투의 말이긴 하지만 그럴싸하지 않은가. 차제에 이 말이 나와서 하는 말이지만 내가 공직생활을 할 때만 해도 어렵고 생소한 말이 많이 쓰였다. 가령, 소가 우리를 뛰쳐나갔다는 말도 보고서로는 '축우일주사건(畜牛一走 事件)'이라고 하고, '그렇다면'이라는 쉬운 말을 두고서 굳이 '연(然)이면'를 고집했다. 그러니 쥐가 먹었다는 뜻의 '서취량도 거부감 없이 일상적으로 썼던 것이다.

　한편, 그 말이 생긴 데는 또 다른 연유가 있음을 알 수 있다. 어렸을 적에 보면 흔히 어른들 사이에서 도둑을 일러 '인쥐'라 했는데, 그것과도 맥이 닿아 있는 것이다. 어렸을 적이면 어른들은 흔히 "어떤 인쥐가 손을 냈는지 없어지고 말았네." 또는 "어느 인쥐의 소행이겠지."라고 말했던 것이다. 한데 가만히 생각해 보면 이 말 속에는 그야말로 배려의 마음이 듬뿍 담겨 있음을 알 수 있다. 설령 누구 짓인지 들통이 나더라도 직접 '도둑'으로 몰지 않고 용서해 준다는 뉘앙스가 풍겨나는 것이다.

　실제로도 범인을 알아내고서도 눈감아 버린 일이 많았다. 그런 것을 보면 먹을 것 훔치는 것만큼은 눈감아 준 인정이 많았음을 알 수 있다. 그나저나 흐르는 세월은 참으로　빠르다. 내가 퇴직한 지도 벌써 후딱 수년이 지났다. 지금도 그러한 용어가 여전히 쓰이는지 모르지만, 생각 같아서는 비록 한문 투의 말이긴 하지만 여전히 인정이 스민 용어로 계속 사용되었으면 하는 바람이다. 국민편익을 위한 행정적 측면에서도 그렇고 원론적인 면에서 펼치는 행정은 어디까지나 인간미가 있어야 하며, 그러기 위해선 배려 또한 절실하다는 생각 때문에서다.

그렇잖아도 세상인심이 얼마나 날로 야박해져 가는가. 정확성을 따지는 분야라면 몰라도 사람이 부대끼며 사람냄새를 풍기면서 사는 현장에서는 인간미 넘치는 맛도 조금은 있어야 하지 않겠는가.

일전에 공무 시간의 한계를 두고, 어디까지가 경계인가에 대한 이색적인 판결이 난 걸 보았다. 내용인즉슨 '일반 주택은 집에 들어서는 순간'이라는 칼날 같은 판정이었다. 그걸 보면서 해보는 생각은 엄격성을 따져야 하는 법에서야 의당 그럴 수밖에 없고 그래야 하겠지만 그러나, 대민행정을 펼치는 곳에서는 좀 융통성을 가져야 하지 않을까 싶었다.

예컨대, 이런 것을 상정해서이다. 가령 기초생활 수급자가 입원을 할 경우 불가피한 사정으로 퇴실이 어려울 때는 며칠의 말미를 준다거나, 시골의 농가에 어디서 양귀비 씨앗이 날아와 자기도 모르는 사이에 뒤란에 떨어져서 자라날 경우에 처벌을 유예하는 것들이 그것이다. 양귀비의 경우 당국에서는 두 그루가 넘으면 예외 없이 처벌을 하는데 저 먼 중국으로부터도 날아오는 일이 있기 때문이다.

규제와 의법 조처는 그러한 융통성의 잣대가 필요하지 않는가 한다. 옛날 말단 일선에서 없어진 물량을 서취량로 적용할 때처럼 아량을 베푼다면 고단한 삶이 한결 훈풍이 돌 것이 아닌가. 그런 뜻에서 '서취량'이란 용어는 한시대의 행정용어로서는 아주 여유 있고 도량 넓은 표본이 아니었던가 한다.

아름다움을 보는 훈련

아름다움을 보는 훈련이 따로 있을까. 있다면 어떤 방법이 있을까. 훈련은 단지 신체를 단련하거나 향상시키는 것에 머물지 않는다. 꾸준한 지속력을 위해서는 빼놓을 수 없는 중요한 일이다. 이점을 감안한다면 미적 감상안(感想眼)을 키우는 일도 일정 기간 수련 과정이 필요하지 않을까 싶다. 왜냐하면 심미안(審美眼) 또한 저절로는 생기거나 길러지지 않고 절차탁마의 연마과정이 필요하기 때문이다.

내가 이 문제에 대하여 고찰한 것은 어떤 계기에 의한 것이다. 바로 어제, 외출했다가 돌아오니 아파트 입구 맞은편 공터에 웬 차량 한 대가 세워져 있고 사람들이 우르르 몰려들고 있었다. 그 차는 분재장수가 타고 온 차였다. 차에는 분재가 가득 실려 있었다. 감추고 싶은 구석이 있어서인지는 모르겠으나 모두가 보도록 공개하지 않고 감춰놓고 팔고 있었다. 그러면서도 매상은 올리겠다는 뜻인지 분재장수는 목청을 돋우고 있었다.

"구경들 하세요. 어디 가도 이만큼 싼 것은 구경도 못할 겁니다. 보시고 한두 개씩 들여 놓으세요."

그 말에 구경꾼 중에는 분재를 고르면서 흥정을 하는 사람도 있었다. '싸다, 싸다.' 하니까 귀가 솔깃하여 서두르는 것 같았다.

하지만 그것들은 썩 좋아 보이질 않았다. 우선 분재라면 흉터가 없어야 하고 있더라도 그 부분이 자연스러워야 하는데 하나같이 그렇지를 않았던 것이다. 대충 눈비음으로만 철사를 친친 감아 놓았으나 잘라낸 자국은 그대로 드러나 있었다. 거기다가 뻗어 나온 가지는 하나같이 새 다리처럼 가늘고 볼품이 없었다. 아마도 성의 없이 산채(山採)를 해다가 집에서 2~3년 가꾼 것 같았다. 그런데도 사람들은 그런 모양에는 개의치 않고 싸다는 말에만 관심을 두었다. 그걸 보자니 안타까웠다.

'그렇게도 분재를 보는 눈이 없을까.'

그게 잘 살지도 의문이지만 무슨 미적인 가치가 있다는 말인가. 안목이 있는 사람이라면 사간다고 해도 금방 싫증을 내고 말 것이다. 나는 실망을 하고서 돌아섰다. 흔히 하는 말로 아는 만큼 보고 느낀다는 말이 있는데 바로 그 점을 확인하고 실감하는 순간이었다. 마음 같아서는 사는 사람을 가로막고 말리고 싶은 마음이 굴뚝 같았다.

허나, 어쩔 것인가. 내가 사는 것도 아니고 거래 중에 끼어들 입장이 아닌 것을. 사가는 사람들은 그렇게도 보는 안목이 없단 말인가. 아무리 집에 놓아둘 것이 없다손 쳐도 그걸 보면서 무슨 아름다움을 느낄까.

분재를 사가는 발걸음을 지켜보고 있노라니 문득 낯익은 풍경이 스쳐 갔다. 그것은 바로 대로변의 가로수들. 대부분의 가로수는 수관(樹冠)이 뭉그러져서 기형의 상태로 늘어서 있다. 혹시 그런 것을 보아온 사람들이 영향을 받아 분별없이 사가는가 하는 생각이 들었던 것이다.

가로수는 잎이 무성할 때는 몸통이 감추어져서 흉터가 잘 드러나지 않지만, 낙엽이 지면 영락없는 몽당 빗자루 형상이다. 그런 건 해마다 가지가 전선에 닿는다고 잘라내기 때문에 생겨난 현상이다. 그러다 보니 몸통은 굵어질 대로 굵어진 반면에 새로 자란 가지는 부조화를 이루어 회초리처럼 가늘게 뻗어 나와 있는 것이다. 그런 것을 늘 보아온 탓에 주민들이 분재도 그렇게 생겨도 좋은 것으로 생각하고 거부감을 느끼지 못하는가 생각을 해보는 것이다.

나의 이런 추측은 어느 정도 믿는 근거가 있다. 그 일은 10여 년 전으로 거슬러 올라간다. 내가 아는 어느 화백이 새로 산 아파트로 이사를 와서 기념으로 소장하고 있던 밀러의 비너스상 복제품을 아파트 입구 화단에 세웠단다. 그런데 뜻밖에 얼마 있지 않아서 주민들이 소동을 일으켰다. 이유는 학생들이 다니는 통학로에 그런 발가벗은 여인상을 세워놓아야 하느냐는 것이었다.

그 말을 듣고서 화백은 즉시로 그것을 철거해 버리고, 아파트도 서둘러 팔고서는 떠나 버렸단다. 그 동네는 당시로는 비교적 경제적인 여유가 있는 사람들이 모여 사는 곳이었는데 그처럼 예술에 대한 이해가 없는 사람들과 함께 어울려 살 수가 없었던 것이다.

나는 그의 행동이 충분히 납득이 되고 이해가 갔다. 좋은 뜻으로 한 행동 말고도 미를 감상하면서 살자는 뜻이 얼마나 갸륵한가. 구입했으니 적잖은 대금도 치렀을 것이다. 그런데 깊은 뜻을 이해하지 못하고 그런 막무가내의 행동을 하다니….

얼마 전에 읽었던 글이 생각난다. 파리시에서는 미술품을 그렇게 대하지도 않거니와 건축물의 색조 하나도 미를 감안하여 조화를 이루도록 하고 있다는 것이다. 그것도 정부나 시에서 통제를 하는 게 아니고 주민 자치 기구에서 심의를 한다는 것이었다. 그 글을 읽으며 문화를 인식하는 의식이 많이 부러웠다.

선진국이란 달리 선진국이 아닌 것 같다. 그렇듯 미를 보는 인식이 깨어 있고 안목이 높은 것이다. 그런 사람들은 가로수 하나도 생각 없이 싹둑 잘라내지 않을 것이다.

상품으로 내놓은 분재를 보면서 그런 물건을 파는 상인도 문제가 있지만 소비자도 좀 안목이 트이고 깨어나야 하지 않을까 하는 생각을 해보게 된다. 그렇지 않으면 아무리 경제가 발전하여 생활수준이 높아져도 저급한 문화에 안주할 수밖에 없기 때문이다.

그림자

책가방을 메고 등교하던 학생들이 어느 지점에 이르러 한결같이 얼굴로 찡그리며 지나가고 있었다. 그 모습은 가지가지로, 어떤 학생은 실눈을 뜨거나, 손차양을 하고 지나가고, 어떤 학생은 다급하게 내닫듯 걸었다. 무엇 때문일까. 궁금해졌다. 하여 가까이 가보니 그곳에는 대형 체경(體鏡)이 비스듬히 기대어 있었다. 텃밭에서 일하는 사람을 위해 누군가가 가져다 놓은 것 같았다.

그곳에는 수도꼭지가 매달려 있다. 역시 텃밭을 일구는 주민을 위해 시설을 해놓은 것이다. 그곳으로 때맞추어 떠오른 해가 비쳐들고 있었다. 그러니까 등교하는 학생들은 그 체경으로 비쳐든 햇살이 반사되는 빛에 눈이 부셔서 각기 다른 동작을 하면서 지나가고 있었던 것이다.

그것을 보노라니 우습기도 하고 신기하기도 했다. 누가 가져다 놓은 것일까. 누구의 배려인지는 모르지만 신경을 써준 마음이 느껴졌다. 집에서 가져다 놓았을 수도 있지만 새로 샀다면 제법 돈을 드렸을 것이다.

그리 해놓은 것은 일을 마친 후 옷매무새를 살피라고 배려한 것일 터이다.

아침에 비쳐드는 햇빛은 그리 눈부시지 않은데 그것이 한번 거울에 반사되어 비치어 강열하였다. 빛줄기는 스크린의 조명등처럼 뻗어서 학생들의 얼굴을 직사(直射)했다가 그 뒤편의 벗나무 둥치에 가 닿고 있었다. 학생들은 거울로 인한 변화를 미처 예측을 못했던 것 같다.

그로 미루어 볼 때 거울은 어제 오후나 오늘 아침에 가져다 놓은 것 같다. 학생은 지나가며 당황한 기색이 역력했다. 그런 모습을 보노라니 문득 떠오르는 장면이 있었다. 그것은 다른 것이 아니고 이상(李箱)의 자전적 소설 ≪날개≫에 나오는 한 장면이다. 거기에서 보면 주인공은 심심파적 삼아 거울을 꺼내 들고서 이리저리 비춰보며 무료를 달랜다.

그런 모습처럼 나 또한 옛날에 거울을 들고 놀던 기억이 떠오른다. 친구들과 집에서 거울을 가지고 나와 양지녘에 서서 누가 멀리 빛을 되쏘아 보내나 내기를 하곤 했던 것이다. 이 밖에도 생각나는 것은 "어른의 그림자를 밟아서도 안 된다."고 늘 듣던 말이다.

하지만 이는 엄밀하게 말하면 성립이 되지 않는 말이다. 왜냐하면 그림자는 밟는 순간에 이미 사람의 몸으로 옮겨지기 때문이다. 그건 그렇고 아무튼 거울에 반사되어 비쳐지는 곳은 여느 때라면 전혀 햇빛이 들지 않는 곳이다. 그런지라 영문을 모르고 그곳에 살던 벌레들이 우선 많이 당황할 것 같다. 느닷없이 비쳐드는 햇살에 웬 일인가 하고 놀랄 것만 같다.

빛에 대해 새삼 생각해 본다. 빛은 반드시 그림자를 동반한다. 해서 빛과 그림자는 동전의 양면과 같다. 그림자는 날씨와 햇빛의 강도에 따라 그 선명도가 달라진다. 나는 거울을 통해 비쳐드는 빛줄기를 보면서 문득 예전 고향 하늘에 높게 떠서 내습하던 솔개를 떠올린다.

당시 보면 솔개는 마당에서 노니는 병아리를 노렸다. 끊임없이 창공에서 주시하며 기회를 엿보지만 녀석이 성공하는 일은 드물었다. 어미 닭이 낌새를 알고서 새끼를 보호하기 때문이다. 솔개가 창공에 출현하면 어미닭은 언제 보는지 금방 알아내고는 다급히 '꼬꼬꼬꼬' 소리치며 병아리를 마루 밑으로 피신시켰다.

그 행동은 거의 본능에 가까웠다. 다른 것을 보고 하는 말이 아니다. 날이 맑은 날은 머리위에 뜬 솔개의 그림자가 마당에 투사되어 그대로 드러나는데 그걸 보고서 재빨리 피신을 시키는 것이었다.

기록에 보면 이를 실험한 사람이 있다. 켐벨 박사라는 분으로 이 이제 막 깨어난 병아리에게 솔개를 보여주자 반사적으로 몸을 움츠린 것을 알아냈다. 마치 멧돼지의 출현에 호랑이 배설물을 놔두니 나타나지 않는 것과 같은 이치다. 그렇다고 보면 천적관계에 있는 약자에게는 디엔에이 속이 각인이 되어 있는지도 모른다.

하여간에 어미닭의 지혜를 발휘가기 때문에 솔개는 매번 수고로운 날 갯짓을 하지만 소득을 얻지 못한다. 하지만 날씨가 흐린 날은 사정이 달라진다. 땅바닥에 그림자가 드리워지지 않기 때문에 조심하는 이외에 다른 도리가 없다. 이런 것을 보면 조물주는 개체마다 살아가는 생존능력과 지혜를 준 것이 아닐까 하는 생각을 해보게 된다.

사나운 이빨과 발톱을 가진 맹수에게는 뿔을 달아 주지 않고, 뿔이 있는 짐승에게는 날카로운 이빨을 갖게 해주지 않았듯이 약자인 닭에도 땅바닥의 그림자를 보고 위험을 알아차리도록 해준 게 아닐까. 그런 것을 생각하면 솔개의 공중에 떠서 제 그림자를 어찌하지 못하는 반면에 닭은 그것을 보고 알아차리게 하여 피하도록 내려준 지혜는 놀라운 일이 아닐 수 없다. 이 법칙이 깨어지지 않는 한 밝은 태양아래서는 병아리의 안전은 그 어미로 하여금 계속 지켜질 것이다.

얼굴에 비쳐드는 햇빛에 등교하는 학생들이 얼굴을 가리고 지나가는 걸 보면서 새삼 솔개와 닭의 수 싸움을 생각하며 생태계의 오묘한 질서까지를 더듬어 본다.

쟁기

아침 등산길에서 옛날처럼 소를 몰아 호리 쟁기질하는 광경을 목격했다. 일찍 시작했는지 그새 마른 논 두 이랑을 갈아엎고 세 번째 이랑에 접어들고 있었다. 곁에서 바라보니 쌓인 두둑이 정연한데, 물기가 축축하다.

"이랴, 이랴." 부리는 소는 힘이 넘치는데 농부는 연이어 다그친다. 그러니까 부리망을 쓴 소는 목을 길게 빼고서 눈을 크게 한번 희번덕이더니 '이래도 내가 더딘 거야' 하는 듯 잰걸음을 옮긴다. 그러니까 몸에 매달린 쟁기의 뱃대끈은 더욱 팽팽해지면서 속도가 빨라지며 상쾌한 마찰음을 낸다. 그때마다 보습 날에 떠 담긴 흙이 볏을 통해 물구나무서듯이 위로 치솟았다가 고꾸라져 뒤집힌다. 그런 쟁깃밥이 아주 볼만하다.

이 정도의 솜씨라면 소도 농부도 상머슴이지 싶다. 옛사람들은 머슴이 갖추어야 할 덕목으로 쟁기질과 이엉 엮기, 멍석 만들기를 꼽았다. 물론, 힘이 바탕이 돼야 하므로 더러 들돌 들어올리기로 체력 측정도 했지만, 힘센 것만이 능사는 아니었다. 오히려 그보다는 일의 선후를 가릴 줄 아는지, 천기와 지기를 살필 줄 아는지 등의 능력이 중시되었다.

농촌에 살면서도 몸이 약해 일을 못하시는 아버지는 장차 집안 농사를 내가 맡아 짓기를 바라셨다. 당신 슬하에 아들 셋이 있었으나, 장남은 장사한네 하고 외지로 나돌고 막내는 어린데다 머리가 좋아 농촌에 썩히기는 아깝고, 그러니 성격 무던한 나를 지목하신 것이다. 아무튼 형편이 그리되어 나는 어려서부터 재벌 2세가 부모사업을 이어받기 위해 경영수업을 쌓듯, 일을 배워 나갔다.

초등학교 저학년 때는 망태를 메고 산에 올라 솔방울을 줍거나, 마른 나무 등걸을 주워 날랐으며, 고학년이 돼서는 소에게 먹일 꼴을 한 망태씩 해 나르기 시작했다. 그리고 좀 더 커서는 일요일이나 방학 때가 되면 머슴과 똑같이 들일을 하였다.

그런데, 워낙에 태생이 굼뜬데다 왼손잡이인 나는 집에 있는 낫들이 하나같이 손에 익지를 않아 손가락을 베는 일이 한두 번이 아니었고, 지게 또한 등에 붙지 않아 힘은 있는데도, 남들처럼 많이 져나르지를 못했다. 그런 중에도 수습은 계속 되었다. 그 대표적인 게 쟁기질이다. 갈이 일은 자고로 시어미가 주권 넘기기 꺼리듯 젊은이에게 전수는 금기인데, 나는 아버지의 기대와 관심으로 하여 일찍이 실습을 할 수 있었던 것이다. 한데, 이게 보통 어려운 일이 아니었다.

우선 부리는 사람이 시원찮아 그런지 소가 말을 잘 듣지 않았다. 마치 서툰 기수를 말이 거부하듯 손잡이를 바투 잡았는데도 바르게 가지를 않고 물주릿대를 벗어나 버리거나, 뒷발질을 해대며 심하게 반항을 하였다. 그래서 누군가가 옆에서 코뚜레를 잡아 주어야만 했다. 뿐만 아니라, 보습 날을 조금만 숙여도 여지없이 땅에 박혀 버리고, 반대로 이번에는 조금 치켜들면 썰매처럼 땅바닥을 스르르 스치고 내달아 버리는 것이었다. 거기다가 쟁기에만 신경을 쓰는가, 눈은 항상 전방 10미터정도를 주시하고서 장애물이 있는지, 간격은 맞는지, 어디만큼에서 끝나는지 등을 살펴야 한다. 그러면서 갈리는 소리도 소홀히 들어 넘길 수가 없다. 암석에라도 부딪치면 큰일이기 때문이다. 그러나 조정만 잘 되면 쟁기질만큼 재미있는 일도 없었다. 일에 몰두하다보면 시간은 어느새 훌쩍 지나가고, 갈아엎은 작업량이 하루의 성과를 그대로 보여주어서 뿌듯했다.

쟁기의 명칭은 무기를 뜻하는 '잠개'가 변한 말이라고 한다. 차차로 변하여 잠기로 불리다가 장기라 했고 그것이 지금의 쟁기로 불리게 되었다는 것이다. 쟁기의 부분별 명칭은 재미있는 게 많다. 즉 손잡이는 자부지라 하고 멍에를 팽팽하게 당겨주는 줄은 봇줄이라고 한다. 그리고 손잡이 밑에 조금 불거져 나온 것은 잡좆이라고 하는데 이것은 방향을 바꾸기 위해 들어 올릴 때 사용한다.

쟁기질은 마른 땅 일도 묘미가 있지만, 무논에서의 쟁기질은 한층 별스런 맛이 있다. 소가 앞정강이로 힘차게 물을 차면서 앞으로 나아갈 때 속살 뒤집어 놓은 그 지반 위를 밟고 지나가는 기분은 개척자의 기분이다. 뒤이어 폭포수 쏟아지듯 그 속으로 밀려드는 물의 동요, 그것은 하나의 활력이었다. 나는 그렇게 수많은 실수를 하면서 쟁기질을 익혔다.

그동안 조작 미숙으로 장애물에 받혀서 파손한 보습만도 두어 개가 된다. 그러나 아버지는 한번도 꾸중을 않으셨다. 이유는 아마도 힘든 농사일을 거역 않고 따라 배우려는 태도를 가상히 여긴 점도 있겠고, 다른 한편으로는 그러한 나의 부조로 인해 걸핏하면 꾀를 부려 골탕을 먹이는 머슴에 대하여 견제하는 성과를 거둔 때문일 수도 있다.

머슴은 그렇게 애를 먹이고 속을 썩였는데. 아버지는 머슴이 파장 내는 날이면 보란 듯이 그만큼의 밀린 일을 해놓도록 하여 그를 무안하게 만들어 놓곤 했다. 당시 집에서는 두 마리의 소를 기르고 있었다. 그런데 어느 날, 그중 한 마리의 소가 고삐를 풀고 나와 멍석에 펼쳐놓은 보리를 먹고 고창증으로 죽는 사고가 발생하였다.

그런데, 면사무소에서는 소를 부검도 하지 않고 무조건 땅에 매장하라 했다. 병명을 알 수 없으니 잡아먹어서는 안 된다는 바람에 집에서는 한 푼의 돈도 건지질 못하고 말았다. 그런데다 나머지 한 마리 소마저도 얼마 있다가 아버지가 입원을 하시는 바람에 병원비 충당으로 팔아 없애고 말았다. 그 아픈 사연을 안고 있는 그 시절 사용하던 쟁기가 지금도 시골집 허청 담 벽에 수십 년째 덩그마니 매달려 있다. 그리고 한편, 그토록 농부가 되어 고향 땅을 지켜주길 바라던 나도 그 후 집을 박차고 도회로 나와 버려 무용지물이 되어버린 것이다.

한데, 가끔은 쟁기질을 해보고 싶을 때가 있다. 마음이 우울하고 가슴이 답답할 때 생각이 나는데, 그렇게 소를 몰고 나가 한바탕 쟁기질을 하노라면 왠지 가슴이 탁 트이고 거뜬해질 것만 같기 때문이다. 그러나 나는 농부도 아니 되었고, 다른 일에 성공도 하지 못했다. 아버지는 지하에서, 일을 조련시킨 자식이 당신의 소원대로 농사꾼이 되신 것으로 알고 계실까. 이 불효 막급하기 짝이 없는 자식은 당신이 물려주신 논마저도 이런저런 이유로 없애고 말았으니 얼굴을 들 면목조차 없다.

등산길에서 논갈이하는 소를 보고 한식경이나 눈을 떼지 못한 건 혹여 당신이 물려주신 전답을 지키지 못한 불효의 가책 때문은 아니었는지….

돌우물

수반 위 호수석(湖水石)에 물을 채워놓고서 잠자코 들여다보면 그 안에서는 은연중 두 가지 변화가 일어난다. 먼저 들뜬 감정이 차분해지면서 정관(靜觀)의 자세가 되며, 그 다음은 뇌리 속에서 활발한 연상작용이 일어나는 것이다. 내다보이는 앞쪽 언덕배기는 드러누워 하늘을 바라보기에 그만이고, 뒤편의 우뚝한 산봉우리 밑에선 세월을 잊은 강태공이 앉아서 어신을 기다리는 모습이 그려진다.

그걸 연상하면서 나는 버릇처럼 강태공에게 말을 걸어보는 심정으로 파적 삼아서 물가에 입술을 대고 '후' 하고 바람을 일으켜 본다. 그러노라면 잔잔한 호수에 미세한 잔물결이 일어 나이테를 그리며 반대편까지 파장을 일으킨다. 그걸 보면서 은근한 그리움과 한유에 빠져들면 그렇게도 느긋하고 한가로울 수가 없다.

그럴 즈음에는 맑아진 마음의 창가에 덩두렷이 구름장이 떠가고 수석의 배경인 산세는 실제로 그늘을 산 아래로 드리워 호수를 수묵화로 채

위놓는다. 그러면 나는 버릇처럼 회상의 나래를 펴서 어떤 정경을 떠올리곤 한다. 그것은 바로 고향집의 돌우물로서, 내가 실로 애석생활을 하기 이전부터 그리움의 원형질로 삼고 있는 것이다.

그 우물은 규모가 그다지 크지 않았다. 입구는 좁다란데다 둘레석은 가슴팍 높이를 넘지 않았다. 나는 소년시절 그곳에서 많이 놀았다. 심심하기도 한데다 우물 둘레석에 배를 붙이고 그 안을 들여다보노라면 그 속에서 이는 변화가 볼 만 해서였다. 푸른 하늘가에 뭉게구름이라도 떠가는 때는 그것이 그대로 물속에 잠겨서 환상적인 정경을 보여주었던 것이다. 때로 바람이 세차게 불어 구름이 내달으면 우물 속의 구름도 쏜살같이 내달렸다. 그런 변화가 볼 만 했다.

우물 속에 두레박을 내릴 때 수면에 닿으면서 '첨벙' 하고 떨어지는 둔탁한 소리도 들을 만 했다. 그 소리는 바로 그 샘물 깊이를 헤아리게 하면서 공명을 일으키며 퍼져 나와 한층 맑고 시원한 음향을 들려주었다. 그즈음 고향 마을에는 들녘에 공동우물이 하나 있어서 그걸 많이 이용했다. 규모는 그다지 크지 않았지만 물맛이 좋고 수량이 풍부해 많은 사람들이 애용하였다. 빨래는 외진 시냇가에서 하고, 먹을 물을 긷거나 곡식이나 푸성귀를 다듬을 때는 이 우물을 이용했다. 그런 발길이 이른 아침부터 해질녘까지 이어졌다.

그때 보면 부녀자들은 무엇을 하건 물동이에 물을 채워서 머리에 이고 다녔는데 그 모습이 그렇게 정겨워 보일 수가 없었다. 특히 똬리의 끄나풀을 살짝 입에 사려 물고서 물동이에 맺히는 물방울을 한손으로

흩뿌리며 걷는 모습이 한 폭의 그림을 보는 듯한 느낌이었다. 그러한 대열에 어머니도 빠지지 않았다. 당신은 매일 물을 길러 다니지는 않았지만 한번 다니면 몇 차례씩 반복했다. 부엌에 놓아둔 두멍에 물을 채워 놓기 위해서였다. 그렇게 길어와 보관한 두멍에는 늘 바가지가 띄워져 있었다. 물을 퍼 쓰기 위해서였지만 당신의 뜻도 담긴 듯 했다.

그것을 알아낸 일이었다. 내가 한번은 그 바가지로 물을 떠먹고 엎어 놓았는데 어머니가 야단을 치셨다. 왜 엎어놓았느냐는 것이다. 바가지를 꺼낼 때 손에 물을 묻히지 않아도 되므로 위생을 생각해서 띄워놓으신 줄 알았는데 그 이유가 따로 있었다.

군에 입대하여 자주 배를 타고 다니던 형님을 생각해서 그리한 일이었다. "바가지를 엎어놓으면 배사고가 난다"는 속설을 믿고서 금기로 여기시고 나를 혼내신 걸 나중에야 알았다. 길어온 물은 밥을 짓고 허드레 물로도 쓰였지만 정화수로도 사용하셨다. 특히 형님의 군복무 때는 늘 장독대에 정화수가 놓여 있었다.

그러다가 물 긷기와 정화수 올리는 일은 형님이 제대하면서 끝이 났다. 바로 형님이 주동이 되고 형제들이 나서서 장독대 옆에다 우물을 팠던 것이다. 그때 나도 열심히 냇가에 나가 돌을 주워 날랐다. 하지만 막상 돌로 우물 통을 쌓는 일은 전문가의 손에 맡기지 않으면 아니 되었다. 인동에는 강씨 성을 가져서 '강담'이라는 별칭이 붙은 솜씨 좋은 전문가가 살고 있어서 그분에게 맡겼다.

그분은 도(道) 경진대회에 나가 우승을 할 정도로 빼어난 솜씨를 인정

받은 분이었었다. '강담'은 명성대로 솜씨가 대단했다. 깊이가 3미터가 넘는 우물을 이틀 만에 완성해 놓았다. 살펴보니 어느 한 군데 뒤틀리거나 도드라진 데 없이 매끈할 정도로 가지런했다.

그렇게 우물을 파놓으니 어머니께서 먼 길을 힘들게 물동이를 여 나르지 않아도 되고, 들에 나가 땀을 흘리고 돌아오면 즉시로 등목도 할 수 있어서 좋았다. 나는 틈나는 대로 빈 그릇에 가득가득 물을 채워놓았다. 물을 긷는 것이 좋아서였다. 물 긷기도 요령이 있어야 한다. 무작정 두레박을 내린다고 되는 게 아니고, 어부가 그물의 벼리를 잡고 던지며 조정을 하듯이 끈을 두세 발 사려감은 다음 엉키지 않도록 내려야 한다.

두레박이 수면에 닿는다 싶으면 슬쩍 줄을 밖으로 밀쳐 두레박을 잦혔다가 앞으로 순식간에 끌어 와야 한다. 그러면 두레박이 앞쪽으로 엎어지면서 물이 길어진다. 그러지 않고 줄을 그대로 내려 물을 길으려 하면 두레박이 잘 엎어지지 않는다. 재차 줄을 뽑아 올려 두레박을 세차게 떨어뜨려도 물에 부딪치는 소리만 요란할 뿐이다.

이렇듯이 요령을 터득하니 재미가 붙어 자주 긷게 되었던 것이다. 그런 우물을 해마다 두어 차례씩 퍼낸 다음 그 안을 청소했다. 이때는 두 다리를 벌려서 우물 통의 돌담 틈바구니에 걸치고 한 손을 뻗대어 균형을 잡고 짚수세미로 돌에 붙은 이끼를 씻어냈다. 그러면서 콧노래를 흥얼거리노라면 소리가 어찌나 맑게 공명(共鳴)이 되던지 내 목소리건만 듣기 좋았다. 또 하나, 색다른 체험은 우물 안에서 올려다 보이는 하늘의 모습이다.

하늘은 그야말로 좁다랗게 보여 '우물 안 개구리'라는 속담이 괜히 생겨난 것이 아님을 알게 되었다. 아무튼 집에 우물이 생기고 나자 예전의 불편함이 일시에 해소되었다. 하지만 그도 한때의 추억이 되었다. 어느덧 빈집으로 방치되어 무상한 세월만을 느끼게 해줄 뿐이다. 그 시절에는 집안의 보물이나 다름없었다. 집안일의 절반을 덜어주었던 우물이 지금은 쓸 일도 없고 쓸 사람도 없어진 것이다.

꼭 그런 추억 때문만은 아니지만 나는 가끔 호수석에 물을 채워놓고 우물인 양 들여다보며 즐긴다. 그러면서 물이 보여주는 미덕과 함께 물이 가르쳐 주는 순리를 생각해 보곤 한다, 그러다가 어느 날은 더러움을 씻어내는 역할을 생각하다가 늘 수평을 이루는 자세의 의미도 그려본다. 균형을 이루는 것이 마음을 닦는 기본이라는 걸 깨닫는 것이다.

내가 호수석을 가끔 들여다보는 것은 순전히 고향집 돌우물을 생각한 측면이 없지 않다. 고향의 정서로 아련히 남아있는 것 가운데 물동이를 인 여인들의 모습만큼 아름답게 느껴지는 것이 없기 때문이다. 그러나 지금은 그런 풍경을 어디서도 찾아볼 수 없다. 그저 김수근의 박제된 한국화에서나 엿볼 수 있을 뿐이다. 그래서 가끔 물을 채운 호수석을 들여다보며 일부러 그렇게 해보는지 모른다.

틈

잉꼬 새 조롱에 햇빛이 들어서 위에다 골판지를 올려놓았더니 그 틈새로 한줄기 빛이 대각선으로 꺾이어 비쳐들고 있다. 잉꼬부부는 그곳을 피하여 따로 떨어져 있다. 노상 붙어서 지내는 녀석들이 본의 아니게 이산가족이 된 모양새다.

그러면서도 폭염 때문인지 서로 다가서지 않고 연신 날개를 벌리고서 더위에 맞서고 있다. 요즘은 국가재난정보센터에서 연일 문자가 날아든다. 노약자의 외출을 삼가라는 친절한 통보다. 내가 노인인 줄 알고 보냈는지 모르지만 무작위로 보낸 문자라면 그 운수보기가 기막히게 들어맞은 셈이다.

나는 꼼짝없이 외출을 삼가라는 통보에 갇히어 거실에 앉아 애먼 선풍기만 끌어안고 있다. 한데 햇빛이 비쳐드는 그 광경이 볼거리를 제공해 준다. 겨울철이라면 반가울 햇살이 이런 때는 잉꼬에게 전갈보다 더 무서운가 보다.

흔히 작은 틈새에 비치는 햇살을 '볕뉘'라고 한다. 한데 그 아름다운 말도 그 빛을 반길 때나 쓰는 말이지 이처럼 외면당한 형편에서는 무색해 지지 않는가 한다.

나는 집에 갇힌 형편에서 마땅히 하는 일도 없어 생각이 머무는 말을 찾아 "우리말큰사전"을 펼쳐놓고 들여다본다. 그것은 '틈'이라는 한마디 어휘. 풀이가 네 가지로 나와 있다. 첫째, 어떤 행동을 할 만한 기회나 겨를. 둘째는 모여 있는 사람의 사이이다. 세 번째와 네 번째는 "벌어진 사이가 난 자리"와 "사람 사이의 정분이 떨어진 거리"로 풀이되어 있다.

그러다가 '틈'이 한자말이라는 사실에 흠칫 놀란다. 한데 이 '엿볼 闖 (틈)' 자는 門(문)에서 馬(말)이 나오는 모양이라 왜 그리 만들었을까 궁금증이 인다. 그 정도로 비좁다는 뜻인지, 아니면 거의 빈곳이 없다는 뜻인지 궁금해진다.

그러면서 왜 말 대신 소(牛)를 세워놓지 않았을까 의문이 생긴다. 내 친김에 틈을 의미하는 한자를 찾아보니 세 개인데 첫째는 간(間)자이다. 이는 간격을 나타낸다. 둘째는 극(隙)이라는 글자로 둘 사이가 갈라진 것을 의미하며 셋째는 흔(釁)자로 구멍을 나타낸다.

나는 이쯤에서 사전을 덮고 '틈'의 의미를 생각해 본다. 대체로 틈은 그냥 저절로 생기지 특별한 경우가 아니고는 일부러 만들어 놓지는 않는다. 예외적으로 철길이 있다. 어릴 적에 철길을 걷다보면 레일의 이음새가 손가락 하나 사이로 벌어져 있는 것이 늘 궁금했다. 나중에야 팽창과 수축을 감안한 것임을 알았지만 어려서는 여간 의아스럽게 느껴지지 않았다.

그 경우를 제외한다면 틈은 일부러 만들어 놓지 않고 방치하지도 않는다. 뒤틀린 문틈이 보이면 창호지를 발라서라도 그 틈을 메우는 것이 보통이다.

그런데 기능면이 아닌 솜씨가 고졸한 틈새의 문짝을 보면 이맛살이 찌푸려지기 보다는 정겨움이 앞선다. 만약 그런 집에 누가 산다면 주인에게 다가가 말을 걸어보고 싶은 충동이 일 듯하다. 친절하게 맞아줄 것 같고 물 한 그릇이라도 떠줄 것 같은 기분이 든다.

이는 내 생각만은 아니다. 박연구 선생도 '바보네 가게'라는 글에서 그 식품 가게 주인에게 따뜻한 시선을 보내고 있지 않던가. 그집에 손님이 더 몰려든다고 얘길 하지 않던가. 동정심이 가서가 아니라 어딘지 모르게, 적어도 속아 넘길 것 같은 생각은 들지 않기 때문이리라.

그런 의미에서 이란의 카펫장인이 자기가 만든 제품 어딘가에 작은 흠을 남기는 것을 잊지 않고, 인디언들은 구슬목걸이를 만들면서 깨진 것 한 개를 살짝 꿰어놓는다는 건 의미 하는 바가 있지 않은가 싶다.

그 카펫을 '페르시아의 흠'이라고 해서 미덕으로 여기고, 흠이 난 구슬로 엮은 것을 '영혼의 구슬'이라고 하는 건 인간미나 인간적인 매력을 잃지 말라는 뜻이 아닐까.

최근에 우리는 눈앞에서 최고위직의 인사들이 줄줄이 추락하는 모습을 지켜보고 있다. 많은 지식을 쌓고 권세는 얻었지만 비윤리적인 행동으로 인해 비난받는 모습을 보면서 동정심이나 인간미가 느껴지지 않는 건 왜일까.

단순이 얼굴이 밀알져 보여서만은 아니고 그 빈틈없어 보이는 모습 뒤에 오히려 잔뜩 품고 있던 탐욕이 마침내 추한 모습으로 세상에 드러나서 그런 건 아닐까.

새장에 비쳐드는 햇살을 보면서 새에게는 좀 안됐지만 사람 사는 세상에는 바람도 통하고 인정도 통하는 틈도 있어야 하지 않을까 생각해본다. 욕심으로 가득 찬 그런 틈이 아니라 남들과 눈높이를 맞추는 소통의 틈 말이다. 그런 흐트러짐이 있어야 마음 놓고 다가가고 싶은 마음도 생길 테니까.

정으로 돌을 쪼듯이

나의 수필쓰기는 일로 매진하는 신앙에 가깝다. 믿고 의지하는 의미에서가 아니라 아끼고 사랑하는 점에서 그렇다. 처음 수필에 입문하여 글을 쓸 때는 수필에 빠져 살면서도 그토록 사랑하는 줄 몰랐다. 그런데, 대다수 신문이 신춘문예에서 수필을 제외시키고, 다른 작가로부터 수필을 하시하는 말을 들었을 때, 나도 몰래 흥분하며 분노해 마지않는 자신을 보면서 '내가 수필을 정말 사랑하기는 하는 모양이구나.' 하고 실감하게 되었다.

수필문학을 다른 주변문학, 변방문학으로 여기는 사람들은 시각이 그런 쪽으로 고정되어서 곧이들으려 하지 않겠지만, 수필은 절대로 만만하게 대할 문학이 아니다. 그렇게 폄하하는 사람도 "당신 수필 한 편 써서 보여주시오." 하면 아마도 크게 당황할 것이다. 왜냐하면 그런 사람일

수록 글을 써서 제대로 된 평가를 받아보았을 리 만무하기 때문이다.

그렇게 말할 수 있는 근거는 수필문학의 태생적 배경에서 찾을 수 있다. 수필문학은 허구로 쓰지는 글이 아니다. 소설에서처럼 이야기를 만들어내서 쓰거나, 시처럼 이미지로 형상화하는 것이 아니고, 희곡처럼 극적인 전개나 반전을 펼치는 문학이 아니다.

오직 사실과 진실을 바탕으로 작가 자신이 일인칭 주인공으로서 쓰는 글이며 글 속에서 끌어다 쓰는 상상이라고 할지라도 그것은 작가의 가치판단에서 벗어나지 않는다. 그것은 바로 건전한 인품 속에서 쓰여지는 문학인 까닭이다.

따라서 수필문학은 한마디로 말하면 삼분지계의 글 즉, 내용과 문장과 작가의 인품이 버물어져 탄생된 것이라고 볼 수 있다. 요체가 이러한 것을 모르고 수필장르를 무시하는 것은 그저 맹목적인 편견, 지닌 소양과 식견의 비천함을 스스로 드러내는 소아병적 태도일 뿐이다.

하여 거듭 언급하지만 수필은 단순한 글재주가 아닌, 반드시 인품이 수반하는 문학이다. 따라서 세상을 아무렇게나 살아온 사람은 절대로 수필을 쓰기에 적합한 사람이 아니다. 도덕적으로 비난 받고, 세계관이 건전하지 못하다면 스스로 방향을 돌려서 다른 장르를 넘겨다보아야 한다. 그 점을 분명히 해두면서 나의 글쓰기를 풀어보고자 한다.

나는 수필쓰기가 석공의 작업에 가깝다고 생각한다. 개인적인 취향이겠지만 그래서 나는 물건도 도기류보다는 석물을 좋아하는 편이다. 원석을 다듬어 조형의 틀을 잡아가면서 느끼는 팽팽한 긴장감이 좋아 보이고, 군더더기를 제거해 가는 과정이 마음에 들기 때문이다.

석물은 아무리 부질이 좋고 구상이 뛰어나도 한번 빗나가면 그만이다. 파가 생기면 미련 없이 버려야 한다. 나는 작품이 덧칠되는 걸 싫어한다. 만들어진 듯한 글은 왠지 진실이 실종된 느낌을 지울 수가 없기 때문이다. 해서 '그런 글은 죽은 글이다' 라고 생각을 하고 있다.

또한 수필은 뭐니뭐니 해도 감동을 담아내는 그릇이어야 한다고 믿는다. 혹자는 문장을 앞에 놓고 하고 철학이 담겨야 한다고 강조하나 그래도 읽고 나서 무언가를 느낌이 있어야 좋은 글이라고 생각한다. 그래서 그런 것을 구현하기 위하여 나는 고심에 고심을 거듭한다.

나의 글쓰기 버릇

나는 마음에 든 글감을 얻으면 구상에 들어간다. 서두는 어떻게 이끌어서 이야기를 전개시키며 마무리를 어떻게 지을지를 고민한다. 이때는 어디다가 메모를 해두지 않고 오직 머릿속에서 한동안 굴린다. 그러다가 상이 잡히면 붓을 들게 된다.

이때는 정신을 집중하여 써내려간다. 이미 머릿속에서 작품의 절반이상 완성이 되어있는지라 이후에는 별 어려울음을 느끼지 않는다. 마치 가수가 경주마에게 눈가리개를 씌워서 내몰듯 다른 일체의 잡념을 끊고 상의 고삐를 쥐고 놓치지 않는다. 그렇게 하는 이유는 글이 흩어지지 않고 일매지게 하기 위해서이다. 이때 내가 세운 원칙이 하나 있다. 바로 내가 소화할 만큼의 역량을 보이겠다는 자세를 견지하는 것이다. 아는 체 하면 독자의 마음을 불편하게 만든다는 것을 잘 알기 때문이다.

문장은 너무 다듬어서 개성이 없어지는 것을 경계한다. 계속해서 다듬다보면 문기가 사라지는데 이름을 가리고도 누구의 글이라는 걸 알게끔 하는데 방점을 둔다. 글을 쓰는 시간대는 제한이 없다. 언제라도 쓰고 싶으면 쓰고 억지로 쓰려고 붓방아를 찧고 앉아 있지는 않는다.

내가 중점을 두는 것.

첫째, 신선한 소재 찾기다. 아무리 좋은 주제도 그 재료로 쓰여진 소재가 평범하고 남들이 이미 써먹은 것은 신선도가 떨어지기 마련이다. 그래서 애써 그런 것을 피하고 나만의 소재 찾기에 매달리는 것이다.

둘째, 모작을 경계하는 것이다. 남들의 대표작을 보면 나도 한번 그렇게 써보고 싶은 충동을 느낀다. 그러나 그것은 이미 그 사람의 특허이기 때문에 흉내를 내는 건 바람직하지 않다고 생각하고 자신을 채찍질한다.

셋째, 나만의 고유한 빛깔을 내겠다는 자세로 글을 쓴다. 여기서 나는 문장은 그 주제에 맞는 문장으로 쓰여져야 한다고 믿고 있다. 의복도 계절에 맞추어 입듯이 서정적인 글은 서정적인 문체로, 논리적인 글은 또 그런 문체로 구애됨이 없이 쓰려고 노력한다.

넷째, 소재의 확장 노력이다. 나는 수필도 가정사, 음풍농월에서 벗어나 역사와 사회문제에도 관심을 가져야 한다고 생각하고 소재 확장에 노력한다. 나는 이 세상에 가수 이미자는 이미자 한 명으로 족하다고 생각하고 있다. 마찬가지로 어떤 수필가가 훌륭하고 명작을 썼다고 해서 모두가 서예수강자 임서 받듯이 그 필체와 기법을 따라한다면 무슨 의미가 있겠는가 하고 경계한다. 그런 점에서 어떻게 쓰면 보다 나만의 빛깔이 드러날까 하고 고민하며 쓰는 것이 나의 작법이라면 작법이라고 말할 수 있다.